男爵と売れ残りの花嫁

ジュリア・ジャスティス 作

高山　恵 訳

ハーレクイン・ヒストリカル・スペシャル

東京・ロンドン・トロント・パリ・ニューヨーク・アムステルダム
ハンブルク・ストックホルム・ミラノ・シドニー・マドリッド・ワルシャワ
ブダペスト・リオデジャネイロ・ルクセンブルク・フリブール・ムンバイ

THE WALLFLOWER'S LAST CHANCE SEASON

by Julia Justiss

Published by Harlequin Japan,
a Division of K.K. HarperCollins Japan, 2024

ジュリア・ジャスティス

小学3年生のときから物語を書きはじめ、大学では詩集を出版し、卒業後は保険会社やチュニジアのアメリカ大使館で編集者として働いていた。海軍士官の夫について12年のあいだに7回の転居を経験したあと、テキサス州東部に落ち着く。1998年に作家の登竜門ゴールデン・ハート賞を受賞し、以来、多くの読者を魅了。現在はジョージアン・スタイルの屋敷に夫と暮らす。

主要登場人物

イライザ・ヘイスタリング……牧師の娘。八人きょうだいの三女。愛称リズ。
マリア……イライザの長姉。ダンバートン卿夫人。
アンドリュー……マリアの長男。
スティーブン……マリアの次男。
ルイーザ……マリアの長女。末っ子。
マーガレット・ドビニョン……イライザの友人。伯爵家の娘。愛称マギー。
ローラ・ポメロイ……イライザの友人。侯爵家の娘。
ジョージ……イライザの元恋人。
ジャイルズ・ストラサム……ストラサム男爵。
マーカム子爵……ジャイルズの父親。
ルシンダ……ジャイルズの元恋人。エヴァンズ卿夫人。
フルリッジ……年配の地主階級の紳士。

1

一八三六年五月、ロンドン

　イライザ・ヘイスタリングは不器用なアルボーン氏に踏まれて破れたスカートを繕うと、針と糸を手提げ袋《レティキュール》に戻した。繕ったあとが目立たなければいいのだけれど。彼女の小遣いはささやかで、ドレスを買い直す余裕はない。イライザはふわふわした巻き毛が乱れていないことを最後にもう一度鏡で確かめてから、控え室を出て舞踏室へ向かった。

　歯に衣《きぬ》着せぬ友人のレディ・マーガレット——マギー——なら、二度もアルボーンと踊るあなたが悪いのよと言うだろう。ハンサムでも裕福でもないうえに鈍くさい彼を夫候補と見なす淑女はほとんどいなかった。相手にもされず見下されるのがどんな気分かわかるので、イライザはつい気の毒に思ってしまう。そして、しょっちゅう彼からダンスを申しこまれる羽目になるのだ。

　でも数少ないドレスの危機となれば、さすがにもう彼の誘いには応じられないだろう。

　階段を下りてフロアに足を踏みだそうとしたとき、さっき会釈を交わした中老の紳士が背後であっとうろたえたような声をあげた。イライザがふり返ると、杖《つえ》が大きな音をたててフロアへと滑りおち、紳士の体がバランスを失って傾いた。

　彼女はとっさに紳士の腕をつかんだ。彼が膝をつくのは止められなかったとしても、階段を転げおちるのを防ぐことはできた。イライザは紳士が立ちあがるのを手伝ってから、しゃがんで杖を拾った。

　彼女が杖を紳士に手渡した直後、舞踏会の支援者の女性二人が通りかかって足を止めた。杖にすがって若い女性を見下ろす紳士と、そのそばでひざまずくイライザを見て好奇心をあらわにする。紳士の顔が気まずそうに赤らんだので、イライザはさっと手を伸ばして言った。「こんなところでつまずくなんて、私ったらなんてそそっかしいんでしょう。手を貸してくださってありがとうございます」

その合図に気づき、紳士は彼女の手をつかんで立たせた。イライザはそこで初めて、女性の一人がアルバスノット卿《きょう》夫人だと知り、身構えた。

「本当に親切な方でいらっしゃいますのね、マーカム卿！」夫人はイライザのほうに視線を巡らせた。「もっと注意なさらないと、子爵にぶつかるところでしたよ、ミス・ヘイスタリング」

「大事には至らなかったので」マーカム卿が言う。

アルバスノット卿夫人はイライザを一瞥《いちべつ》してマーカム卿に会釈をすると、友人と腕を組んで階段を上っていった。上りきったところで小声で——だがマーカム卿とイライザにも十分聞こえる声で——言った。「牧師の娘だそうよ。品も何もあったものじゃないわね」

すると、隣にいた友人がふんと鼻を鳴らした。「彼女の存在に気づいただけでもマーカム卿の人徳というものでしょう。もっと自分の立場をわきまえておとなしくしていられないのかしら」

イライザは口を引き結んだ。顔が熱くなるのを感じたが、とりあってはいけないと自分に言い聞かせた。そして、二人の女性が声の届かないところまで行ってから紳士に問いかけた。「おけがはなさいませんでしたか、マーカム卿？」

「ああ、おかげさまで、ミス・ヘイスタリング、だったね？　君は実に優しい女性だね。私が気まずい思いをしないよう、アルバスノット卿夫人の皮肉を一手に引きうけてくれた。彼女を追いかけていって誤解を解きたい気分だよ」

「あら、私のせっかくの善行をなかったことになさるおつもりですか?」イライザは微笑《ほほえ》んだ。「夫人のことはご心配には及びません。牧師の娘なんて気にかける価値もないとお考えの方ですから、私のことはもう放っておいてくださるでしょう。とにかく子爵におけがなくて何よりでした」

「以前、どこかでお会いしたことがあったかな? 君は私を知っているようだが、私のほうは記憶がなくてね。こんな魅力的なお嬢さんを思いだせないとは、物忘れにもほどがある」

「去年、ご紹介いただきました。ただ、そのあと……」イライザは一瞬ためらってから言葉を継いだ。「悲しい出来事がありましたので、覚えていらっしゃらなくても無理はありません。遅ればせながら、お悔やみ申しあげます」

子爵の顔から笑みが消え、深い悲しみが浮かんだのを見て、イライザはしまったと思った。去年紹介してもらったと言うだけでよかったのに。マーカム子爵は妻を亡くし、一年の喪を経て社交界に戻ってきたばかりだった。二人は世に知られたおしどり夫婦で、彼は妻の死に打ちのめされていたという。

「ごめんなさい!」イライザはあわてて言った。「私……よけいなことを……」

マーカム卿が手をふってなだめた。「謝る必要はない。確かにつらい別れだったが、折りあいをつけつつあるんだ——少しずつね。膝を打ったあとなのでダンスは控えておくが、一緒に軽食をどうかね? 君の親切で時機を得た介入に感謝するために。君がとっさに支えてくれなかったら、私はアルバスノット卿夫人の前で床に大の字に伸びていただろう。その場で慰められたあと、仲間内で話の種にされていたはずだよ」

イライザはくすっと笑った。「そうかもしれませんね！　そうならずにすんで幸いでした」

「その幸運を祝してワインはどうかな？」マーカム卿がにこやかに誘った。

イライザも笑みを返し、子爵に導かれるまま彼の腕に手をかけたとき、長身で黒髪の男性が急ぎ足に近づいてきた。「父上、大丈夫ですか？　全然帰ってこないから心配しましたよ。ウィスラム卿が探していらっしゃいます」

「こちらの愛らしいお嬢さんとおしゃべりをしていただけだ。息子とは面識がおありかな、ミス・ヘイスタリング？」

父親を心配そうに見る男性の荒削りで整った顔を見上げた瞬間、イライザは魅入られた。褐色の目は鋭く、額に落ちかかる黒髪をいらだたしげにかきあげている。たくましい体に簡素で落ち着いた黒の夜会服をまとった彼が父親の横に並ぶと、二人は確かによく似ていた。

「い、いえ。お会いするのは初めてです」イライザは年上の紳士の詮索の目を避けるように言った。

「では、私から紹介させてもらおう。ミス・ヘイスタリング、息子のストラサム男爵だよ。ストラサム、こちらはミス・ヘイスタリングだ」お辞儀が交わされたあと、マーカム卿が息子に言った。「これからミス・ヘイスタリングと軽食をとりに行くところなんだ。ウィスラムにはあとで行くと言っておいてくれないか」

ストラサム卿の引きしまった体と整った顔に目を奪われていたイライザは、そのときになって初めて彼が笑みを返してこないことに気づいた。父親の腕に添えられた彼女の手を硬い表情で見下ろしている。

イライザは一瞬、何か言われるだろうかと思った。淑女が紳士の腕に手を添えることは不適切でもなんでもないのに、悪行を見つかったような気分になるのはなぜだろう。

「行こうか、ミス・ヘイスタリング？　舞踏会もそろそろ終盤だから、君は早くダンスフロアに戻りたいだろう。君の楽しみを奪うのは本意ではない」

マーカム卿は息子にうなずいたが、ストラサム男爵は父親の言づてを届けに行く代わりに言った。

「僕もワインを飲みに行きます」

二人の紳士が一瞬、目を合わせた。父親の瞳には優しいあきらめが、息子の目には決意があった。

「おまえがそうしたいというなら」

歩きながら子爵がイライザに話しかけた。

「去年紹介されたときのことを思いださせてくれるかい？　ご家族はどちらにお住まいだったかな？　君の父上とは面識がないと思うが……牧師と言っていたね」

「はい。でも、子爵が父と面識がないのも当然です。父はめったにソルタッシュの教区を離れませんから。ソルタッシュはプリマスの近くにある村で、家族はそこで暮らしています。私はロンドンでは姉のダンバートン卿夫人の屋敷に身を寄せています。姉が私につきそってくれるので、母は家に残って妹や弟の世話をすることができるんです」

「きょうだいが多いのだね？」

「ええ、とても。結婚した姉が二人います。弟は一人だけですが、まだ家で父から勉強を教わっています。母は妹たちの世話にかかりきりです」

イライザは子爵の問いに答えながらも、背後を歩く彼の息子のことが気になってしかたがなかった。そびえるように背が高くて相変わらず笑顔はない。何か気に入らないのだろうか？

でも、いったい何が？　彼はアルバスノット卿夫人との一幕に居合わせていないから、イライザの〝そそっかしさ〟は知らない。

もしかしたら……彼女が子爵を狙っていると思ったのだろうか。マーカム卿は裕福な男やもめだから、爵位さえなければ、マギーがすぐさまイライザに結婚を勧めただろう。できるだけ早く裕福な寡婦になって思いどおりの人生を送るというマギーの〝大いなる計画〟にはいちおう耳を貸すが、それはイライザの望むところではなかった。

　無名の田舎牧師の娘イライザ・ヘイスタリングが子爵を誘惑しようとしてる？　そう疑っている人がいると思うだけで噴きだしてしまいそうだ。

　でも、人に不愉快そうにされるのはめったにない経験で、あまりうれしくはないし、むしろいらだたしかった。ふだんは友人や家族から優しくされるか、社交界の紳士から持参金も縁故もない女性として無視されるかのどちらかだったからだ。

　イライザはまたストラサム男爵の陰鬱な表情をちらりと見た。これでは、無視されないことをうれしいと思えないけれど。

　軽食が用意された部屋に着くと、イライザはマーカム子爵にさしだされたワインを受けとり、相変わらず近くをうろついているストラサム卿の監視の目のことは気にかけないようにした。紳士との会話では、その人の関心があることについて質問するのがいいという友人のレディ・ローラ・ポメロイの助言を思いだし、マーカム卿に話しかける。「子爵もしばらく田舎にいらしたのですよね？」

「ああ、ハンプシャーのストラサムホールが本拠だからね」

「お子さま方もそちらに？」

「いや、残念ながら、息子以外はみんな結婚してそれぞれの屋敷で暮らしているよ。一人はヨークの郊外、もう一人はポーツマスの近く、一番下の娘はノーサンバーランドの紳士と最近、結婚したんだ」

「ロンドンには長く滞在されるご予定ですか？」

「社交シーズンが終わるまではこちらにいるつもりだよ。田舎はどうも……寂しく感じられてね」

「それでしたら、ロンドンにいらっしゃるのが一番です！　行事にも会う人にも事欠きませんから！　こちらでは何を楽しまれたのですか？」

「旧友に会ったり、劇場に行ったりするのも楽しいが、特に好きなのは、大英博物館の〈王の図書室〉で本を読むことだよ」

「では、子爵も学識者でいらっしゃるのですね？」

「君の父上には及ばないと思うが、哲学や詩や古典が好きなんだ」

　自身も熱心な読書家のイライザは、うれしくなって声を張った。「古典ですか？　一番お好きなのはどれでしょう？　私は大して詳しくありませんが、父にラテン語とギリシア語を少し教わりました。ペトラルカは大好きです」

「そうなのかい？」マーカム卿が感激したように言った。「私もだよ！　今度、ぜひお宅にうかがって、好きな文言について話しあいたいものだ」

　イライザは首をふり、謙遜するように手を上げた。

「それほどよくは知らないんです。父に教えてもらいながら詩をいくつか訳したことがあるだけで」

「父上がどの詩なら君に読ませる価値があると思ったのか、興味があるところだ」子爵は、会話にはまったく加わらないのにそばを離れない息子のほうをいらだたしげに見てから言った。「君をダンスフロアに戻してあげないといけないね。だが明日、お宅を訪ねさせてもらうよ」

　息子に聞かれない場所で、私が助けたことに改めて礼を言うためだろうとイライザは思った。

「光栄です。先ほどお話ししたとおり、私は姉の家、ブルック街のホリーハウスに滞在しています」

　マーカム卿はウエイターを呼んで空になったグラスを渡し、イライザのほうに腕をさしだした。「では、君をお目つけ役にお返しするとしよう」

　ストラサム卿もグラスを置いてついてきた。まるで王さまを敵から守る騎士みたいと考えて、イライザは笑みを噛《か》み殺した。

「姉上に私を——私たちを紹介してほしいのだが」マーカム卿が、後ろからついてくる息子をわずらわしそうに見てつけたす。「いいだろうか？」

「もちろんです」

舞踏室に入り、ダンバートン卿夫人のところまであとわずかというとき、ストラサム卿がすっとイライザの隣に来た。「君はダンスが好きかい、ミス・ヘイスタリング？」

まあ、スフィンクスがしゃべったわ。「ええ、とても」

「では、次のワルツを僕と踊ってくれないか？」

ストラサム卿と手と手を重ね、彼のもう一方の手で腰を引きよせられてたくましい体と向きあう……。

その場面を想像すると、急に胃が空っぽになったように感じられた。でもすぐに理性が追いついてきて、彼が嫌悪感をあらわにしてこちらを見ていることを思いだしなさいと警告した。

それに、とイライザは考えた。私はもう魅力的な男性に我を忘れたりはしないわ。拒絶されて恥ずかしい思いをするのは一度で十分だ。

そもそも私のことを嫌っているはずのストラサム卿がどうしてダンスに誘ってきたのだろう？　でも、誰かと踊る約束をしているわけではないし、例によって断る理由も浮かんでこない。「喜んで」イライザはしかたなくそう答えた。

ダンバートン卿夫人がイライザに気づいた。妹が二人の紳士を従えているのを見て、心配そうだった顔が驚きの表情に変わる。それを歓迎の表情にすりかえると、彼女は膝を曲げてお辞儀をした。紳士たちも頭を下げて挨拶をした。

「妹さんをお返しするよ」マーカム卿が言った。

「ありがとうございます！　どこに行ったのかと心

配しておりましたの」

「ドレスの裾を直していたの」イライザは説明した。姉が顔をしかめるのを見て、しくじったことに気づいた。哀れな状態になっているドレスにわざわざ人の目を集めるようなことを言わず、控え室に行っていたと答えるだけでよかったのだ。きっとあとで姉から小言を言われるだろう。

社交界のたわいないおしゃべりのこつが、いつまでたっても身につかない。いつかごく自然に自分の不利になる言動を控えられるようになるのだろうか。

「遅くなったのは私のせいなのだよ」マーカム卿が言っている。「階段で会ったときに、一年ぶりの舞踏会を楽しむためにワインを一緒に飲んでほしいと頼んだんだ」

「お姉さん、マーカム卿のことは覚えているわよね。そして、こちらはご子息のストラサム男爵よ。姉のダンバートン卿夫人です」

「ええ、もちろん。ロンドンに戻ってきてくださってうれしいですわ、マーカム卿。でも、ご子息にお目にかかるのはこれが初めてだと思います」

「ストラサムは大きな集まりにあまり興味がなくてね」マーカム卿の口調はいつになくそっけなかった。「ただこの一年は、私に代わって領地の管理をするために田舎へ引っこんでいたんだよ」

「ロンドンにハンサムな紳士が増えるのはいつだって歓迎ですわ」ダンバートン卿夫人がストラサム卿に満面の笑みを向けた。

「またおつきあいいただけてうれしいよ、レディ・ダンバートン。それに、ミス・ヘイスタリングも」マーカム卿が言った。

「では、後ほどダンスのときに」ストラサム卿もお辞儀をして父親と去っていった。

二人が遠ざかっていくのを見送ってから、姉がさっとイライザを見た。「何があったの?」

彼女は転びそうになった子爵を助けた話はせず、彼がイライザを覚えていたことにして、誘われてワインを飲みに行った先に偶然、子爵の息子がいたのだと説明した。

「かなり好ましい花婿候補が二人」姉は満足そうにうなずいた。「そして、若いほうがワルツを踊りに戻ってくるのね！　よくやったわ、イライザ！」

「彼は礼儀として申しこんだだけよ」ストラサム卿とのあいだの複雑な感情について話す気はなかった。イライザのほうは魅力を感じている――残念ながら。それなのに、ストラサム卿は彼女を疑っているらしい。その疑いようが露骨すぎて、彼とのダンスを楽しみに思えないほどだ。

彼女の愚かな心はかきたてられているとしても。

「あなたが社交界では家族といるときより……控えめにしているのは知っているわ。若い紳士を前にすると口数が少なくなることも」姉が訳知り顔で言った。「でも、ストラサム卿とワルツを踊るだなんて……こんなすばらしいチャンスがあるかしら！　なんとしても話を弾ませるのよ」

「私だって会話くらいするわ――少しは」イライザは言い返した。「ただ、社交界の若い紳士と淑女の会話はお世辞や、いかにも賢そうに人をけなすことばかりで、そういうのは得意じゃないの。年上の紳士と話すのは大丈夫よ。お父さんのように幅広い興味をお持ちの方が多いから」

「マーカム卿のような大人の紳士という意味かしら？　あなたとは少し年が離れすぎているけれど、悪くはないわ。噂《うわさ》では、喪が明けたあと、人生の晩年を楽しく過ごすために気の合う話し相手をお探しだとか。でも、あなたにはご子息のほうがいいんじゃない？　ええ、まちがいなくハンサムだもの！　ストラサム卿はお母さまの持参金だった領地を相続していて、彼自身のお金もたくさんあるそうよ。今は儀礼的に男爵と呼ばれているけれど、いずれお父さまのあとを継いで子爵になられるし」

「今はまだどちらの紳士とも結婚を考えるのはやめておきましょう」イライザは急いでさえぎった。それでなくても疑念を抱いているストラサム卿が姉の態度を見て、やはりイライザは彼の父親に狙いを定めていると確信したらどうなるか！

「だって、いずれは誰かに求愛させると覚悟を決めなくてはいけないのよ」姉がたしなめた。「お父さんが来年のシーズンのお金まで出せないことはわかっているでしょう。いくらあなたがかわいい妹でも、私だってそんなお金は出せないわ」

「わかっているわ。お姉さんが今年もいろいろな場所に連れていってくれることに感謝しているのよ」

　今年が最後のシーズンになることは、イライザもよくわかっていた。皆がそれぞれ夏を過ごす場所へ向かう前に結婚相手が見つからなければ、彼女は自然豊かなソルタッシュに戻ってそれきりになるだろう。そして、良家の生まれでも経済的に恵まれないほかの独身女性と同じ運命をたどることになる。家々を渡り歩いて、子どもたちや、病気の親戚や、老人の世話をするのだ。

　姉の子どもたちの相手をするのは楽しいが、イライザはいずれ自分の子どもを育てたいという夢を持ち続けていた。そして自分の住む家の女主人になり、夫を愛して敬い、その夫に支えられたいという夢を。

　姉に言われたとおり、ストラサム卿とは会話をする努力をするつもりだ——彼が本当にダンスを踊るために戻ってきたら。

　でも、いまだあてのない未来の夫はマーカム子爵でもなければ、彼のハンサムで疑《うたぐ》り深い息子でもないだろう。それは確かだ。

2

　ジャイルズ・ストラサムは父と並んで舞踏室を横切りながら身構えた。ミス・ヘイスタリングとのあいだに割って入ったことを叱責されるかもしれない。過剰反応だったかもしれないが、あの若い女性が我が物顔で父の腕に手を添えているのを見た瞬間、頭の中で警報が鳴り響いたのだ。

　父の情緒がまだ安定していないことは確かだった。幼なじみで恋人で人生の伴侶だった女性を亡くし、今もまったく立ち直れていない。親友でもあった妻のいない冬を乗りきったばかりで、孤独感にもさいなまれている。ジャイルズは父を元気づけるためならなんでもしたが、どんなに親子関係が良好でも、愛する配偶者の代わりにはなりえなかった。

　ジャイルズ自身、優しくて快活な母が恋しかった。父の孤独感は理解できても、母のいた場所にあまり早く別の女性が収まるのは見たくなかった。

「ウィスラムはどこで待っていると言ったかな？」

　しばらくしてようやく父が口を開いた。

「カードルームです」

「では、そちらに行くとしよう。またあとで」

　ジャイルズは父が歩きさるのを見てほっと息をついた。この先の父の恋愛——あるいはそれに対するジャイルズの邪魔立て——といった繊細な話にならなくてよかった。

　まだ舞踏室へ戻る気になれず、彼は人気のない通路をゆっくりと歩いた。一人で考え事ができるのがうれしかった。母のために父の再婚を阻みたいのではない。母は愛するマーカムに自分の人生を歩んでほしいと思っているだろう。

ただ父が孤独感ゆえに、裕福な子爵夫人の座を狙う計算高い女性に引っかかることが心配なのだ。たとえば、紳士の家や家族についてあれこれ質問し、関心事をききだし、自分と同じだといかにもうれしそうに驚いてみせるような女性に？ ミス・ヘイスタリングに本当にペトラルカ講義ができるなら、ぜひ聞かせてもらいたいものだ。

触手を伸ばしてきたのは彼女が初めてではなかった。ジャイルズの母が亡くなって半年もすると、夢見る母親たちがハンプシャー中から子爵を訪ねてきて、深い悲しみを癒やすため、ぜひ〝我が家の静かな晩餐《ばんさん》〟においでくださいと熱心に誘うようになった。独身の見目よい女性がもれなくついてくる晩餐に。

喪が明けて子爵がジャイルズとロンドンへ戻ると攻撃は激しさを増し、到着直後からおびただしい数の招待状が届き始めた。パーティへの誘いが特に多く、そこで父は学業を終えたばかりの無邪気な令嬢から成人した子どもを持つ寡婦まで、魅力的な独身女性を幾人も紹介された。

ミス・ヘイスタリングのペトラルカ作戦は翌日の訪問を約束するほど父の興味を引いたらしい。ジャイルズが彼女にダンスを申しこんだのは、そうすれば彼もミス・ヘイスタリング宅を訪れる口実ができるからだった。うまくいけば父と一緒に行けるし、それがあまりに露骨なら、先に彼女の家へ行って父を待ち、そこで密《ひそ》かに目を配るという手もある。

ミス・ヘイスタリングの人柄はよさそうに見える――先ほどのふるまいが素の彼女を表しているなら。絶世の美女ではないとしても、魅力的であることは認めざるをえない。華奢《きゃしゃ》な体、ハート形の輪郭、大きな茶色の目。いかにも無垢《むく》で愛らしい外見は、ジャイルズの父親のような騎士道精神あふれる紳士に守ってやりたいと思わせるだろう。

無垢で愛らしい女性――アラベラのような。

若い彼の心をとらえた大きな瞳の清純な少女を思いだすと、ジャイルズの古傷が痛み、さらに胸が騒いだ。あの清純な少女は、彼が大学に行って家を離れると、もっと年上で、もっと裕福で、すでに爵位を持っている男と結婚した。

ミス・ヘイスタリングが望んでいるように？

僕がそんなことはさせない。ジャイルズは口を引き結んだ。自分が女性の策略にはまって味わったような苦しみを父親に味わわせはしない。相手が若くて無邪気な女性だろうと、洗練された美人だろうと。

素朴なアラベラのイメージが一瞬にしてまばゆいルシンダの姿に変わった。ネグリジェ姿でなまめかしくソファにもたれかかり、細い手首にはめたダイヤのブレスレットをうっとりと眺めるルシンダ。彼女は美しい宝石に見惚《みほ》れ、ジャイルズが部屋に入っていくまで隠すことも思いつかない。

怒りと、不快感と、心の奥に押しこめていた痛みがあふれてきて彼の全身を満たした。

僕は最初の失恋から何も学ばなかったのかとジャイルズは苦々しく考えた。八年前オックスフォードからロンドンへ来た彼は、夫を亡くしたばかりのエヴァンズ卿《きょう》夫人と出会い、すぐに虜《とりこ》になった。

必死に求愛してついに自分のものにできたときは興奮した。彼女がときどき別の男たちを楽しませていることにはあえて目をつぶった。さっさと結婚の約束をしなかったせいでアラベラを失ったと思いこんでいた彼は、衝動的に結婚を申しこみもした。それに対してルシンダは、〝一度結婚したことがあるけど、退屈だったわ〟と答えたのだが。

彼女にとっては悲惨な結婚だった。成人した子どもを持つ裕福な老エヴァンズ卿に見初められ、自宅の学習室から彼の屋敷へ連行されたようなものだったのだ。結婚後、当然ながら、彼女の実家は経済的困苦から解放された。ルシンダは夫の田舎の領地から出させてもらえず、彼の死によってようやくロンドンへの復帰を果たした。

ジャイルズが彼女と出会ったのは、その記念すべき最初の社交シーズンのことだった。長い隔離生活を終えたルシンダにはもちろん、社交界の華としてもてはやされる権利があった。もちろん彼女には、今を時めく政治家たちをおだてたり、からかったり、あるいは仲間と見なされて喜んだりする権利があった。ただ、彼女が自分で言うとおり、そのうち注目はもう十分浴びたと納得して、忠実な一人の男の愛に落ち着くものとジャイルズは期待していた。

彼がハンプシャーの領地にいるあいだにほかの紳士からもらったダイヤのブレスレットをうっとりと眺めていた先週のあのルシンダの姿は、以前だったらジャイルズの心を嫉妬で満たしただろう。二人は怒りをぶつけあい、彼はルシンダに愛人の名前を白状させただろう。今回の場合はメルバーンの名を。遊び好きだが、政策への助言に感謝してダイヤのブレスレットを贈るような男ではない。その名を聞きだしたジャイルズは、ルシンダにとって一番重要な男の地位に返り咲くため、すぐさま行きつけの宝石店に行き、ダイヤモンドのブレスレットよりもっと高価な装身具を注文しただろう。

だが今回、ジャイルズが選ぶ金ぴかの品は別れの贈り物になるはずだった。

いつ忍耐が限界に達したのか定かではない。この六年、ルシンダに捧《ささ》げ続けた情や献身では足りなかったといつ気づいたのか。ルシンダが一人の男に落ち着く日は永遠にやってこない。そして彼はようやく、このゲームに愛想を尽かした。

僕が本当に別れるつもりだと気づいたら、ルシンダはまた僕を絡めとろうとするだろうか？　僕はそうしてほしいのか？

彼にはどちらの問いの答えもわからなかった。ルシンダを手放したら何でその隙間を埋めればいいのか。そう考えると、心にぽっかり穴があいたような気持ちになる。いや、領地を管理していれば隙間などできるはずもない。昨年の夏、父が悲嘆に暮れて仕事にも支障が生じたとき、ジャイルズは必要に迫られて領地の運営を引きうけた。その後、父がしだいに気力をとり戻してきたので仕事を返すと申しでたが、断られた。いずれにせよ、領地は近いうちにおまえのものになるのだから、自分は音楽や本にもっと時間をさきたいと父は言った。

大音量の曲が流れてきて、楽団の休憩時間が終わったことがわかった。舞踏室へ戻り、先ほどミス・ヘイスタリングと約束したダンスを踊らなければならない。

もしかしたら彼女は見かけどおりの無垢で愛らしい女性なのかもしれない。裕福な夫を手に入れることなど企《たくら》んでおらず、彼の父に純粋に関心を持っているだけかもしれない。だが、男から望みのものを手に入れようとしていることに変わりはない。

痛い思いをして学んだ真実を、今回は絶対に忘れるものか。女性にとっての最優先事項はできるだけ利の多いものを確保することだ。その意味するところが、裕福な夫であろうと、富の相続であろうと、寛大な愛人であろうと。

父を自分のように心ない女性の犠牲者にはさせない。父の精神状態が十分回復し、女性が彼の富や地位だけでなく人柄にも価値を認めているかどうか判断できるようになるまでは注意が必要だ。判断力が回復したなら、人生の晩年を楽しく過ごすための相手を父が自分で選べばいい。

そのときには、ジャイルズもかつては不可能と思っていたことをするつもりだった。ロンドンを離れて領地に腰を落ち着け、その運営に集中するのだ。

領地と爵位を相続する身としては、いずれ妻を見つけるという義務からは逃れられないが。今はその仕事を後回しにできるのがありがたかった。

ジャイルズは覚悟を決めると、舞踏室に戻ってミス・ヘイスタリングを探した。彼女は赤褐色の髪をした長身の女性と年配の紳士と話していた。ジャイルズはその二人を知らなかったが、当然といえば当然だった。オックスフォードを卒業して十年近く、社交界の集いにはほとんど顔を出していないからだ。ルシンダは社交界のおおかたの女性と違い、こみあった舞踏会よりも政治仲間の内輪の集いや宮殿の催しを好んだ。そしてルシンダ以外の女性に興味がなかったジャイルズは、ほかの淑女に紹介される機会をできるだけ避けていた。

「ミス・ヘイスタリング」ジャイルズは彼女の隣に行ってお辞儀をした。「次のワルツは僕と踊ってくれる約束だったね」

「ええ」彼女も膝を曲げてお辞儀をした。「その前に私の親友を紹介させてください。レディ・マーガレット、こちらは最近ロンドンに戻っていらしたマーカム卿のご子息でストラサム男爵です。ストラサム卿、こちらはレディ・マーガレット・ドビニョンと彼女の友人のフルリッジ氏です」

ジャイルズは挨拶をしながら、ミス・ヘイスタリングはこのフルリッジ氏にも狙いをつけているのだろうかと考えた。彼がこちらに向けるよそよそしい視線からすると、ジャイルズがミス・ヘイスタリングを連れていくことを快く思っていないらしい。

「ダンスが終わったらここに戻ってきてね。フルリッジさんとまだほとんど話していないでしょう」レディ・マーガレットの言葉はジャイルズの疑念を裏づけるものだった。やはりこの紳士はミス・ヘイスタリングに関心を持っているのかもしれない。

「仰せに従うわ、レディ・マーガレット」ミス・ヘイスタリングが穏やかに答えた。

　ジャイルズはダンスフロアへ向かいながら、傍らの女性を密かに観察した。自分の連れを誇示するでもなく、年上の求愛者のもとに戻りたがっているふうでもない。ジャイルズをすぐさま会話に引きこもうともしないし、彼の関心が自分に向いていようがいまいがかまわないという態度だった。

　腑《ふ》に落ちなかった。結婚市場におけるジャイルズの価値は父親に勝るとも劣らない。何度か一人で社交界の催しに足を踏みいれたときは、好条件の独身女性やその野心家の母親たちが次から次へとやってきて愛想をふりまいていったものだ。ミス・ヘイスタリングも彼の地位には気づいているはずだが……彼に選ばれる可能性については無関心に見えた。

　すべての女性が出会う男を皆つかまえようとするわけではないのかもしれない。だが、関心を示されなくて自分が少し……いらついていることに彼は驚きを覚えた。

　彼女は年の離れた男が好きなのだろうか。そう考えると、警戒心が膨らむ。ジャイルズはワルツを踊りながらミス・ヘイスタリングについてできるだけ探ることにした。彼女が父のことをあれこれ聞きだそうとしたように。

「シーズンの最初からロンドンにいるのかい？」彼はダンスの最初の位置につくとたずねた。

「シーズンが始まった直後にこちらへ来ました」

「では、舞踏会にはもう何度も来ているんだね」

「それほど多くはありません。姉が連れてきた子どもたちの具合が悪くなってしまって、看病しなくてはいけなかったんです」

「子守りに任せられないほど重篤だったのかい？」

「幸い、深刻な病気ではありませんでした。でも不安だったらしくて、彼らを溺愛する叔母の看病に感謝してくれました」子どもたちの話になると、ミス・ヘイスタリングの表情が和らいだ。

上流社会の既婚者は子どもを領地に置いてくるか、ロンドンへ連れてきても使用人に世話を任せることがほとんどだ。病気の子どものために社交界の行事を欠席した貴婦人の話など、ジャイルズは聞いたことがなかった。ミス・ヘイスタリングは無給で子守りをするよう姉に頼まれたのだろうか。

彼女の状況について内々に調べる必要がありそうだ。ドレスの裾を繕ったという話を聞いていなくても、彼女の衣装が新しくもなければ流行の型でもないのはわかる。ルシンダにつきあって彼女の気に入りの仕立て屋に何度も行った――そして支払いもした――から、流行については詳しいのだ。

ミス・ヘイスタリングが経済的に困窮しているなら、夫を見つけたいという気持ちはほかの女性より強いかもしれない。情熱的で見目のよい若い夫でなくても、金がある中年の夫で手を打とうと考えているのか。

「子どもたちの世話を自分でするなんて……優しいんだね」ジャイルズは口調が皮肉っぽくならないように気をつけた。「では、出席できた行事はよけいに楽しかっただろう」

ミス・ヘイスタリングは彼の声音に気づいたように鋭い視線を向けてきた。「音楽もダンスも演劇も大好きですが、一番楽しいのは、シーズンのおかげで友人のレディ・マーガレットやレディ・ローラ・ポメロイと過ごせることです。私の家族はプリマスの近くに住んでいますし、レディ・マーガレットの家族の領地はサマーセットにあります。レディ・ローラの家はウォリックシャーです。シーズンが終わると手紙で満足するしかありません」

「生まれ育った場所がそんなに離れているのに、どうして親しくなったんだい？」

「三人とも去年デビューして知りあったんです」

「つまり、これが二度目のシーズンか。だが、まだ誰も好みの紳士を見つけられていないのかい？」

いらだちの表情がミス・ヘイスタリングの顔をよぎった。彼女は口を開いたあと一瞬ためらってから言った。「ええ、まだ」

ジャイルズは話の続きを待ったが、むだだった。ミス・ヘイスタリングの沈黙にいらだち、また自分からしゃべろうとしたそのとき、彼女が気をとり直したように決然とした笑みを浮かべた。

「あなたはどうです、ストラサム卿？　お父さまには昨年お目にかかりましたが、あなたをお見かけした記憶がありません。それに今年も。今日までは」

ジャイルズは政治仲間の集いを好むルシンダを立て、社交界にはあまり顔を出してこなかった。二、三度一緒に参加した舞踏会では、美しいルシンダが部屋を移るたびに紳士の関心を集めるので、彼は歯ぎしりをしてばかりだった。小さな集いでも、彼女は注目されるのを楽しみ、興味を持った男とすぐ戯れ始めていらだたしいことこの上ない。

そして、そのあとはたいてい喧嘩《けんか》になった。ルシンダは嫉妬する彼をからかい、このときとばかりに、誰にも二度と私を家に閉じこめさせないと宣言した。でも心配しないで、私はいつもあなたを選ぶからとつけたすことも忘れなかったが。

これまでにも数度、ルシンダはほかの男としばらく過ごしたあとジャイルズのもとに戻ってきていた。彼はルシンダの不在に苦しんだが、それも彼女になまめかしくなだめられ、忘れさせられるまでのことだった。それは忘れたというより、思考の表面から追いやっただけかもしれない。記憶は——そして痛みは——意識のすぐ外側に居座っていた。

その苦々しくて実りのない繰り返しも、もうすぐ終わる。

ジャイルズはふと我に返った。彼が無言で記憶に浸っているあいだ、ミス・ヘイスタリングは茶色の大きな目でじっとこちらを見つめ、答えを待っていたらしい。またルシンダのことをくだくだと考えていた自分にいらだち、彼は少しきつい調子で答えた。

「僕はあまり社交界に顔を出してこなかった」

「お父さまの話では、領地の管理を任されているのでロンドンにはなかなかいらっしゃれないとか。田舎のほうがお好きですか？」

「最近まではロンドンのほうが好きだった」

ミス・ヘイスタリングがかすかに眉をひそめた。

「でしたら、今まで一度もお目にかかっていないのは不思議ですね。でも、独身の男性にはいろいろな楽しみがありますものね。音楽、演劇、スポーツ、哲学サロン、紳士クラブ。あなたもお父さまのように演劇や本がお好きなのですか？　それとも、もっと活動的なことがお好きなのかしら？」

これまで一番熱を入れてきたのは、気まぐれな美女を追いかけることだとは言えなかった。「読書は好きだが、父のような学者肌ではない。劇場にも行くが、公園で馬に乗ったり、田舎道で馬車を走らせたりするほうが性に合っている」

ルシンダは馬には乗りたがらなかったが、彼の運転する馬車で郊外へ遠出するのは好きだった。特に、こぢんまりとした宿で午後の密会を楽しむのが。口元に苦笑が浮かびそうになったとき、ミス・ヘイスタリングにするはずだった尋問を自分が受けていることに気づいた。

彼女の情報を集めることに集中しなくては。「君はどうだい、ミス・ヘイスタリング？　乗馬は好きかい？　それとも、もっぱら読書にいそしんでいるのかな？」

疑念をあらわにしないよう気をつけたつもりだったが、ミス・ヘイスタリングがまた鋭い視線を投げてきた。読書好きという言葉を疑っているのだろうというように。愛らしくて無垢な見かけの下には鋭い洞察力がひそんでいるらしい。

だが、ミス・ヘイスタリングは彼の疑《うたぐ》り深さを非難したりはせず、簡潔に答えた。「乗馬は大好きです。今は毎日乗れないので寂しいですが、馬をロンドンまで連れてくるのはお金がかかりますから」

それもまた彼女が使える金に限りがあることを示していた。「ほかに何か好きなことはあるかい？」

「よくある社交界の催しばかりです。あなたはご興味がないと思います」

彼女がまた黙りこんだので、ジャイルズは自分が話さなければ会話が続かないことにいらだちを覚えた。「さあ、もっと話してくれないか。君の好きなことについて聞きたいんだ」

ミス・ヘイスタリングが眉を上げた。「どうしてでしょう？　私が参加したお茶会や音楽の集いや夜会の話をするより、あなたがお話ししてくださるほうがきっと楽しいと思いますけれど」

自分のことを話したがらない女性などいるのだろうか。それも、請われているのに。ジャイルズの好奇心が刺激された。「君は家族ととても仲がいいようだから、その話を聞かせてくれないか」

ミス・ヘイスタリングの警戒の表情は変わらなかったが、瞳がわずかに輝いた。「本当にお知りになりたいなら」

彼女がどれほど結婚する必要に迫られているか判断するためにも、どんな求愛者を好むか知るためにも、ジャイルズは確信を持って答えた。「もちろんだとも。姉の子どもの看病をするために社交界の行事を欠席する女性。パーティよりも友人に会えるからロンドンが好きだと言う女性。そんな女性はすばらしい家族から生まれるに違いない」

「まあ……そこまでおっしゃるのでしたら。私にとってはとても大切な家族です。父のロバートは先ほどもお話ししたとおり牧師で、ウィンターストーン伯爵のいとこです。母エスターの旧姓はリオンズといい、父親は牧師、伯父はリオンデールのリオンズ卿です。私が今お世話になっている長姉はダンバートン卿夫人で、夫はファーンワースのサー・ジョージ・ダンバートン。子どもが三人いて、この子たちがとてもかわいいんです。義兄《あに》は根っからの田舎好きですから、ファーンワースに残って屋敷の管理をしていますが、ときどき私たちに会いにやってきます。次姉のミセス・アビゲイル・ニーダムは結婚して間がなく、バース近郊にある夫の家で暮らしています。まだソルタッシュの家にいるのは、サマンサと、アガサと、アンナと、ペネロープです。ご想像どおり、これだけの娘のあと息子が生まれて両親は大変喜びました。弟のティモシーはほかの若い紳士にまじって父から勉強を教わっています」彼女は微笑《ほほえ》んだ。「学校の授業料はそれほど高くありませんが、父は評判の学識者で、イートンやハローに行くよりいい教育が受けられるんです」

そうだとしても今後役に立つ友人やつては得られないだろうとジャイルズは考えた。子だくさんというだけで金はかかる。ミス・ヘイスタリングのドレスから察せられるとおり父親に俸給以外の財産がないとしたら、家計はかなり大変なはずだ。舞台袖で出番を待つたくさんの妹のことを思えば、ミス・ヘイスタリングの両親が彼女にとにかく結婚してほしいと思っているのは想像に難くない。

耳に届く旋律をぼんやり聞くうち、曲が終わりに近づいていることに気づいた。できるだけたくさんの情報を集めるはずだったのに、残された時間はわずかしかない。「ダンスのあとは、お姉さんではなくレディ・マーガレットのもとに君を送り届けたほうがいいのだろうね?」ジャイルズは微笑んだ。

「フルリッジ氏もきっと喜ぶだろう。僕が君を連れさるのが気に入らないみたいだったからね。彼が申しこむつもりだったダンスを、僕が横取りしてしまったのだろうか？」

「さあ、申しこまれたわけではないので、私にはわかりません」ミス・ヘイスタリングはそう答えたものの、頬がほんのりと赤くなっていた。

やはり、二人のあいだには何かがあるようだ。

「彼は君にとって特別な紳士なのかい？」

ミス・ヘイスタリングがぱっと目を上げてジャイルズを見た。「ずいぶんぶしつけな質問ですね」

ジャイルズは無頓着な笑みを浮かべようとした。

「君たち女性によれば、我々男たちは噂話《うわさばなし》が下手らしい」

「そういうことでしたら、私は噂話をよしとしないので、ご質問にはお答えしません」

やがてダンスが終わり、ミス・ヘイスタリングを友人のもとへ返す時間になった。フロアに向かうとき同様、フロアをあとにするときも、彼女は平然と無言を貫いた。ジャイルズも次に何を言えばいいのかわからず、黙っていた。

ミス・ヘイスタリングの友人のもとに戻ると、フルリッジがまたジャイルズを疑わしげに一瞥《いちべつ》したあと、彼女に微笑みかけた。「ワルツを踊って喉が渇いたのではないかね？　飲み物を飲みに行くなら、私がご一緒しよう」

「それがいいわ」レディ・マーガレットが後押しする。「フルリッジさんはあなたとお話ししたいのよ」

ミス・ヘイスタリングはためらっているようだった。さっきワインを飲んだからもういらないと言うのかと思ったが、彼女はすぐに年配の男のほうへ手をさしだした。「光栄ですわ」

フルリッジがその手をとると、ミス・ヘイスタリングは彼を見上げて微笑んだ。その純粋な笑みが彼女の聖母のような顔をひどく魅力的な面立ちに変えたことを、ジャイルズは認めないわけにいかなかった。ミス・ヘイスタリングの美しさは華やかというよりも繊細で、体つきはすらりとした長身とは対照的な小柄だった。柔らかな巻き毛は金色というよりブルネットで、大きな目は春のブルーベルの色ではなく濃い褐色だった。

ルシンダとあまりに違うので、ジャイルズはそれまでほとんどミス・ヘイスタリングの容姿に目を向けていなかったが、今、驚くほど強い力で引きつけられて彼の体はこわばっていた。ミス・ヘイスタリングには汚れなき英国の薔薇《ばら》のごとき美しさだけでなく、密かな官能美もあったとは。

無垢と密かな官能の組みあわせが父を引きつけたのだとしたら、納得がいく。

フルリッジに連れられて去っていくミス・ヘイスタリングに向かってジャイルズは声をかけた。「明日、お宅にうかがうのを楽しみにしているよ」

ミス・ヘイスタリングはうなずいたが、そこにはフルリッジに向けたような純粋な笑みはなかった。ジャイルズは自分がまた意味もなくいらついていることに気づいた。

ミス・ヘイスタリングが彼の関心を引こうとしていないのは確かだった。あるいは、社交界に興味のない若い紳士を誘惑しても成功の見込みがないと見切っているのか？　標的は年配の男と決めているのか？　そして、フルリッジも父も誘惑されることを受けいれているように見えた。

先ほど、フルリッジは特別な存在かというジャイルズの問いをミス・ヘイスタリングは見事にかわした。彼女は判断力があるだけでなく、頭の回転も速いらしい。若さと人懐っこさだけを武器に男を引きつけ、ドレスと夜会の話をひたすら繰り返す世間知らずで無邪気な女性とは違う。彼女が父に狙いを定めているなら、手強《てごわ》い相手になりそうだ。子爵を守るという任務は、予想していたよりはるかに困難なものになるかもしれなかった。

彼女が父に狙いを定めているなら。あるいは、もっと大きな網を打ち、フルリッジのような裕福だが地位は低い紳士も標的としているのか？

ミス・ヘイスタリングの家族についてかなりずうずうしく集めた情報からすると、彼女はできるだけ早く結婚することを迫られているはずだ。ジャイルズの父親はかなり大きな獲物だから、決死の作戦の本命の標的になる可能性は高い。

今夜の父は征服されてもいいと思っているように見えた。もし父が本当にそう思っているなら、ジャイルズは今後、見かけほど世間知らずではない謎のミス・ヘイスタリングと何度も顔を合わせることになるだろう。

3

ジャイルズがミス・ヘイスタリングとワルツを踊りおえてしばらくすると父親が帰っていったので、彼は少し警戒を緩めた。ダンバートン卿《きょう》夫人とその一行が帰るまで、カードルームに紛れこんでダンスを避けつつ、ミス・ヘイスタリングが誰と踊るかチェックした。

フルリッジと二回。にきび顔の青年は身ごなしよりも熱意を前面に押しだしていた。彼女はアサートン卿とも踊ったが、伯爵の視線はむしろ友人のレディ・マーガレットに注がれていた。いずれにせよ、ミス・ヘイスタリングはつきそいやほかの壁の花たちとフロアの脇で過ごすことのほうが多かった。

ジャイルズは驚かなかった。彼と踊っているときの受け答えからすると、ミス・ヘイスタリングはあどけない顔のわりに機知があるが、社交界がより重視する戯れのおしゃべりは不得手のようだった。彼女の美しさは密《ひそ》やかで、ダイヤモンドとして祭りあげられるような華やかさはない。そのような美しさと同等の、あるいはそれ以上の価値があるとされるのは莫大《ばくだい》な持参金だが、ミス・ヘイスタリングが若い紳士に目を向けようとしないのは、その持参金の少なさゆえと思われた。

だから彼女は年配の裕福な紳士に限定して魅力をふりまいているのだろう。彼らは多額の持参金を約束された要求の多い美女よりも、一緒にいて楽しい話し相手を求める。ミス・ヘイスタリングがどれほどの覚悟でそのような紳士を狙っているのか、少なくともそれを突きとめなくてはいけない。

ジャイルズがキング街のタウンハウスに戻ったとき、父はすでに床についており、話ができたのは翌日の朝食の席でだった。

父の機嫌を損ねたくなかったので、まずたわいもない会話をし、食事を終えてから一つ深呼吸をして懸案事項を持ちだした。

「今日の午後、ミス・ヘイスタリングを訪ねますか？　昨日、彼女と踊ったので、僕も訪ねようと思うのですが、馬車で一緒に行きませんか？」

子爵が眉を上げた。「彼女に関心があるのかね？」

「見た目はかわいらしいですが、頭の切れる女性ですね」ジャイルズは用心深く答えた。「これまでに社交界で会った女性とはどこか……違います」

彼の父親はちらっと笑った。「おまえが比べているのが私の思っている女性なら、〝違う〟というのは褒め言葉だろうな」

怒りが——痛みと不快感のまじったものが——こ

みあげたが、ジャイルズはそれを抑えた。父は息子の恋路に決して口出ししないものの、今みたいにときおり遠回しに発する言葉から、エヴァンズ卿夫人を快く思っていないことは明らかだった。父には人を見る目があったと認めるべきなのだろう。しかしジャイルズの心の傷はまだ生々しく、この件について話すことはできそうもなかった。

　またもやルシンダについて愚にもつかぬことを考えている自分にいらだって目を上げると、父が探るようにこちらを見ていた。

「確かに、社交界はミス・ヘイスタリングをダイヤモンドとは認めないだろう。だが年をとると、きらびやかな美しさより大事なものがあるとわかるようになる。優しさ。思いやり。思慮。そういったものを彼女はたくさん持っていそうだ」

　父親の口調の温かさに警戒心が頭をもたげ、ジャイルズはほかのいっさいのことを忘れた。思っていた以上に父はあの女性に惹《ひ》かれているらしい。

「一度話しただけでそんな印象を持ったのですか？　彼女によほど強い印象を持ったのですね！」

　彼の父親の頬が緩んだ。「ああ。おまえはどう思った？　おまえもあのお嬢さんに関心を持ったというなら、私は絶対に応援するが」

　息子のために仲人役を務めると言っているのだろうか？　それはやめてほしい。「僕はまだ子ども部屋をつくる気はありませんよ」

「残念だな！　私の命もいつかは尽きる。俗世を去る前に、おまえの子どもを膝にのせてあやしたいものだ。だが、私が自分の子ども部屋をつくることを考えているのかと心配しているなら、その必要はない」子爵はジャイルズのほうに首を傾け、穏やかに言った。「おまえは私のことを、美人に同情されたとたんになびいてしまう耄碌《もうろく》した孤独な老人と思っているようだな」

　それは彼の懸念の核心近くを突いていたので、ジャイルズは顔が赤くなるのを感じた。「そんなことは思っていませんよ。でも、恋愛はもう少し……元気になってからでいいでしょうね」

「私は軽はずみなことはしない。おまえの母親の代わりを見つけたいとは思っていないよ。代わりを務められる女性などこの世にいないからな。話し相手でさえほしいのかどうか。だが、その可能性について考えられるほどには元気になっている」

「とにかく……気をつけることです。何か約束するのは、相手の女性のことをよく知ってからにしてください」

「ああ、そうするとも。さて、私はミス・ヘイスタリングに渡す花束を選びに行くとしよう」ジャイルズの父親は面白がるようにちらりと笑ってつけたした。「おまえも一緒に花屋へ行くかね？」

　花束は必須ではないが、紳士が前夜踊った相手を訪ねるときに持参するのは好ましい気遣いとされている。ルシンダとしかワルツを踊ったことがないジャイルズは、その習慣をすっかり忘れていた。

　一方で、たいていの紳士が従僕に花を買いに行かせて先方へ届けさせるのに、自ら花を選ぼうとする父親を見て、ジャイルズはまた心配になった。

「ええ、お供します。そのあとで一緒に彼女を訪ねましょう」

　これで、父がどんなふうに花をさしだし、彼女がどんなふうに受けとるか、この目で確かめられる。

「その前に代理人が来ることになっているので、出かける支度ができたら知らせよう」

「僕は書斎で帳簿に目を通しています」

　ジャイルズの父親はうなずくと、コーヒーカップを置いて立ちあがった。彼は出口で足を止めてふり向き、また探るようにジャイルズを見た。そして短く笑って首をふった。「では、あとで」

ジャイルズは眉をひそめた。何か言いたいことがあったのだろうか。だが、すでに父の姿はなく、ジャイルズはまあいいかと気をとり直してコーヒーのおかわりをついだ。

ふだん彼が出かけるのは、もっと遅い時刻になってからだった。ルシンダは早起きと無縁なので、昼間にたいていの用を終わらせて、夜、訪ねる。

だが、ブレスレットを見せつけられて以来、ルシンダの家には行っていない。彼女はそろそろジャイルズが戻ってくるころだと踏んでいるだろう。これまでも、距離を置くと誓った彼がどうやって引き戻されたかよく覚えているはずだ。

顔を合わせさえすれば、ルシンダは彼を丸めこみ、誓いを忘れさせた——いらだちや苦しみは癒えぬまま残るとしても。今度こそ別れられると信じていながら、ジャイルズがここまで彼女と会うことを避けているのは、そういうわけだった。

この関係を終わらせなくてはいけない。それははっきりしているが、今まで彼を縛りつけてきたルシンダの力に抵抗しきれるか、まだ自信がなかった。もう少し再会を引き延ばし、彼女のどんな誘惑にも抗《あらが》えると確信が持ててから別れ話をしたかった。

完全に別れるには、彼女ともう一度会う必要がある。二人は互いにとってあまりに長いあいだあまりに大きな存在だったから、別れの手紙と品を送ってそれきりというような臆病なまねは許されない。ルシンダにはジャイルズの決心を彼の口から聞く権利がある。

明るい話があるとすれば、先ほどの会話で父の状況について確信が持てたことだ。父はまだ完全に母の死から立ち直っていないし、別の女性と恋愛を始めるのは時期尚早と自覚している。

ジャイルズは今日の午後、ミス・ヘイスタリングを訪ねたときの父を観察し、その確信が正しいかどうか確かめるつもりだった。同時に彼女の様子も観察して彼の父親を誘惑しようとしているかどうか見定めよう。もしそうでないとわかれば、安心して番犬の役割を終えられる。少なくとも、ミス・ヘイスタリングに関しては。

父につけこもうとするほかの獰猛《どうもう》な女性たちの動きには、目を配り続ける必要があるとしても。

その日の午後、イライザはダンバートン家の応接間でソファに座り、姉が客たちとしゃべるのを聞くともなく聞いていた。マーカム卿はきっと約束どおり訪ねてくるだろう。でも、彼の息子は？　ストラサム卿は父親についてくるだろうか？

また子爵に会うのは楽しみだった。彼がロマンティックな思惑を持っていようといまいと――イライザには持っているように思えなかったが――気取りのない物腰や学問への情熱は愛する父親と同じで、一緒にいてとても楽しかった。

でも、息子の場合は違う。

ストラサム男爵のことを考えるだけで、イライザの神経は高ぶって肌が粟立《あわだ》ち、胃の中に不快な渦が巻いた。彼の密やかな疑念が不安をあおるからだろうか？　彼に惹かれる気持ちがジョージとの悲しい出来事を思いださせるからだろうか？　それとも、彼に疎まれているのがわかっているのに、良識が彼は避けたほうがいいと警告しているのに、近くにいるだけでほかのことが何も考えられなくなるから？

昨日のストラサム卿との会話のぎごちなかったこと。姉が知ったらがっかりするはずだ。もうあんなことを繰り返さずにすめばいいのだけど。

不安をなんとか抑えこんだとき、執事がお辞儀をして告げた。「マーカム子爵とストラサム男爵がお見えです」

激痛が走ったように、イライザの鼓動が一拍飛んだ。ダンバートン卿夫人が満足げに微笑《ほほえ》み、二人の客が好奇心をあらわにして入り口に目をやった。

幸い、お辞儀やお決まりの挨拶が交わされるあいだに、イライザは粉々になった平静を修復することができた。なんでもない訪問に動揺するなんておかしいでしょうと自分をたしなめる。紳士がダンスの翌日に相手を訪ねるのはごく普通の儀礼だし、マーカム卿は訪ねてくると昨夜、言っていたのだから。

私は自分がそうありたいと願う知的な女性としてお客さまと会話をし、奇行を演じて姉に恥をかかせるようなまねはしない。稲妻が光ったあとのように、ストラサム卿とのあいだの空気がぱちぱちと音をたてているとしても。

イライザは穏やかな笑みになっていますようにと願いながら表情を和らげ、マーカム卿から遅咲きのらっぱ水仙と忘れな草の愛らしい花束を、ストラサム卿からは白い花々を受けとった。

姉の客はマーカム卿と知りあいらしく、嬉々《きき》として挨拶すると、すぐに会話に引きこんだ。その結果、イライザとストラサム卿の二人が残された。

胃の中で燕《つばめ》が暴れるようないやな感覚を抑えるため、彼女は花束にかこつけて時間稼ぎを試みた。メイドを呼んで、どの花瓶にどんなふうにいけるか不要なまでに細かく指示をする。ついに引きとめる口実がなくなってからメイドを解放し、ストラサム卿のほうを向いた。

彼女はまたなんとか笑顔をつくった。「きれいなお花をありがとうございます」

「受けとる女性の美しさには及ばないが」

イライザはその賛辞に驚き、からかわれているのだろうかと眉をひそめた。彼女自身はいやになるほどストラサム卿に引きつけられていても、彼のほうはイライザに何かを感じているようなそぶりを一度も見せていない。だがここで反論したら、気の進まない対決をすることになりかねないので、彼女は一言だけ答えた。「お優しいんですね」

　イライザは次の言葉を探した。会話を簡潔にすませたいが長引かせたくもあり、そっけない返答しかできない無骨者と思われるのもいやだった。ためらっていると、ストラサム卿がいらだたしげな視線を向けて言った。「舞踏会は楽しかった。君もそう思うだろう？」

　すばらしい出だしとは言い難いが、イライザが絞りだした言葉よりはましだし、麻痺《まひ》していた頭もようやく動き始めた。「え、ええ。エバーシャム卿夫人が開く催しはいつも……楽しいんです。食事もおいしいし、楽団もすばらしくて、お客さまもいい人ばかりです」

「確かに。レディ・マーガレットに紹介してもらったのは光栄だった。非凡な女性のようだね。アサートン卿も同じ意見に違いない」

　仲良しのマギーの名前を聞くと緊張がほどけ、イライザの顔に小さな笑みが浮かんだ。「ええ、きっとそうだと思います」

「三人組の一人は夫を見つけたということかな？」

「そうとは限りません。レディ・マーガレットは結婚にそれほど熱心ではありませんから。アサートン卿も奥さまを亡くされたとはいえ、跡継ぎのほかにご子息が数人いらして、結婚にはあまり関心がないようです」

「ほう！　ではもう一人の友人――レディ・ローラ・ポメロイだったかな――も結婚には否定的なのかい？」

「いいえ」ストラサム卿を意識する気持ちはまだ大きかったが、友人の話をしていると心が和み、彼がかきたてる不穏な気持ちも無視しやすかった。「レディ・ローラが友人のお兄さまで銀行家のご子息と恋に落ちたのには、私たちも驚きました。近々結婚すると、つい昨日、聞いたばかりです」

「銀行家の息子と？」ストラサム卿が驚愕《きょうがく》したような声を出した。「彼女の両親はよほど地位が高いのだろうか？　娘がそんな不釣りあいな結婚をしても社交界からつまはじきにされないほど？」

イライザは首をふった。「お父さまは侯爵ですが、傍系なので彼女も高い地位につくように育てられたわけではありません。彼女自身とても個性的です。数学の天才で学会にも出席し、バベッジ氏の階差機関について、それはうれしそうに話すんです。静かに結婚して学会からは身を引き、夫の銀行業を手伝うつもりだそうです」

ストラサム卿があきれたような顔をした。「一人は数学者で、もう一人は結婚したくない女性？　君もその稀有《けう》な友人たちと同じ考え方なのかい？」

イライザは笑い声をあげた。「私はごく普通の女性です。特別な才能もありません」

「ペトラルカを読んでいても？」

イライザはまたからかわれているような気がして、ストラサム卿の表情を探った。そして慎重に言葉を選んで答えた。「私がほかの女性より学問好きだとしたら、それは七人も立て続けに娘が生まれたあと息子をあきらめた父が、文学の楽しみを分かちあう相手として私に白羽の矢を立て、熱心に教えてくれたからにすぎません。でも私は愛と敬意のある結婚がしたいだけで、それ以上の野望はありません」

「相手の年齢は関係ない？」

ストラサム卿はまだ私が彼の父親に目をつけていると疑っているらしい！　怒りがこみあげ、ストラサム卿の魅力をいっそう曇らせてくれたが、イライザはその怒りを抑えこみ、堅い口調で答えた。「理想は私の両親のような愛情に満ちた関係です。お互い似たような生いたちで――父は牧師で、母は牧師の娘ですから――共通の関心を持っているような。

将来の夫の年齢を限定はしませんが、好ましい年齢というのはあるかもしれません。私は自分の子どもがほしいと思っていますので」こんなこと、ストラサム卿にはなんの関係もないことだけど。

　ストラサム卿がぶしつけな質問を続ける前に、執事が現れてフルリッジ氏とガーソープ氏の到着を告げた。ガーソープ氏はレディ・マーガレットがイライザに勧めているもう一人の紳士だった。

　ストラサム卿と二人きりの時間もこれで終わりだと思うと、ほっとすると同時に残念な気がして、イライザはそんな自分にいらだちを覚えた。だが立ちあがってお辞儀をし、新たな訪問客を笑顔で歓迎した。「お二人ともようこそおいでくださいました」

　それに応じたあと、二人の紳士は女主人に挨拶をするためにその場から離れた。ストラサム卿への対応は見るからにそっけなかった。まさか二人がストラサム卿をライバルと思っているはずがないけれど。

　そんなことを考えていると、マーカム子爵が姉たちのそばを離れてやってきた。彼は息子にうなずいてからイライザに話しかけた。「こちらのお宅は美しい庭園が自慢だそうだね。一緒に散策してもらえないかな、ミス・ヘイスタリング？」

　子爵は姉や姉の友人たちがいる応接間ではなく、二人きりの場所でイライザに昨日の礼を言いたいのだろう。ストラサム卿との会話を名残惜しく思う気持ちにきっぱりとけりをつけ、彼女はマーカム卿に微笑んだ。「喜んで」

　イライザは彼の息子に会釈をすると、マーカム卿がさしだした腕に手をかけた。

　子爵と出口に向かいながら、彼女はストラサム卿の鋭い視線が太陽光線のように背中を焦がすのを感じていた。それは背後で従僕が扉を閉めるまで続いた。

4

翌朝、マギーからポートマンスクエアのタウンハウスに来てほしいと手紙が届いた。突然の呼びだしだったが、イライザは二つ返事で了承した。今のこの悩ましい状況を誰かに聞いてほしかったのだ。

姉にこんな混乱した気持ちは話せない。ダンバートン卿《きょう》夫人はどの求婚の芽も大切になさいと言うだけだろう。でも友人が相手なら、マーカム卿の思いがけない好意や、そこから生まれたストラサム卿の奇妙な関心と密《ひそ》かな嫌悪感について、率直に話せるような気がした。

もしあれが嫌悪感なら、とイライザは考えた。ストラサム卿のそばにいると、判断力がまともに働かなくなることは自覚していた。

鋭いけれど冷静なマギーなら、父と息子の両方に接する一番いい方法を教えてくれるかもしれない。もちろん、彼女のお気に入りの候補者たち、フルリッジ氏とガーソープ氏についてもっと考えてあげてとつけたすことも忘れないだろうけれど。そう考えて一人微笑《ほほえ》むと、不安がいくらか和らいだ。

でも、伝え方に気をつけなくては。いくら親しい友人でも、私がどれほどストラサム卿に心を乱され、混乱させられているか気づかれるのは困る。ジョージとのつらい経験のあと、よこしまな魅力を持つ貴族に惹《ひ》かれるのはやめたはずでしょうと言われるのはわかっていた。

イライザが執事の後ろから朝用の客間に入っていくと、マギーが勢いよく立ちあがって彼女を迎えた。そして執事に飲み物を持ってくるよう指示をした。

「ローラを待たなくていいの？　彼女も来るのでしょう？」イライザは苦笑した。「ちょうどよかったわ！　あなたたちに私の……状況も聞いてほしかったから」

「今日はローラは来ないわ。でも、あなたに急遽《きゅうきょ》来てもらったのは彼女が理由なの」マギーはイライザの手を引いてソファに座らせた。「今朝、ローラから手紙が届いたのよ。ロシュデイルさんはもう特別許可証を手に入れていて、二人は二週間後に式を挙げるんですって。この先は、新居を探して家具や使用人の手配をするのに忙しくなるみたい」

「もう社交界から身を引くと知らせてきたのね？」

マギーがため息をついた。「私たちにとっては残念だけど、そのとおりよ」

マギーは黙りこみ、イライザも何を言えばいいかわからなかった。ローラが結婚するということは友だちに会えなくなるということなのだと気づき、みぞおちを殴られたように感じた。「あなたも……とり残されたように感じてる？」しばらくして彼女はきいた。

マギーが涙とおぼしきものを拭った。「頭ではわかっていたのよ。あなたたちが結婚したら、友情よりご主人や子どもたちが大事になるって。でも、その日がこんなに早くくるなんて」

イライザはマギーの手を握った。「友情より大事なものなんてないわ。ただ、夫や子どもがいたら、優先事項や時間の使い方が変わるだけよ」

「ローラの手紙には、社交界の予定が入っていないときに、私たちに一緒に新居を見に行ったり助言したりしてほしいと書かれていたわ」

「では、時間をつくらなくちゃ！　新居づくりのお手伝いができるなんて楽しそう」

「あなたは家庭的だから力になってあげられるはずよ。世話好きなあなたの本領が発揮できるわね」

イライザは肩をすくめた。「私はあなたのように社交界の有力者にはなれないし、ローラのような天才でもないもの。私は……普通の女性だわ。温かくて楽しい家庭を築き、子どもたちを育てたいだけ。それが高望みでなければの話だけど」

マギーがイライザの手を握り返した。「愛情と強い絆《きずな》で結ばれた家庭をつくること、自信に満ちた子どもを育てて次の世代につなげること——女性にできることの中でこれほど大事なことはないわ。いさかいと混乱の中で育った私が証明しているとおりよ。でも、ローラと結婚の話はこれくらいにしましょう。さっきあなた、自分の〝状況〟も聞いてほしいと言ったわよね。どんな状況なの？」マギーの瞳が輝いた。「フルリッジさんを魅力的だと思ったとか？　先日、二人でかなり長く話していたでしょう？　友人の一人がついに私の忠告を受けいれて、自分を裕福な寡婦にするために年配の紳士と結婚すると決めてくれたら、私、歓声をあげちゃうわ」

イライザは笑った。「フルリッジさんはいい方だけど……話したかったのは彼のことではないの」

「じゃあ、何？」マギーは、イライザがどう答えようか迷っているのを見て顔をしかめた。「マーカム卿のこと？　彼は感じがいいけれど、地位が高すぎるわ。あなたとは合わないんじゃない？　それに、まさかストラサム卿に惹かれてはいないわよね！　あんな傲慢で自分の価値を買いかぶっている人はだめよ。つらい経験のあと、あなたは……」

「心配はいらないわ」イライザは断言した。「ジョージのおかげで、身分の高い紳士の誠意を鵜呑《うの》みにしてはいけないと学んでいるから」

マギーが軽蔑するように笑った。「ぜひそうであってほしいわ！　〝厚かましいにもほどがあるな、ミス・ヘイスタリング！　僕が本気で君に関心を持っていると思うなんて〟」ジョージの甲高い声をまねて続ける。「〝伯爵の息子と牧師の娘だよ。笑止千万だ！〟よくその場で顔面に一発お見舞いしなかったものだわ」

　イライザは苦笑した。「いい考えだけど……実際にはあまりに信じられなくて、あんぐりと口を開けることしかできなかったの。私はまだ十六だったし、何度も乗馬をしたりおしゃべりしたりして、彼も私と同じぐらい恋をしていると信じこんでいたんだもの。それに、信じられないという思いが薄れると、恥ずかしくてたまらなくなったわ。去年ばったりジョージと出くわさなかったら、あのいやな過去のことはあなたにだって話さなかったでしょうね」

　マギーはイライザの手を握り、気の毒そうに彼女を見た。「彼に会ってすっかり動揺しているあなたを見て、察しはついたわ。なんのための友だちだと思っているの？　相手がつらい時期を乗りきるのを助けるためでしょう？」

「もう昔の話だし、私は立ち直っているわ」イライザは気丈に言い、完全に消しされずにいるみじめさと屈辱感の固まりをぐっとのみこんだ。

「悩みの種がマーカム卿でもストラサム卿でもないとしたら、なんなの？」

「いえ、その二人よ。でも、あなたが思っているのとはちょっと違うの」イライザは子爵を助けて感謝されたことや、父子が翌日訪ねてきたことを手短に説明した。マーカム卿と庭を散策したときに重ねて礼を言われたことも。

「彼が感謝するのも当然だわ！」マギーは言った。「アルバスノット卿夫人の前で失態を演じれば、社交界中に話が広がってしまうもの。そんなうまい台詞《せりふ》をその場で考えつくなんて、あなたって本当に頭がいいわね。お手柄よ、イライザ！」

　イライザは友人の賛辞にかすかに頬を染めた。

「ストラサム卿が近づいてきたのは、私が子爵を射止めようとしているか確かめるためだと思うの。子爵は階段で転びそうになったことを話していないはずだから、ストラサム卿は父親が突然、私と親しくし始めたことに不審を抱いたのでしょうね。マーカム卿が私を庭に誘ったときの彼の顔を見せたかったわ！」彼女は笑い声をあげた。「父親の袖をつかんで散歩なんてやめろと言いだすんじゃないかと思ったほどよ。紳士を誘惑しようとする計算高い女性と疑われたことを屈辱と思うべきか、もしかしたらうまくやりおおせそうな魅力的な女性と思われたことに気をよくするべきなのか、わからないわ」

「そんな根拠もない疑いをかけるなんて、ストラサム卿はずいぶん思いこみの強い人なのね」

「私はどうしたらいいと思う？　疑いを晴らすためにはマーカム卿を避けたほうがいいのでしょうけど、彼はまた訪ねてくると言っているの。息子に誤解されないために子爵をぞんざいに扱うのはいやだし」

「ストラサム卿には、あなたの行動を疑う権利も父親の行動を干渉する権利もないはずよ。仮にあなたがマーカム卿を狙っているとしても、それは子爵の問題で、息子が口出しすることではないわ」

「あなたがストラサム卿を呼びだしてそう警告してくれたらいいのに」そう言ってからイライザは手を上げた。「いいえ、やめて。冗談よ……。あなたならやりかねないわ」

「そうね」マギーが力強く同意した。「特に、ストラサム卿が私の大事な友人を悩ませ続けるならね。でも、彼と直接話をさせてくれないなら、私に何かできることがあるかしら？」

「次の訪問では何もないと思うけれど、昨日、子爵と庭を歩きながら、あさっての夜チバートン夫人のお宅で開かれる音楽の会の話をしたの。子爵がピアノフォルテで連弾をするのが家族の夜の楽しみだったとおっしゃるから、私、つい……では一曲ご一緒しましょうかって言ってしまったのよ」

マギーが両眉を上げたので、イライザの頬が熱くなった。「なるほど、ストラサム卿が心配するわけだわ」彼女はいたずらっぽく言った。「理由をつけて断ることはいくらでもできたでしょうに。あなた、本当に子爵をその気にさせようとは思っていないのね？」

「むげにするのは失礼な気がしたし、私は本当にピアノフォルテを弾くのが好きなの。それに、あなただって知っているでしょう。私、誰かに何かを誘われたとき、特に理由もないのにうまくかわすということができないのよ」

「だから、アルボーンに何度もドレスの裾を踏まれてしまうのよ」マギーがあきれたように手をふった。「でも、将来求婚者になるかもしれない貴族をむげにしたら、お姉さんに叱られるわね。その人の影響を受けてほかの紳士もあなたに求愛するかもしれないのだから。そうね、今できることはなさそうだけど、音楽の会でストラサム卿があなたに近づこうとしたら、邪魔してあげましょうか？」

演奏しているとき、すぐそばに長身のストラサム卿が立っていたら……髭《ひげ》剃《そ》り石鹸《せっけん》のほのかな香りが漂い、気になってしかたがないだろう。興奮と不安がイライザの体を駆けぬけた。彼に見られていたら、つかえずに演奏するなんて絶対に無理だわ。

イライザは唾をのみこんで動揺を抑えた。「ええ、お願い。彼にそばをうろつかれたら、全部の音をまちがえてしまいそうだわ」

「任せておいて。お父さまの恋愛のことはお父さまに決めさせなさいと彼の耳元でささやいてあげる」

ストラサム卿にお説教をするマギーの姿を思い浮かべ、イライザは微笑んだ。「私にも見えるところでしてほしいわ。彼の反応が見たいもの」

「私がどんな男性相手にもひるまないことは知って

いるでしょう」マギーがふんと息巻いた。「お父さまにどれほど脅されてもひるまなかったのよ。男爵ごときに怖《お》じ気《け》づくわけにはいかないわ。いいわ、音楽の会を予定に入れておきましょう。では、ローラの新居づくりの手伝いをいつにするか決めましょうよ。明日の午後はあいてる？」

イライザはうなずいたが、また寂しさがよみがえってきた。「喜んでお手伝いするわ。ローラの……新しい門出だもの」

私にもそんな日がくるのだろうか？

「彼女とまったく会えなくなるわけではないわ。ローラとご主人に相談に乗ってもらって相場でたくさん利益を出せないかしら。あなたにいい結婚相手を見つけてあげられなかったとき、私の話し相手として雇えるくらいたくさん！　ご両親には、あなたを来年もロンドンへ来させる余裕がないことはわかっているわ。でも、妥協して尊敬できない相手と結婚したり、貧しい親戚に請われるままあくせく働いたりするのは、私が許さないから」

イライザは目頭が熱くなるのを感じた。「優しいのね。でも、あなたのお荷物にはなりたくないわ」

「友だちは荷物なんかじゃないわ。私たち、いいコンビになるはずよ。社交界を驚かせる二人のオールドミス！　私はそれも面白いと思うけど、あなたが望んでいる未来とは違うでしょうね。今年のシーズンはまだ終わっていないわ。まだ負けを認める理由はないのよ。もう少しよく知りあえば、フルリッジさんのことを魅力的と思えるかもしれない。彼はあなたのことをもうそう思っているはずよ」

イライザはマギーほどその可能性に期待していなかった。かといって、若い紳士が現れる気配もない。アルボーン氏は好意を寄せてくれるが、彼を哀れに思ってダンスをすることはあっても、結婚は考えられない。ほかの紳士もたまに親しげに話しかけたり、ダンスを申しこんできたりするものの、控えめな容姿とさらに控えめな持参金しかないイライザに、真剣に求愛する人はいなかった。

　そして、あのいやな男爵以外に、彼女の胸を高鳴らせ、肌を粟立《あわだ》たせる男性もいない。

　若い紳士との結婚はもうあきらめて、フルリッジ氏やマギーのほかの候補者について真剣に考えるべきなのだろうか。そして、二度も社交シーズンを過ごさせてくれた両親に感謝するため、その中の誰かと結婚するべきなのだろうか。親切で立派な紳士と便宜的な結婚をすることが私にできるだろうか？

　イライザはため息をついて首をふった。どの選択肢がいいのか、まだ決めることはできなかった。でも、時間はもうあまり残っていない。

5

　二日後の夜、イライザは姉と一緒にチバートン夫人のタウンハウスを訪れた。「今夜はみんな呼ばれたら喜んで演奏してほしいということだから、初歩的な曲しか弾けないお嬢さん方は来ていないはずよ」ダンバートン卿夫人が言う。「つまり、ピアノフォルテが得意なあなたには……」

「ライバルが少ないというわけね」イライザは姉の言葉をさえぎってにっこりした。

「ライバルとは関係なく、人目を引く絶好の機会だわ」姉が咎《とが》めるように言い直した。

　招待主に挨拶をしたあと、二人はほかの客たちとおしゃべりをしたり飲み物を飲んだりしながら開会を待った。すぐにマギーと母親のカムリン伯爵夫人がフルリッジ氏とともにやってきた。

　イライザが近づいていくと、マギーは立ちどまって辺りを見回した。「マーカム卿もストラサム卿も見当たらないわね」イライザを抱擁しながら言う。「まだ来ていないみたい。二人が来ないなら、それはそれでいいのだけど！　せめてストラサム卿だけでも。彼ににらまれていなければ、落ち着いて演奏ができるはずよ」

　フルリッジ氏が、イライザの姉と話している伯爵夫人のそばを離れ、二人のところにやってきてお辞儀をした。「今夜は君の演奏を楽しみに来たんだよ、ミス・ヘイスタリング。レディ・マーガレットの話によれば、すばらしい演奏家だそうだね」

「ピアノフォルテを弾くのが大好きなんです。あなたも演奏をなさいますか？」

「残念ながら。指が短いのだろうね。だが、聴くのは好きだよ」

　招待主から、ハープとピアノフォルテが待つ音楽室に促され、フルリッジ氏がうなずいた。

「ご婦人方、我々も席につきましょう」

　マーカム卿は――そしてストラサム卿も――もう来ないのかもしれない。イライザはほっとしたような、気が抜けたような奇妙な感覚を味わっていたが、それを失望と呼ぶつもりはなかった。

　みんなが席につくあいだ、フルリッジ氏は楽しそうにおしゃべりをしていたが、イライザはマギーを隣に座らせる手配を忘れなかった。フルリッジ氏と会話をするなら、彼の推薦者であるマギーの手助けが必要になるかもしれない。

　フルリッジ氏とまとまった時間話をするのは、これで二度目だった。彼は長身で姿勢がよく、ハンサムというより感じのいい顔立ちで皺《しわ》も少ない。茶色の髪は今風に整えられているが、申し分のない仕立ての夜会服は昔ながらのデザインで、流行の丈をつめた上着や裾の広がったズボンではなかった。彼の会話は自然で、落ち着いた魅力と、傲慢とは違う自信が感じられた。

彼のことを結婚相手として考えられそう？

フルリッジ氏は高潔で人柄もよさそうだが、それも当然だろう。マギーが伯爵夫人である母親の広いつてをたどり、あらゆる候補者をふるいにかけて見つけた選《よ》りすぐりの人なのだから。

高潔で人柄がよければ、それでいいのだろうか？　彼は、私が尊敬できて、いずれ愛せるようになる人なのだろうか？　彼の隣にいても、ストラサム卿が隣にいるときのようにどきどきしなくても？

何かが目覚めるような、胃の中が空っぽになるような、神経という神経がひりひりするような、ストラサム卿が呼び起こすそんな興奮を知る前は、愛情と敬意があれば、官能の魅力など、長く続く人間関係の中ではそれほど重要なものではないとほとんど確信していた。でも今はそんな関係が……物足りなく思える。一生わくわくできないなんて。

だが、イライザがどれほど惹《ひ》かれていようと、ストラサム卿は彼女の夫候補にはなりえなかった。彼の父親を狙っているという疑惑が晴れたとしても、ジョージが残した教訓を忘れることはできない。わずかばかりの持参金と平凡な血縁しか持たないイライザ・ヘイスタリングは、子爵の跡継ぎの結婚相手としてふさわしくない。彼がイライザと戯れたり彼女をもてあそんだりすることはあっても、本当の関心はよそに向けられているのだ。

誰かにそっと肩に触れられ、イライザは物思いから覚めた。「ミス・ヘイスタリング、遅れてしまって申し訳ない！」マーカム卿の声だ。「会が始まる前に話すことができなくて残念だよ」

イライザはふり向き、肩越しに子爵に微笑《ほほえ》んだ。

「最初の演奏に間に合ってよかったですわ。ストラサム卿も」子爵の後ろから彼の息子が歩いてくるのに気づき、イライザは全身が揺さぶられるように感じながらつけたした。

　みぞおちを押さえ、胃の中で鳥が曲芸をしているような不快感を和らげる。落ち着きなさい。マーカム卿やフルリッジさんと話しても、どきどきしたりしないでしょう。それに、今夜はストラサム卿と過ごす必要はないのよ。

　イライザは緊張を抑えて続けた。「伯爵夫人と、夫人のご息女で私の友人のレディ・マーガレットと、フルリッジさんはご存じですよね」

「どうぞご婦人方、座ったままで」マーカム卿が言った。「我々もすぐに席を見つけます。伯爵夫人、またロンドンでお目にかかれるとは、なんとうれしい驚きだろう。ずいぶん長いあいだ、社交界を留守にされていたからね」

「娘が」カムリン卿夫人はマギーを見て目を細めた。「この子がどうしても一緒にロンドンでシーズンを過ごしたいと言うものですから。またここに来られて光栄ですわ」

「あなたが戻ってくださってよかった。社交界の皆さんも同じ気持ちだろう。だが、チバートン夫人が最初の演奏者を呼んでいるから、我々も席を探すとしよう」マーカム卿はイライザに視線を戻した。

「今夜は君の演奏が聴けるのだね？」

　ストラサム卿の視線を感じ、イライザの頬が赤くなった。「もしお声がかかったら」

「私にも先日話した連弾を弾かせてくれるだろうか？」マーカム卿が続けて問う。

「たぶんできると思います」

「僕も君の演奏を楽しみにしているよ」ストラサム卿が言い、父子はまたお辞儀をすると、あいている椅子を探しに行った。

イライザは自分が二人の姿を目で追っていることに気づいた。ストラサム卿が〝君の〟という言葉を少し強調したように聞こえたのは、私に一人で弾いてほしいという意味だったのだろうか？　それとも私のピアノフォルテの腕を疑っているということ？私の学問と同じように？

あるいは、また彼に動揺させられて、私が勝手に嫌悪の響きを聞きとっただけなのか。

イライザは友人たちのほうに向き直った。ストラサム卿の言葉の意味には確信が持てなかったが、子爵と男爵が席につくのを見るフルリッジ氏の眉間には、確かに皺が刻まれていた。イライザは先日、姉の家で三人が鉢合わせしたときの彼の表情を思いだした。

フルリッジ氏にとってあの二人は私の関心を争うライバルなのだろうか。彼はそれほど真剣なのか。もしそうだとしたら、私は彼の背中を押すべきなのか。フルリッジ氏のことを好きになるのは可能だ。今ではそれは確かだ。でも、結婚できるほど好きになれるだろうか？

フルリッジ氏の関心が続くなら、いずれそのことについて考えなくてはいけないだろう。

最初はマギーの〝大いなる計画〟なんて他人事《ひとごと》のように思っていたが、時間切れが迫ると、そうも言っていられなかった。自分の将来のためにもどちらを選ぶか決める必要がある。親切な扶養者との安定しているけれどときめきのない結婚を確保するか、真実の愛を見つけるまで絶対に妥協しないと決めるか——たとえそれが一生独身でいることを意味するとしても。

曲の出だしの和音が響き、イライザは物思いから覚めた。顔を上げると、二人の若い女性がピアノフォルテとハープに合わせて昨今人気の歌を歌っていた。イライザは頭から心配事を追いだし、美しい楽器の音色と歌声に身を委ねた。

　休憩時間になると、軽食用の部屋にいたイライザたちのところへマーカム卿がやってきた。完璧なマナーの持ち主である彼は、いきなりイライザ一人に話しかけることはせず、まずみんなと当たり障りのない会話をした。彼の息子は珍しく父親にまとわりつかず、あちこちで知りあいと話している。だが、イライザがたまにちらっとうかがうと、ストラサム卿も必ずこちらを見ており、一度などは偶然、目が合ってしまった。恥ずかしくて、熱の針で刺されたような感覚が全身に広がった。ストラサム卿がそうしているように、イライザも彼を観察していると思われたかもしれない。

　もし実際に観察しているとしても、彼に気づかれるのは避けたかった。

　やがて、伯爵夫人がフルリッジ氏と林檎《りんご》の収穫についで話しこみ、マギーも別の友人とおしゃべりし始めると、マーカム卿がイライザに微笑みかけた。

「今夜は呼ばれたら何を演奏するつもりかね？」

「ニート氏の《奇想曲《カプリチオ》》かハイドンの曲を考えています」

「すばらしい！　ニートの曲は実にいい。君はシューベルトの《ピアノ連弾のためのソナタ・ハ長調》を知っているかい？」イライザがうなずくと、マーカム卿が続けた。「独奏のあと、私と弾いてくれないか？　以前、その曲を演奏したのは……」

　子爵の言葉が途切れ、突然悲しげな表情になったので、彼が何を言おうとしたのか、イライザはすぐに気づいた。彼の悲しみを拭ってあげたくて、これ以上ストラサム卿に疑念を抱かせないため子爵との演奏はやめておこうと考えていたことも忘れ、とっさに言っていた。「ええ、シューベルトの連弾は楽しそうですね。美しい曲ですもの」

マーカム卿がイライザに向けた笑みからは、深い悲しみが消えていた。「ありがとう！　ああ、これは楽しみだ」

イライザはため息を押し戻した。マーカム卿と連弾をしたらまた彼の息子ににらまれるだろう。それでも子爵を元気づけてあげられてよかったと思えればいいのだけれど。

だが次の瞬間、強い気持ちが戻ってきた。私は子爵に目をつけてなどいない。マーカム卿と連弾をするのは誘惑するためではなく、妻を亡くした彼の悲しみを和らげてあげたいからだ。

私たちが並んでピアノフォルテを弾くことがストラサム卿の気に障るとしたら、彼は自分でどうにかするしかない。

休憩時間が明けて最初の演奏が終わると、チバートン夫人がイライザのほうを見た。「ミス・ヘイスタリング、次はあなたにお願いできるかしら？」

イライザはうなずいた。「喜んで」

「がんばって」マギーに小声で励まされ、イライザは立ちあがった。

フルリッジ氏も立ちあがる。「私が楽譜をめくるお手伝いをしよう」

練習のときはいつも自分でめくっているのでその必要はないと言おうとしたが、フルリッジ氏が懇願するようないじらしい笑みを浮かべるので、断れなくなってしまった。「ありがとうございます。助かりますわ」

ピアノフォルテに近づきながら横目でうかがうと、ストラサム卿がまたじっとこちらを見ていたので、イライザの肌はぴりぴりした。楽器の前に座り、演奏の用意をしているあいだも、背中に彼の視線が触れているようで、気になってしかたがなかった。

神経がざわつき、指が震える。だが次の瞬間、怒りが不安にとってかわった。私はストラサム卿を感心させたいわけではないわ。彼に演奏の楽しみを奪わせるつもりもなければ、彼のせいで不安になってへまをするつもりもない。

指が弾き慣れた曲の最初の一節を奏でると、感情の乱れがすっと消え、イライザはすぐに美しい旋律の世界に入りこんだ。フルリッジ氏が楽譜をめくってくれたが、それを見る必要もないほど彼女は集中していた。

心地よい調べが耳を満たし、胸の中で響き渡る。保証のために結婚するべきか、心から愛せる男性に出会いたいという少女時代からの夢をあきらめるべきかという悩みは消え、音楽の純粋な喜びだけが残った。最後の音を押さえたとき、イライザの心はすっかり落ち着いていた。

放心状態から脱するのにしばらく時間がかかった。気づくと、嵐のような拍手がわき起こっていた。チバートン夫人が近づいてきてイライザの肩をたたいた。「すばらしかったわ、いつもどおり。マーカム卿があなたとの連弾をご希望されているので、わたくしからもぜひお願いするわ」

「天使が演奏しているようだったよ」チバートン夫人の後ろにいたマーカム卿が賞賛のまなざしでイライザを見下ろした。「私の技量で君の足手まといにならなければいいのだが」

イライザは励ますように微笑んだ。「絶対にそんなことにはなりませんわ。弾き始めたら、指が勝手に動きを思いだしてくれますから」

「本当にそう願うよ。フルリッジさん、もう席に戻ってくださってけっこうだ。ミス・ヘイスタリングはあなたの手伝いに感謝していると思うが、ここからは私が楽譜をめくろう」

フルリッジ氏は追い払われてむっとしている。口論にならないよう、イライザは急いで言った。「本当にありがとうございました。よろしければ、またあとでお願いします。ほかの方が順番を待っていらっしゃるのでそろそろ演奏を始めますね」

そこで粘る理由はフルリッジ氏にもなかった。

「あとで飲み物を一緒に飲みに行きましょう、ミス・ヘイスタリング。では、マーカム卿」彼はお辞儀をして去っていった。

「私が君を横取りしたことを、彼が根に持たなければいいのだが」マーカム卿が言う。

「すぐに機嫌を直されると思います」イライザは冷静に言った。フルリッジ氏が彼女に関心があるとしても、イライザは彼のことを夫候補と考えられるようになるまで特別扱いするつもりはなかった。

マーカム卿が長椅子に座った。フルリッジ氏といてもそうだが、男性のたくましい体が隣にあると心が落ち着く。ただそれは、子爵の息子がそばにいるときの火花が散ってじりじりするような感覚とは違っていた。

いいかげんになさい！　どうして私の愚かな五感は、手が届かないうえに私を嫌っている男性を見て高らかに歌いだすの？　さあ、彼のことは気にしないと決めたことを思いだして音楽に集中しなさい。

イライザの合図に合わせて二人は演奏を始めた。

マーカム卿は一流というよりも熟練の弾き手だった。だが、全身からあふれだす音楽への情熱と愛が単なる技量の優劣を超えて彼の演奏を圧倒的なものにしていた。最後の音が消えると、聴衆がいっせいに拍手を送った。

「すてきでした！」イライザはマーカム卿を見上げて微笑んだ。「連弾が、特にこの曲がこんなに楽しいなんてすっかり忘れていました。姉はピアノフォルテを弾くより歌うほうが好きだから、シューベルトを演奏する機会があまりないんです」

「君のようなすばらしい音楽家と演奏できて、こんなに光栄なことはない」マーカム卿がイライザに微笑み返した。「近いうちにまたぜひお願いするよ」

「ええ、ぜひ」そのときイライザは、ストラサム卿が近づいてくるのを見た、というよりも感じた。彼が立ちどまった場所はピアノフォルテの椅子から三十センチほど離れていたが、二人のあいだを行き交う低いうなりは、イライザの指が触れるなめらかな鍵盤と同じくらい確かな存在感があった。

温かいうずきが頭から爪先まで広がっていった。この感覚は連弾ではなく私の独奏なのはまちがいないけれど、とイライザはストラサム卿の真面目な顔を見て自嘲気味に考えた。

「私たちのシューベルトは楽しめたかね？」マーカム卿がきいた。

「父上の演奏を聴くのはいつだって楽しいですよ。ミス・ヘイスタリング、驚いたよ。ピアノフォルテを弾く淑女は多いが、君の才能は本物だ」

イライザは喜ぶべきか気分を害するべきかわからなかった。今回もストラサム卿は、ピアノフォルテが得意だという彼女の言葉を疑い、それが事実だとわかって驚いているように見えた。「ありがとうございます」彼女はしばらくしてから答えた。

「ぜひもう一曲、ベートーベンの《ソナタ・ニ短調》を……僕と一緒に弾いてくれないか？　僕の好きな曲なんだ」

マーカム卿がそれはいいというようにうなずいた。

「ミス・ヘイスタリング、ストラサムと演奏してみるといい。息子は私よりすぐれた弾き手だ。すばらしい音楽家だった母親に教わっているからね」

ストラサム卿と……連弾？　一つの長椅子に座って？　彼に演奏を見られていると思うだけでなかなか集中できなかったのに、隣に彼が座っていたら、私の神経は彼に好き勝手にはじかれるハープの弦のように震えてしまうだろう。

「もう二曲も演奏しましたから」イライザは時間稼ぎに言った。「ほかの方に席をお譲りしたほうがいいのではないでしょうか」

「だが、僕はまだ弾いていない。君は僕の援軍のようなものだと思えばいい。楽譜めくりと同じだ」

楽譜をめくるだけなら、少し離れたところに立っていればいいが、連弾となると彼の隣に座らなくてはならない。イライザが混乱した頭を整理してさらなる反論をひねりだそうとしていると、マーカム卿が言った。「私からもぜひお願いするよ！　私もこの曲が大好きでね。しかし……長らく聴いていないんだ」

子爵の顔がまた哀愁を帯びた。息子とベートーベンを弾く妻の姿を思いだしているのだろうか？　ストラサム卿の隣に座れば心が波立つのはわかっていたが、イライザは断ることができなかった。

「子爵にお願いされてはお断りできませんね」

「ああ、ありがとう」子爵はイライザの手を優しくたたくと、立ちあがって息子の肩に手を置いた。

「私の賞賛に応えてくれよ、ストラサム」

「がんばりますよ」ストラサム卿はそう言って席についた。

彼のほうはまったく見ていないのに、イライザの全身にさざ波が立った。まるでストラサム卿が隣に座って空気が入れ替わったことを、敏感になった神経が察知したかのようだった。

イライザは歯を食いしばった。ストラサム卿に心を乱されて、彼の父親に請われた演奏を台無しにすることはできない。ジョージに惹かれる気持ちがどこに行き着いたかよく思いだしなさい。彼女は自分を戒め、全身の緊張感を和らげようとした。手脚に力をこめ、心の中で繰り返す。音楽に集中するのよ……音楽に集中……。

6

ミス・ヘイスタリングと並んでピアノフォルテを弾く父は……恍惚《こうこつ》としていた。ジャイルズは愕然《がくぜん》とし、何か手を打たなければと思った。父親のあんな表情を見るのは、母と最後に演奏したとき以来だ。ミス・ヘイスタリングはただの有能な音楽家ではない。彼女は父の記憶の悲哀まで消しさってしまった。昨日まで、父は誰の演奏も聴こうとせず、自分で弾くなど問題外だったのに。音楽への愛を思いださせてもらった父は、この女性への好意も深めたのではないか。

もしも、もしも連弾を終えた父がうれしそうにミス・ヘイスタリングと並んで席に戻り、そのまま音楽の会が終わるまで彼女のそばを離れなかったら？　傍目《はため》にも明らかなほど彼女を見つめ続けていたら？　マーカム卿《きょう》はこの女性に特別な関心を抱いているようだと、社交界の人々が期待し始めたら？　彼女と、彼女の家族までそう期待し始めたら？

父はその期待に応えなくてはいけないと思うかもしれない。

悲しい気持ちと美しい調べにほだされてついミス・ヘイスタリングに軽率な好意を示してしまったとあとから気づいても、そこで身を引いて彼女の評判を落とすことはできないだろう。父は彼女に縛りつけられてしまう。

そんな事態を避けるためにジャイルズが思いついた唯一の策は、ミス・ヘイスタリングを楽器の前にとどめておくことだった。たとえ自分が彼女と演奏する羽目になるとしても。

ただ、彼女の隣に座ることを苦とは思わなかった。

ミス・ヘイスタリングは世に広く認められた美人ではないものの、その控えめな美しさはジャイルズの目に刻一刻と魅力を増していた。ルシンダが黄昏《たそがれ》の空を艶《あで》やかな色で染めあげる夕焼けだとしたら、ミス・ヘイスタリングは早朝の空をまだらに照らす優しい日の光のようだった。そこでは、霧を含んだ空気が地形の輪郭をおぼろにし、すべては柔らかく淡い色で包まれている。

彼女は……静謐《せいひつ》だ。おそらくその静けさがジャイルズの父親を引きつけるのだろう。父のその気持ちがずっと続くようなら、ジャイルズは最初の応援者になるつもりだった。だが、今はまだ早すぎる。ほとんど知らない女性に義務感で縛りつけられる必要はない。

連弾の最後の和音が消えるころには、彼はすでに立ちあがり、楽器に近づきながら、ぜひ自分にも一曲弾かせてほしいと申しでていた。

ミス・ヘイスタリングは今回も気が進まないようだったが、うまく言い逃れることができなかった。特に、ジャイルズの父親に懇願されたとなると。

長椅子に腰を下ろす一瞬、ジャイルズは良心の呵《か》責《しゃく》のようなものを覚えた。ほとんど有無を言わせず応じさせてしまったが、ミス・ヘイスタリングは本当は弾きたくなかったかもしれない。父親が聴衆席に戻ると、彼は小声で話しかけた。「ベートーベンでよかったかい？　かなり難しい曲だが」

「私には無理かもしれないと心配されているのですか？」ミス・ヘイスタリングが語気を強めた。「あなたの足を引っぱらないようにせいぜい務めさせていただきます」

この優しい子猫には鋭い爪があるらしい。ジャイルズは、彼女が突然見せた向こう気の強さを愉快に思った。「この曲である必要はない。君が抵抗があると言うなら、ほかの曲でもかまわないよ」

「私は大丈夫です」ミス・ヘイスタリングはそう言ったが、相変わらずジャイルズを直視することはなかった。「あなたがこの曲でいいなら」

ジャイルズは口元がほころびそうになるのをこらえた。今のは挑戦状か？　では、こちらの腕をしっかり証明してみせなくては。「まったく問題ないとも。だが数分待ってもらえるなら、準備がしたい。ピアノフォルテを弾くのは久しぶりなんだ」

「どうぞ」ミス・ヘイスタリングが鍵盤のほうを示した。「お好きなだけ準備なさってください」

「ありがとう」ジャイルズは聴衆に向かい、少し声を張りあげるようにして言った。「ミス・ヘイスタリングが私とベートーベンの《ピアノソナタ・ニ短調》を弾いてくれることになりました。彼女の演奏の邪魔をしないよう、まず指の動きをなめらかにしたいのですが、皆さん、かまわないでしょうか」

先ほどの連弾のあとピアノフォルテのそばに来ていたチバートン夫人が、ジャイルズを見下ろして微笑《ほほえ》んだ。「皆さま同じ気持ちだと思いますので、わたくしが代表してお答えいたしましょう。ベートーベンを聴かせていただけるなら、お待ちいたしますとも。どうぞ必要なだけ時間をおとりください」

ジャイルズはいくつか音階を弾き、次に音程の練習をして、ベートーベンの曲の和音に指が届くよう手を広げた。練習しながらも、自分が隣のミス・ヘイスタリングを意識しているのを感じていた。

ラベンダーのほのかな香り。頭の高い位置でまとめられ、ろうそくの明かりを受けて輝く濃い褐色の巻き毛。体はほっそりとしているが、胸の丸みは美しい。これまで気づかなかったのは、ドレスの襟ぐりが浅く、胸元を強調していないせいだろう。顔もシルエットしか見えないが、頬は柔らかそうだし、唇はふっくらしている。

ジャイルズは体が反応するのを感じた。ミス・ヘイスタリングの体が官能の細糸を紡ぎだし、また彼の五感を高ぶらせたのだ。彼女は身じろぎ一つせずじっと座っていたが、かすかに届いてくる緊張感は、ジャイルズが密《ひそ》かに意識するもの——二人のあいだで放熱する欲望——を映しだしているようだった。彼女もこれに気づいているのか？

その瞬間、ジャイルズは鍵盤を押さえ損ねた。ミス・ヘイスタリングが鋭く息を吸いこむ。彼は謝罪の言葉をつぶやき、正しい音を押さえ直した。

集中しろと自分に命じたが、父はミス・ヘイスタリングの優しさや哀れみだけでなく、いずれこの魅力にも気づくだろうという考えが頭を離れなかった。そしてジャイルズ自身は、新たに見つけた彼女のこの魅力を無視しなくては、お粗末な演奏をして恥をかくことになるだろう。

ジャイルズはさらに集中して練習した。やがて指も手首も十分なめらかに動くようになったので、ミス・ヘイスタリングのほうを向いた。「そろそろ始めようか」

彼女は放心状態から引き戻されたようにびくっとして、ジャイルズに鋭い視線を向けた。その目は引きつけられたくないのに引きつけられてしまうと言っているようだった——彼と同じように。

彼女の体からかすかな緊張感が漂ってくると感じたのは、妄想ではなかったのだ。二人の体を引きつける力に彼女も気づいていると思ったのも。

ジャイルズがその事実の意味するやっかいな問題を頭からふり払おうとしていると、ミス・ヘイスタリングが言った。「いつでもけっこうです」

心中、腹立たしいほど動揺しながら、彼はうなずいて楽譜に目を向けた。「では」

ジャイルズは必死に集中しようとした。全神経を集中して挑まなければすぐに弾き損ねてしまう難曲だった。だが意識下では、二人のあいだを飛び交う力に気づいていた。ルシンダ以外の女性にも惹《ひ》かれることができるとわかって、僕は喜ぶべきだ。彼女の魔力がついに弱まってきたことを歓迎するべきだろう。

曲が進むにつれ、ジャイルズは複雑な旋律に癒やしを覚え始めた。彼の指はよく知る動きになじみ、心は音楽の美しさに恍惚となっていた。技術的に甲乙つけ難い二人の演奏は、うぬぼれではなく最高の出来だという手応えがあった。

最後の和音と同時にわきあがった拍手喝采が、それを証明していた。

大きな拍手の音の陰で、ジャイルズはミス・ヘイスタリングに話しかけた。「一緒に弾いてくれてありがとう。楽しかったよ」それが本心であることに気づき、彼は少し驚いていた。

「よくご家族で演奏を楽しまれていたとお父さまからうかがいました。お母さまのこと……」ミス・ヘイスタリングの声が一瞬、とぎれる。「心からお悔やみ申しあげます」

ふだんは口にしなくとも、決して消えることのない悲しみを思いだし、ジャイルズの喉がふさがって目頭が熱くなった。「自分がこんなにピアノフォルテの演奏を求めていたとは、今初めて気づいたよ」

「そろそろまた始められてはいかがです？」ミス・ヘイスタリングが聴衆のほうに笑顔を向けた。「皆さん、とても楽しまれたようです。特に、お父さまが」

それは、彼女がフルリッジに向けた聖母の笑みとは違っていたが、今までジャイルズに向けてきた中では一番温かみのある表情だった。ジャイルズは自分が……うきうきしているのを感じた。

「また一緒に弾こう」

彼女の目に浮かんだのは警戒か？　ジャイルズが判断しかねているうちに、その表情は消えた。「そうですね」ミス・ヘイスタリングはさし障りなく答えた。「でも今は次の方に席を譲らなくては」

ジャイルズは突然、彼女を引きとめたくなった。扇情的でいて鎮静効果のある彼女の不思議な雰囲気をもっと味わいたい。だが、ミス・ヘイスタリングはすでに椅子から立ちあがっていた。

しかたなく楽器のそばを離れながら、彼は言った。

「君の友人たちのところまで送ろう」

ミス・ヘイスタリングがふり向いて眉を上げる。

「三列目の席まで戻るのに迷子になるとも思えませんが、それがあなたのお望みでしたら、どうぞそうしてください」面白がっているような口調だった。

それは彼女が初めて見せたユーモアだった。彼女には辛辣だが優しいユーモアがあるらしい。鉤爪《かぎづめ》を隠した子猫のイメージがまた戻ってきた。今回の皮肉は、血が出るほど相手を引っかこうとするのではなく、子猫が喉を鳴らしながら前足を押しつけてくるようなものだったが。

ジャイルズは彼女を友人たちのもとに送り届けるあいだ、確かに二人を強く引きつける力があることを意識していた。最初からそこにあったのに、僕が父の心配ばかりして気づかなかったのか？　それとも、最初はごくかすかだったものが時間をかけて少しずつあらわになったのか？

それは、森を散歩しているときに遠くから聞こえてくるせせらぎのようだった。抗《あらが》うこともできず一瞬にしてルシンダに魅せられたときの、大波が岸壁にぶつかって砕ける感覚とはまったく違っていた。

ルシンダのときに感じたものは結局消えて苦悩になった。二人の関係は決して彼が望んだようにはならないという悟りに。

静かな欲望のほうが背を向けるのは簡単だろう。もちろん、ミス・ヘイスタリングと親密になるつもりはないから、背を向ける必要が出てくるはずもないのだが。この女性が本当に気立てがいいと確信が持てたら、自分はお辞儀をして退場し、あとは父に任せるつもりだ。

その結論は、なぜかこれまでほど満足できるものに思えなかった。

すでに二人はレディ・マーガレットと伯爵夫人と、ミス・ヘイスタリングのために楽譜をめくった紳士――たしか、フルリッジといったか――のそばまで戻っていた。ミス・ヘイスタリングがお辞儀をして連弾の礼を言い、椅子に座った。

ジャイルズはそれ以上ぐずぐずすることもできず、どこか残念な気持ちでお辞儀をすると、父親のもとに戻った。

「すばらしい演奏だった」マーカム卿が言った。「母親譲りの腕前だな。もちろん、一緒に弾く演奏家の才能によるところも大きいが。ああ、あの音楽がまた聴けるとは。また弾けるとは！」

「また彼女と連弾するのですか？」父親の熱のこもった言葉を聞いてジャイルズは再び警戒を強めた。

子爵がうなずいた。「連弾もしたいが、次の訪問では文学について語りあうつもりだ。ペトラルカの本を持っていって、彼女の好きな詩を教えてもらおうと思っている」

ジャイルズは自分も一緒に行く方法があるだろうかと考えたが、理由を明かさず同行する方法はすぐには思いつかなかった。残念ながら、音楽の会で連弾した女性に花を届けるしきたりはない。

「彼女がピアノフォルテ同様、ペトラルカの詩にも詳しいといいですね」一瞬の間のあとで、ジャイルズは言った。

「もう一度文学について語りあえると思うとうれしいよ」子爵が応じた。「だが、もうおしゃべりはやめだ。次の演奏が始まっている」

「僕はワインを飲んできます」ジャイルズは小声で

言った。演奏に耳を傾けるよりも、今夜あったことについて考えたかった。彼は軽食が用意されている部屋へ行ったが、演奏中でもあり、年配の貴婦人が二人いるだけだった。顔を近づけ、髪の羽飾りを揺らしているのは、噂話《うわさばなし》の真っ最中だからだろう。

ジャイルズは入り口近くのサイドテーブルからワインの入ったグラスをとった。噂話に興味はなかったが、女性の一人が音楽に負けじと声を張りあげたため、いやでも話の内容が聞こえてきた。

「見かけはまあまあかしら」

「でも才能は豊かだわ。縁故もなく、それを補うお金もないのが残念よね」

くすくす笑いがもれる。「レディ・マーガレットが彼女に年配の紳士をあてがおうとしているとか」

「急いだほうがいいでしょうね。ご両親には、来年また娘をロンドンで過ごさせる余裕がないそうだから。彼女、お相手を見つけるのに必死なのでは？」

「連弾のあと、マーカム卿はずいぶんご関心がおありのようだったわ」

「それは大物ね！　すぐに釣りあげるべきだわ！」

ふいに音楽がとぎれ、二人は顔を上げて扉のほうを――ジャイルズのほうを見た。彼は眉をひそめないようにして言った。「こんばんは」

二人の中年女性は膝を曲げてお辞儀をした。次の瞬間、ジャイルズが持つグラスに目をやり、彼がしばらく前からそこにいたことに気づいたのだろう。ばつが悪そうに自分たちのグラスを置くと、ぼそぼそと挨拶を返しながら小走りに出ていった。

ジャイルズはその逃げ足の速さに顔をしかめた。

必死？　さっさと釣りあげろ？

ミス・ヘイスタリングは経済的余裕がなく、急いで結婚する必要がありそうだということはすでに察しがついていた。裕福な父が大物に違いないことも。それが彼女の計画なのか？　あるいはただ、悪意のこもった噂話が聞こえたにすぎないのか？

ジャイルズはため息をついてグラスを置いた。ミス・ヘイスタリングはそれほど欲深そうには見えないが、やはりまだ警戒を緩めるわけにはいかない。それに彼女を見張ることは、もはや大した苦役ではなかった。

翌朝、深夜の宴がもたらした頭痛を抱えて朝食室に入っていくと、意外にも父がまだそこにいた。音楽の会のあと、ジャイルズは父と別れて約束どおりクラブへ行き、友人たちと夜更けのカードゲームに興じた。ゲームは明け方近くまで続いたため、いつもの朝食の時間はとっくに過ぎている。

父が息子をちらりと見て含み笑いをした。「頭痛もしかたがないと思えるほど稼いだのだろうな」

「もちろんですよ」父がコーヒーポットを置いた音が頭に響き、ジャイルズは顔をしかめた。「あれっぽっちの金を稼ぐために、頭を金床にして悪魔の手下にがんがんやられる価値があるのかどうか定かではありませんが」

だが実際のところ、今朝のこの状態は、夜通し続いた勝負とどんちゃん騒ぎのせいばかりではなかった。音楽の会のあとの、思ってもみなかった感情の乱れのせいだ。どんどん膨らんでいくミス・ヘイスタリングへの関心。鋭くなる欲望。そして彼女といるときに感じる、驚くほど大きな喜び。おかげで、父親に対する彼女の真の狙いを突きとめるという単純なはずの目的は複雑な何かになっていた。そしてその上にのっているのが、ルシンダとの長く実りのない関係を嘆く気持ちだった。別れなくてはいけないことは痛いほどわかっているが、それを恐れる気持ちもあった。

「もっと楽しい話をしようじゃないか」父親がそう言うのを聞きながら、ジャイルズは椅子に座り、熱いコーヒーを飲んだ。「まず、昨日のおまえの演奏に礼を言う。あれは本当にすばらしかった」

「父上の演奏もすばらしかったですよ。何よりも、父上がピアノフォルテを弾きたいと思ってくれたことがうれしかったです」

ジャイルズの父親はしばらく間を置き、やがて長いため息をついた。「気持ちが……楽になったわけではない。だが、ピアノフォルテを弾いているあいだ、悲しみが和らいだことは認めよう。音楽は確かに、何カ月も感じていなかった喜びを思いださせてくれた」彼はそっと笑った。「お母さんも褒めてくれるはずだ」

ジャイルズは胸にこみあげた感情をまた押し戻した。「ええ、きっと」声が出せるようになってからそう答えた。

「おまえもあのお嬢さんとの演奏を楽しんでいたようだが？」

父はこのために僕を待っていたのだろうか？　ミス・ヘイスタリングとの時間がどうだったかきくために？　彼女に対する不穏な気持ちがよみがえり、ジャイルズの意識はすぐさま警戒態勢に入った。

「あれだけうまい人と弾くと気分が高揚しますね」

父親は続きを待っていたが、ジャイルズはそれ以上説明しなかった。ミス・ヘイスタリングがもたらす混乱した感情を認めるつもりはない。もちろん、自分自身に対しても。

しばらく沈黙が続いたあと、ジャイルズの父親は言った。「おまえは聞きたくないだろうが、私自身にもかかわることだから、ぜひ話しておきたい。おまえが……別の女性と一緒にいるのを見て、私は勇気づけられたんだ。ミス・ヘイスタリングは適齢期の独身女性というだけでなく、優しさや思いやりやユーモアや知性といったものを持っている。それはともに過ごす相手に必要な資質だと私は信じているんだ。彼女と過ごす時間は楽しかったろう？」

ジャイルズはぱっと顔を上げて父親を見たが、その瞬間、頭に激痛が走り、自分の行為を悔いた。

「ええ、彼女は一緒にいて楽しい人ですね」

それどころか、と彼は考えた。僕は二人のあいだでくすぶる力を感じ、嬉々《きき》として彼女の隣にとどまった。優しい物腰の陰からのぞく勝ち気な性格に気づき、彼女をもっと知りたいと思っていた。

「彼女に……求愛する気はあるのか？」

その思いがけない問いに、ジャイルズの頭がまた不快な痛みを訴えた。僕は求愛したいのか？

昨夜の酒で満たされた頭に、興奮の泡がわきあがった。次にわいてきたのは、父に早まった求愛をさせないためなら自分がミス・ヘイスタリングに求愛するのも悪くないという考えだ。彼が父の勧めでそうするのなら、父は息子に邪魔されたとは思わないだろう。

だが最初の興奮はすぐに消えた。父が女性と交際するのはもう少しあとにしてほしいと思うが、ジャイルズが彼女に関心を向ければ、決して応えられない期待をあおることになる。

積極的に求愛したあとでその女性と別れるのは、卑劣な行為だ。ジャイルズがどう言おうと、社交界は、紳士が身を引いたのは女性に欠点を見つけたからだと考える。それがどれほど筋違いな論理でも、ミス・ヘイスタリングが条件のいい結婚相手を見つけるのはさらに難しくなるだろう。それでなくとも、持参金と強力な縁故を欠く彼女には、大したチャンスがないというのに。

父親を守るためでも、それはできない。

「彼女は……興味深い女性ですが、前にも言ったとおり、僕自身がまだ結婚する気になれないのです」

「可能性を探るのは悪いことではない」父が反論した。「確かに私はおまえに結婚して子どもをつくってほしいと思っている。おまえは結局のところ、跡継ぎだからな。だが、私がお母さんとのあいだに見いだした幸福を、おまえにも見つけてほしいんだ。ミス・ヘイスタリングはその女性ではないかもしれないが……わからないだろう、その女性の可能性もある。おまえは彼女に興味があると認めた。もっとよく知りあってみたらどうだ？　そして、どうなるか見てみたらいい」

子爵は手を上げてジャイルズの反論を制した。

「気が進まないのはわかる。彼女を選んだあとでやはり違ったとなれば、ミス・ヘイスタリングの評判を傷つけることになるからな。だが、おまえが前に進みたくないと思うなら、私が我が家の地位を盾にして彼女を守ると約束する。絶対に彼女の人格にも評判にも傷がつかないようにする。おまえも知ってのとおり、私は彼女を魅力的だと思っているんだ」

ジャイルズは父親の顔をまじまじと見た。「父上は……自分の求愛を棚上げして、僕に機会を譲ると言っているんですか？」

「おまえのためだ。おまえが何年もの歳月を、おまえに必要だともふさわしいとも思えない関係や人間に費やすのを見ているのはつらかった。口出しは控えてきた。おまえが喜ばないのはわかっていたし……すっかり惑わされていて忠告に耳を貸すとも思えなかったからだ。だがお母さんを亡くし、壊れた人間関係がもたらす苦しみについて思うところができたんだ。ミス・ヘイスタリングがすべてを修復するのは無理でも、おまえがほかに目を向けて立ち直るよう促してくれるなら、私の場所を譲る価値はある。おまえが幸せになるのを見られるなら、もっと大きなものでも譲るだろう」

「ありがとうございます」自分は父とミス・ヘイスタリングの関係を邪魔立てしようとしたのにと後ろめたさを覚えたが、父の回復と幸福を望んでいたことも確かだと頭の中で言い訳した。いずれは父の人柄を認めて献身的に接してくれる相手を見つけてほしいと願っていたのだと。

「で、どうだ？　ミス・ヘイスタリングのことをもう少しよく知ってみる気はあるか？」

それはジャイルズにとっても絶好の機会だった。彼女を傷つけることなく、奸計《かんけい》と無縁だということを確かめられるなら。

どうしたらここでノーと言える？

ミス・ヘイスタリングに求愛すると考えると、またあの興奮の泡がわきあがってきた。それを抑え、父親のためだと自分に念を押す。彼女のことをよく知り、父に見合う女性かどうか見極めるのだと。あるいは僕に見合う女性かどうか、と小さな声がした。

その声を黙らせ、ジャイルズは答えた。「わかりました。父上の提案に乗りましょう。ただ、あまり期待はしないでください。例の……もう一つの件については、僕もようやく父上と同じ意見を持つようになりましたが……だからといってほかの女性を探して真剣に求愛したいとは考えていないんです」

「よかろう」彼の父親は言った。「ミス・ヘイスタリングとのあいだに何も生まれなくても、その変化だけで祝う価値がある！　さて、私はあさって彼女を訪ね、ペトラルカについて話しあうことになっているが、おまえが代わりに行ってきなさい」

「彼女にはどう説明するんです？」

「私はストラサムホールへ戻るとしよう。ミス・ヘイスタリングには、突然領地の用事で戻ることになったと言えばいい。嘘《うそ》というわけではない。領地にはいつだって対処しなければならない問題があるからな！　二、三週間ほどで戻ってくる。そのとき、おまえたちの関係がどうなっているか見てみようじゃないか」

「本当にいいんですか？　僕は彼女を傷つけたくない。領地へ戻っているあいだに、あとのことは引き受けるという気持ちが変わることはありませんか？　僕は父上に後悔するようなことをしてほしくないんです」

「だてに人生経験を積んできたわけではない。自分の気持ちはわかっている。ミス・ヘイスタリングを十分観察したうえで、あとのことは引き受けると言っているんだ。それに私自身が求愛しなくとも、彼女を褒め、目をかけ続けていれば、ほかの求愛者が現れるのはまちがいない。求愛といえば、おまえは先入観にとらわれることなく――別の女性と比べることなく、彼女に接することができるかね？　彼女自身を公正に評価してほしい」

　そんなことが誓えるだろうか？　比較するのは避けられないとしても、ミス・ヘイスタリング自身の長所に目を向けることは可能だろう。「できます」

「けっこう」父が満足そうな顔をした。「では、コーヒーを飲んで頭痛を癒やすといい。そして、私がストラサムホールへ戻るための計画を立ててくれ」

　ジャイルズの肩をたたくと、父は立ちあがって部屋を出ていった。ジャイルズは痛むこめかみをさすりながら、しばらくコーヒーを飲んでいた。

　こんな計画に乗ったのは賢明なことだったのだろうか。頭痛が治まってまともに考えられるようになったとき、僕は後悔するのではないか？

　いずれにせよ、まねごととはいえ女性に求愛するのだから、その前にルシンダとの関係をきれいに清算する必要があるだろう。

7

二日後の午後、イライザは客間で姉と座り、挨拶に立ちよったり世間話を楽しむために訪れたりする人をもてなしていた。時間が進むにつれ、緊張が高まっていた。

マーカム卿《きょう》と会うのが不安なのではない。子爵とペトラルカの話をするのはとても楽しみだった。鋭利で、ロマンティックで、ときに哀愁を帯びた詩について父と話しあう時間が大好きだった。子爵が持っているのが英訳本だったら、また違った視点から詩を楽しむことができるだろう。

子爵に花嫁候補としての可能性を探られているとは思えないが、もしそうだとしても気にはならない——それほどは。最初から、彼のそばではリラックスできるし、自分自身でいられると感じていた。それに子爵は、マギーが言うところのイライザにふさわしくない紳士だから、友人の期待に応えるために親しくしなくてはと思う必要もなかった。フルリッジ氏といるときはついそう思ってしまうのだけど。

そう、今イライザの胃をしめつけているのは、ストラサム卿が父親と一緒に現れたらどうしようという不安だった。

今日、彼が父親につきそう理由はない。特に文学好きではないと自分でも言っていたので、詩について話しあいたいとは思っていないはずだ。

それでも、不安の炎は燃えさかった。彼が現れて、せっかくの文学談義が台無しになったら、本当にいらいらするだろう。彼はただにらみつけるだけだとしても、そばにいられるだけでこちらの体が勝手に反応し、何もかもが複雑になってしまうのだから。

連弾のあと、彼が向けてきたまなざしは熱っぽく、経験のないイライザにも、敵意のまなざしでないことははっきりとわかった。

ストラサム卿が私に惹《ひ》かれているはずはない……。彼の視線がどれほど執拗《しつよう》でも、二人を引きつける力があまりに強烈で息ができなくなるほどでも。

本当にストラサム卿が私に惹かれているなら、女性として自分を誇らしく思わずにいられないだろう。ストラサム卿は父親に勝るとも劣らぬ好条件の独身男性だ。若くて、見目美しく、今でも十分に裕福だが、将来は子爵になる男性。彼に結婚する気があるなら、育ちも持参金も一流の令嬢たちの中から自由に相手を選べるはずだ。

そして苦い経験から学んだように、育ちも持参金も一流ではないミス・イライザ・ヘイスタリングに、その競争に加わる資格はない。

もちろん、そんな競争に加わる気もないけれど。

だったらなぜ彼があの……二人を引きつける力を追い求めるというの？　若かりしころのジョージと違って、彼は自分の魅力に自信を持っていてそれを試す必要もない。面白半分に女性を誘惑する冷酷非道な人でない限り。

マギーは貴族というだけで悪く言うけれど、私にはストラサム卿がそんな人だとは思えない……。

膝を押されてイライザは我に返った。顔を上げると、いらだたしそうな姉の顔が見え、何度か質問されたのに無視してしまったことに気づいた。

申し訳なさそうな笑みを浮かべてみせる。「ごめんなさい。ぼんやりしていたわ。なんの話をしていたの？」

「アンダーソン夫人がチバートン夫人の音楽の会での演奏を褒めてくださったのよ」ダンバートン卿夫人が言った。またわずかに眉をひそめているのは……警告だろうか？

「ありがとうございます」イライザは機械的に答えたあと、困惑して顔をしかめた。「アンダーソン夫人、音楽の会でお会いしましたか？　ご挨拶もせず、申し訳ありませんでした」

「音楽の会にはうかがっていないのよ。友人のエサバート卿夫人が、あなたの演奏がすばらしかったと教えてくださったの」アンダーソン夫人は少し間を置き、イライザを探るように見た。「連弾をなさったお二人の紳士のこともずいぶん褒めていらしたわ。マーカム卿とストラサム卿、だったかしら？　ご自分の特技を生かしてお二人の関心を独り占めするなんて賢い方法よね」

　夫人の非難めいた視線が突きささるのを感じ、イライザは自分が蒐集《しゅうしゅう》箱にピン止めされた蝶《ちょう》になったように感じた。そして、その標本を悪趣味だと思っている人に観察されているように。

　姉が警告の視線を送ってきたのは、これが理由だったのだ。

　今この瞬間まで考えてもみなかったが、子爵と男爵が示した関心に当惑したのはイライザだけではなかったらしい。裕福な子爵とその結婚適齢期の息子が一人の女性にあのような好意を示すのは、社交界の多くの人にとっては侮辱行為なのだろう。大した価値もない女性が、もっといい血筋と地位の令嬢に向けられるべき関心をくすねとったと思われているに違いない。

　たとえば、アンダーソン夫人の裕福な友人であるエサバート子爵夫人の令嬢、ジョージアナ・エサバートに向けられるべき関心を。

　根っから争いごとが嫌いなイライザは、演奏家としての二人の紳士を褒めつつ、彼女が連弾の相手に選ばれたことに大した意味はないと伝える言葉を探した。だがそれを見つける前に、執事が新たな訪問客を案内してきた。

ストラサム卿の来訪が告げられ、イライザの全身に衝撃が走った。小脇に本を抱えた男爵が部屋に入ってくるのを見て、二度目の衝撃に襲われた。訪問客は男爵一人だった。

マーカム卿はどこ？

アンダーソン夫人が訪問客からイライザに視線を移したので、彼女は頰があまり赤くなっていないことを祈った。ストラサム卿から視線をはがし、表情を整えて礼儀正しい関心を示そうとする。胃の中で暴れる感情も、神経に火花が散るほどの動揺もあらわにしないように。

「こんにちは、みなさん」ストラサム卿は部屋に入ってくると、ソファの横で立ちどまって頭を下げた。「ミス・ヘイスタリングの演奏を聞き逃されたのはあいにくでしたね、アンダーソン夫人。それは見事でしたよ。すばらしい音楽の会でしたが、あなたがいらっしゃらなくて残念でした。美しいだけでなく知的な女性と話すせっかくの機会を逃すのはできるだけ避けたいものです」

イライザは頰が緩みそうになるのをこらえた。ストラサム卿にアンダーソン夫人の言葉を――そして遠回しとは言い難いあてこすりを――聞かれた屈辱感は、彼が夫人に浴びせるお世辞を聞いて薄れていった。夫人はイライザを非難しようとしていたことなどすっかり忘れていたが、それも無理のないことだろう。ストラサム卿の魅力がどれほど人の気をそらせるか、イライザは身をもって経験していた。

「あなたとお父さまの演奏を聞き損ねたのは、本当に残念ですわ」アンダーソン夫人が答えた。「あなた方がすばらしい演奏家なのは、わたくしもよく覚えていますもの」

「次回はぜひ」ストラサム卿がなめらかに言った。

イライザは今度は笑い声を抑えなくてはならなかった。アンダーソン夫人に音楽の才がないのは皆の知るところで、彼女がチバートン夫人の会にいなかったのは、わざわざ短所をさらす必要はないと賢明な判断を下したからだった。

「人さまの前で演奏するなんておこがましいことはできませんが」そこでアンダーソン夫人はイライザをねめつけた。「男爵の演奏はぜひお聴きしたいわ。わたくしの親友のお嬢さん、ミス・エサバートもいつもあなたの才能を褒めそやしていらっしゃいますのよ！」

「親切な女性ですね。ですが、今日はベートーベンのソナタに出てくる和音のパターンについてミス・ヘイスタリングと話の続きをしたいと思ってうかがったのです。よろしいですか？」

「私が口を挟める会話ではなさそうですね」ダンバートン卿夫人がくすくすと笑った。「我が家の音楽の才能はイライザ一人に受けつがれていますの」

「わたくしはそろそろおいとまいたします」アンダーソン夫人が立ちあがってお辞儀をした。そそくさと帰っていったのは、ストラサム卿がしがないヘイスタリング嬢を訪ねてきたという衝撃的なニュースを社交界に広めるためだろう。不可解千万だと。イライザは密《ひそ》かに笑いを噛《か》み殺した。

それに不穏でもあるわと考えて、彼女の楽しい気分に影がさした。どの令嬢が一番ストラサム男爵の関心に値するか、社交界で議論がわきおこると思うからだけではなかった。

男爵が父親とではなく一人で訪ねてきたのはなぜ？

最初に思い浮かんだ理由に、イライザは不安を覚えた。「子爵はお元気でいらっしゃいますよね？」

ストラサム卿が驚いたように眉を上げる。「父はいたって健康だ」

「それをうかがってほっとしました」

「そうか、君はペトラルカを楽しみにしていたのだったね」彼はわきに挟んでいた本を見下ろした。「アンダーソン夫人の話にすっかり気をとられて、ここへ来た理由を忘れるところだったよ」

夫人の名前を聞いて、イライザは今度こそ笑いをこらえきれなくなった。「先ほどはお見事でした！　アンダーソン夫人を侮辱するわけではありませんが、あの方が噂話《うわさばなし》以外の会話をなさらないのは有名なんです。〝美しいだけでなく知的な女性〟はちょっと言いすぎではないかと思いますけれど！」

ストラサム卿が得意そうに笑った。「そんなことはない。確かに、美しいだけでなく知的な女性と話す機会は逃したくないが、アンダーソン夫人がそんな女性だとは一言も言っていないからね」

イライザは目を見ひらいた。「夫人にそう思わせただけ？　なんて賢い詐欺師なんでしょう！」

「そうかな？　君だったら、僕にあんなふうに言われて自分のことだと思うかい？」

「そうですね、あなたは一般的な話をなさっていると思ったでしょう……」彼女はそこで口をつぐんだ。

「つまり、そういうことだよ。さて、父は自分でペトラルカを持ってくるつもりだったが、急にストラサムホールへ戻らなくてはいけない用事ができてしまったんだ。それで僕から君に事情を説明して『カンツォニエーレ』を渡してほしいと頼まれた。君の本はおそらくお父上の図書室にあるだろうから、これで記憶を新たにしてほしいそうだ。ロンドンに戻ったら、また訪ねさせてもらうと言っていたよ。二人で詩の話をする予定だったようだね」彼は微笑《ほほえ》んだ。「君がラテン語も堪能なことを証明するためかな？」

今のは……軽口？　非難しているというより面白がっているような口調に、イライザはどう応じたらいいのかわからなかった。「本の中はごらんになってないのですね。ペトラルカの書物のほとんどはラテン語で書かれていますが、愛の詩だけは当時のイタリア口語で書かれているんです」

　ストラサム卿がふっと笑った。「僕に違いがわかるとも思えないが。いいかな？」彼は、今は座る人のいないイライザの隣のソファを示した。

「え、ええ……どうぞ」イライザの神経はすでにひりひりし始めていた。ストラサム卿が隣に座ると、思わずため息がもれそうになる。彼がいる側の肌が二人のあいだの距離を必死に測り……少しでも近くに来させようとしているみたいだった。

「イタリア語の口語の構造はかなり長いあいだラテン語に近かったのではなかったかな？」ストラサム卿の言葉が、体の反応に引きつけられていたイライザの意識を呼び戻した。

「そう父から教わりました」彼女は会話に集中しようとした。子爵との文学談義が先延ばしになったのは残念だとしても、不機嫌な息子の魅力に抗《あらが》いつつ父親に礼儀正しく接するという曲芸をしなくてもよくなったことにはほっとしていた。

　今日のストラサム男爵はなぜかそれほど不機嫌ではなさそうだけれど。

　姉が新しい客を案内してきて反対側のソファに座ったので、イライザは男爵の機嫌の謎はさておいて会話を続けた。「男爵もペトラルカがお好きなのですか？」

「いや、先日も言ったとおり、僕は特に学問が好きなわけではない。屋外で体を動かすほうが気持ちがいい。だが父は文学の信奉者だから、僕も君がどの詩が好きか、なぜ好きかということには興味があるよ」

　イライザは当惑して彼を見上げた。「もうお父さまのご用はすんだのですから、お引きとりいただいてかまいません。儀礼のためにここに残っておしゃべりをなさる必要はありませんわ」

戸外での活動を好む紳士がどんな理由で三百年前の愛の詩に対する私の意見を聞きたがるというの？

「儀礼のためだけではないよ。君がペトラルカに関心を持っているのが……面白いと思ってね」

イライザはまた笑い声をあげた。「よく言われます。姉妹からも、母からも〝面白い子ね〟って。父は我が家の女性陣の中で私が一番自分に似ていると思ったようですし。お話ししたと思いますが、私が幼いころはまだ弟が生まれていませんでしたから、父にとっては私が息子代わりだったんです。私は図書室で父と勉強したり本を読んだりする時間が大好きでした！　殿方がするようなことをするのも」

ストラサム卿が両方の眉を上げた。「殿方がするようなこと？　たとえば？」

「乗馬、馬車の運転、狩り、射撃などです。射撃はどちらかというと身を守るためですが。牧師はしょっちゅう夜遅くに出かけますし、病人や死者につきそって夜を明かすこともあります。我が家には数人のメイドと年老いた下僕が一人いるだけですから、必要に迫られたとき私が不法侵入者を追い払えるとわかっていれば、父も安心して家を空けられます」

「君はどのくらい正確に不法侵入者を追い払えるんだい？」ストラサム卿が愉快そうにきいた。

「かなり正確に。泥棒のやる気をそぐ前に自分の足を吹き飛ばしていては役に立ちませんもの」イライザはため息をついた。「ああ、これで私は文学好きなうえにまったく女らしくない女性と思われてしまいましたね。あなたに外で言いふらされたら、もう完全に破滅です！」

ストラサム卿が唇に指をあてた。「君の秘密は絶対に守るよ。それで？　君はお父上の文学愛を受けついだとして、どうしてペトラルカなんだい？」

「一つには、詩そのものが甘くて美しいからです。一つには、哲学書では自信に満ち全知全能の学者のように筆を進めるペトラルカが、詩の中ではほかの欠点だらけの人間と同じ不安や弱さをさらけだしているからです。彼の詩の女神ラウラに出会って一目で恋に落ちるなんて、ロマンティックじゃありません？　そして、何年も彼女を愛し続けるなんて。二人は最後まで結ばれないのですけど」

　イライザはそこで言葉を切ったが、ストラサム卿がうなずいて先を促したので続けた。

「ラウラは既婚者だったんです。そしてペトラルカは聖職者でしたから、彼女が独身だったとしても結婚はできません。当時は、一度教会への献身を誓ったら、一生離れることができなかったんです」彼女はため息をついた。「誰しも彼のような愛に憧れるのではないでしょうか。私の両親も愛しあっています。二人の愛は静かで、家庭的で、悲恋ではありませんが、同じくらい一途《いちず》です」イライザはストラサム卿を見上げた。「おそらくあなたのご両親も」

　彼は面白がるような表情を消し、真剣な面持ちでうなずいた。「父がペトラルカに惹かれるのはそのせいだろう」

「自分が結婚市場に身を置くようになり、ペトラルカの苦悩をますますすばらしいと思うようになりました」少し率直すぎる言葉だったが、イライザは続けた。「手に入らないとわかっていながら、ただ一つの愛を求める気持ちを失わなかったのですから」

「君はあきらめかけているのかい？」ストラサム卿がイライザをじっと見てきいた。

　誰かに求婚させられればそれでいいと考え始めているのかという意味だろうか？　相手が誰であれ、どんな結婚であれ、未婚で終わらなければそれでいいと？

　その答えは、イライザ自身にもまだわかっていなかった。「ペトラルカは決してあきらめませんでした。四十年以上、ラウラが亡くなったあとも、彼女に捧げる詩を書き続けたんです」

「決して成就しない恋にしがみつくのは忠誠か愚行か」ストラサム卿が独り言のようにつぶやいたが、答えは求めていないようだった。

イライザ自身にとっては、実りを結びえない恋に走るのは愚行だったが。

彼女は明るい口調で言葉を継いだ。「いずれにせよ、ヘンリー八世の時代に初めて訳され、そのときに一行十音節の詩の形ができました。それがのちに英国の詩の古典的な形になり、主題も最も普遍的なものの一つになりました。求めるほどに苦悩が増す恋。その恋への憧れと、苦しみからの解放を求める気持ちのあいだで揺れ動く魂」

「確かに古典的な主題だ」

男爵の言葉には悲哀が感じられ、イライザは彼もキューピッドの流れ矢に胸を貫かれたことがあるのだろうかと考えずにいられなかった。でも、彼の好意に応じない女性なんてこの世にいるのだろうか。

「では……君のお気に入りの詩を教えてくれ」男爵の命令がイライザの物思いを破った。「一番君の胸を打ち、今も心に残っている詩を」

「一つだけですか？　それは難しいわ」

「そうかもしれないが、あえて選ぶとしたら」

イライザは眉間に皺《しわ》を寄せて本を手にとり、ページをめくった。「わかりました。報われない恋への憧れと後悔がすべてつまっているこの詩です。

〝私は見つめ、想《おも》い、焦がれ、むせび泣く。
私を打ちのめすあの人は
いつも目の前にいて私を甘くいたぶる……。
悲嘆と怒りに満たされた私は戦争そのもの。
あの人のことを思うときだけ平和が訪れる。
生ける清らかな泉から
甘く苦い水が流れだし、私はそれを飲む。
一つの手だけが私を癒やし、私を突きさす。

試練が安息の地を見つけられなければ、
私は一日に千度、生まれて死ぬ〟」

イライザが本を閉じるあいだ、ストラサム卿は彼女よりもその向こうの宙を見つめていた。「どうして人はいつも愛を求めるのだろう、こんなふうになるだけなのに？」

一瞬、彼の瞳の奥に苦悩が見え、イライザは衝撃に襲われた。二人のあいだでくすぶる緊張感を介して激しい痛みが伝わってくる。彼女はストラサム卿の頬に手を触れ、癒やしてあげたくなった。

幸い、彼女が愚かなことをする前に、ストラサム卿が頭の中に入りこんできた苦しい思いをふるい落とすように首をふった。

「父が戻るまでペトラルカを預けておくよ」ストラサム卿は本をサイドテーブルに置いた。「その詩について語りあう機会が棚上げになってがっかりしただろうから、埋めあわせに僕から一つ提案をさせてもらおう。君は乗馬が好きだと言ったね。午前中、一緒に公園で馬を走らせるのはどうだい？」

愛の詩を聞いてどんな傷を思いだしたにせよ、ストラサム卿は話しあう気がないようだった。イライザは突然の話題の変化に戸惑い、つっかえながら言った。「え、ええ。乗馬は好きです。でも以前お話ししたとおり、ロンドンには馬を連れてきていないんです」

「母の牝馬《ひんば》をタターサル競売場で売ろうと思って連れてきているんだ。ジンジャーはすばらしく脚が速いしまだ若いから、遊ばせておくのは惜しい。ただ、僕がまだ別れる気になれなくてね」彼はため息をついた。「彼女は走るのが好きだから、君が乗ってくれると僕も助かるよ」

母親の人生に深くかかわっていた動物なので売れないのだろう。イライザは最初、ストラサム卿の誘いを断ろうと思った。乗馬は好きだが、危険なほど魅力的な男爵とこれ以上一緒に過ごして自分をそそのかす必要はない。でも、苦しい愛の詩を聞いて彼の瞳に浮かんだ苦悩を目にし、そのすぐあとに哀愁を帯びた顔を見ると、同情せずにいられなかった。

　男爵の提案に応じたからってどんな害があるというの？　陰に覆われているあの瞳が明るく輝くのだとしたら。馬に乗っていれば、彼との距離は十分保てるし、男爵の前を走れば会話をする必要もないだろう。

「光栄です」イライザは苦慮の末に言った。

「よかった！　僕はあさっての朝ならあいている。君の都合さえよければ」

　イライザはうなずいた。「私もその日は予定がありません」

「では、八時ごろでどうだい？　馬に乗るなら、公園がこむ前のほうが楽しいからね。人が少なければ、襲歩《ギャロップ》だってできるだろう」

「すてきですね」また馬に乗れる……それにギャロップまで？　そんな喜びが味わえるなら、彼と過ごす危険を冒す価値も十分にあるというものだわ。楽しそうな彼と一緒に過ごすのはよけいに危険だとしても。

　ストラサム卿が立ちあがって微笑んだ。「では、あさって」さっとお辞儀をすると、ほかの客をもてなしているダンバートン卿夫人のそばへ行っていとまを告げた。

　イライザは歩きさる彼の雄々しい姿を心ゆくまで見つめた。馬に乗れる——それもストラサム卿と一緒に！　マーカム卿と文学談義はできなかったけれど、これほどすてきな埋めあわせがあるだろうか。

　高ぶった神経を落ち着かせ、彼女は自分に言い聞かせた。ストラサム卿は、父親ががっかりさせた女性を慰めようとしているだけだ。私はそれ以上の意味があると思うような愚か者ではない。

8

翌日の夕刻、ジャイルズはヒル街で馬車を降り、瀟洒《しょうしゃ》なタウンハウスを見上げながらペトラルカの詩を思いだしていた。

私は見つめ、想《おも》い、焦がれ、むせび泣く。
私を打ちのめすあの人は
いつも目の前にいて私を甘くいたぶる……。
生ける清らかな泉から
甘く苦い水が流れだし、私はそれを飲む。
一つの手が私を癒やし、同時に突きさす。

最初に聞いたとき、この詩がどれほど深く彼の心に刺さり記憶に焼きついたか、ミス・ヘイスタリングが知るはずもない。ペトラルカは自分のためにこの詩を書いたのではないかと思ったほどだ。だが、ペトラルカと違ってジャイルズはあてのない情熱からついに自分を解放すると決めていた。

宝石店の箱を手に、彼は表の階段を上った。

執事が笑顔で迎えた。「ストラサム男爵！　またお目にかかれてうれしゅうございます」

これまでならジャイルズも笑みを返し、自分も会えてうれしいと答えただろう。離れているほうが傷は浅いと自覚しながらも。だがもう〝甘いいたぶり〟から永遠に遠ざかるときだった。

「案内は不要だ」ジャイルズは帽子と杖《つえ》を預けながら言った。

「あとで食事をお持ちいたしましょうか？」

「いや、けっこうだ。長居はしない」

よく訓練された執事は、いつもと違うジャイルズの応対にも驚きを見せず、頭を下げた。

　ジャイルズは二階に上がり、ルシンダの部屋の前で足を止めた。鏡台の前に座り、金色の長い髪をメイドにとかせている彼女の美しい姿をここから何度眺めたことだろう。今夜のように夜の早い時間なら、起きだしてまだまもない彼女は、その夜の予定に合わせてどんなドレスと宝石にするか衣装係と話しあっていた。ジャイルズが来るとわかっている日には、今のように絹の部屋着をまとい、うっすらと透けて見える体でこのあとの喜びを約束していた。

　今夜もルシンダの美しさを崇《あが》める気持ちがわきあがったが、ありがたいことに、胸の痛みは耐えうるものだった。恐れていたような激情がこみあげることも、ジャイルズを長年彼女に縛りつけてきた息がつまるほどの欲望がよみがえることもなかった。

　メイドが先に彼に気づいて会釈をした。ルシンダがふり返り、驚きの表情を喜びのそれに変える。

「ジャイルズ！　やっと来てくれたのね！　もういいわ、グリーンフィールド」

　メイドはブラシを置いて出ていった。

「仕上げをしたい？」ルシンダがジャイルズにブラシをさしだしてきく。

　何度こんなふうに夜が始まったことだろう。彼女の香りを胸いっぱいに吸いこみ、金色の髪をゆっくりとかしていると、ルシンダが背後に腕を伸ばして彼のズボンをまさぐり始める。フラップのボタンが一つまた一つと外されるうちに、ジャイルズは待ちきれなくなり……。

「もう十分きれいになっているようだ」ジャイルズは両手を脇に下ろしたまま答えた。

　ルシンダはわずかに眉をひそめただけだった。

「では、こちらに来て一緒に火にあたらない？　それとも、すぐにベッドへ行きたい？　ずいぶん久しぶりですものね」彼女は腰をくねらせながら歩いてくると、爪先立ちになって彼にキスをしようとした。ジャイルズが顔を背けたので、ルシンダの唇は彼の頬にあたった。「とりあえずソファで」

ルシンダはまた眉をひそめたが、ジャイルズと腕を組み、彼が抗《あらが》わないのを見て指を絡めた。彼のもう一方の手に小さな箱が握られているのをちらりと見やり、満足そうに顔をほころばせる。

「ワインでいいかしら？」ルシンダはジャイルズを暖炉のそばのソファに座らせると、サイドボードからデカンタをとって二つのグラスについだ。「あとでウィルソンに食事を運ばせるわ」

「長居はしないともう伝えてある」

ルシンダは唇を尖《とが》らせてワインをさしだした。「私におしおきをするつもりなのね。でも、たくさんではないでしょう」彼女は箱に手を触れた。「本当はもう許してくれているのよね？」

ジャイルズはわずかに笑みを浮かべた。「ああ、許しているよ」

「うれしい！　私、わかっているのよ……ときどきいけない女になるってこと。でも、しかたがないの。それにあとで絶対に謝るでしょう。これ、私に？」

ジャイルズは持参したものを渡した。

ルシンダは隣の椅子に座って箱を開け、美しいダイヤモンドとサファイアのブレスレットをとりだして吐息をもらした。「ああ、ダイヤモンドって本当にすてき。サファイアは私の瞳の色だからね？」

ジャイルズはうなずいただけで、いつものように、〝どんな宝石も君の美しさには及ばないよ〟とは言わなかった。

しばらく待っても何も言わないジャイルズを、ルシンダは責めなかった。ブレスレットをはめ、暖炉の火明かりにかざしてその輝きに見惚《みほ》れている。

やがてジャイルズのほうを向くと、にっこり笑った。「私ね、いい子になろうとしているのよ。これを見れば、すぐにそのことを思いだせるわ」

ジャイルズは覚悟を決めて静かに言った。「これは思いださせるためのものではないよ、ルシンダ。終わりにするためのものだ」

ルシンダがぱっと顔を上げた。「まだ怒っているのね」

「いや、それは違う」ジャイルズはそう言って気づいた。嫉妬や怒りや苦悩を繰り返してきたが、今夜のこの言葉は本心だと。「僕たちが求めるものは同じではないとついに認めることができたんだ」

「あなたが政治や王室にそれほど興味がないのは知っているわ。でも私たち、このままでもそんなに不幸ではないでしょう?」

「僕は不幸だ」ジャイルズはそっけなく言った。

「だいぶ前から不幸だった。君も知っているはずだ。僕を奮いたたせるのは、政治ではなく領地の運営だ。確かに、最初は必要に迫られて父の仕事を引きついだだけだった。だが……この仕事が好きだと気づいたんだ。穀物を育てたり借地人を助けたり、成果が目に見えるところが性に合っている」

「でも、あなたはロンドンが大好きでしょう! 領地経営の目新しさがなくなったら、ハンプシャーにこもっている小者たちにも飽きてしまうわ」

「そうかな。ストラサム領を管理するようになってかれこれ一年になる。僕は確かにロンドンの劇場やクラブが好きだが、君が夢中になっているものには魅力を感じない。政党の競りあいや罵りあい。食事の席で延々と続く政策談義。宮殿での陰謀」

ルシンダは肩をすくめた。「そんなたいそうなことではないわ。〈船乗り王〉の時代になって宮殿はすっかりおとなしくなってしまったし」

「それでも、ケント公爵夫人のまわりには陰謀が巡らされているし、夫人と、彼女を忌み嫌う王は夫人の娘ヴィクトリアを奪いあっている。君はホイッグ党のメルバーンの出世を手伝いたいんだろう？」
「もうすぐ新しい女王が誕生すると思うとわくわくするわね！」
「確かにわくわくする。それに、君の新しい恋人になりたいと思う男もごまんといるだろう」

ルシンダの笑みが消えた。「そうかもしれないけれど、誰もあなたにはなれないわ」

ジャイルズは肩をすくめた。「すぐに慣れるさ。僕にも思い出を大事にする気持ちはある。だが、君は君の望む人生を歩み、僕は僕の責任をまっとうする頃合いだ。僕たちはもう存分に放浪したと思う」

ジャイルズは立ちあがり、ルシンダの指にキスをした。「さようなら、ルシンダ。元気で」

ルシンダはその指で彼の手をつかみ、放そうとしなかった。「本気じゃないわよね。これまでも怒ることはあったけど、あなたは必ず私のもとに戻ってきた。自分の辛辣な言葉をきっと後悔するわ……」

ルシンダが立ちあがって彼にしなだれかかってきた。柔らかい胸を彼の胸に、腹部を膝丈ズボン《ブリーチズ》に押しつけてくる。

この期に及んでも、ジャイルズの体は反応した。今までと同じだ。彼が別れを切りだし、ルシンダが引きとめる。理性は別れるのが一番だと訴えるが、彼女が約束する悦楽を求めて燃えあがる体は抗い、結局ジャイルズは屈してしまう。

だが、今日は違う。

最初、怒りはなかったが、今は憤怒《ふんぬ》がこみあげていた。決意を告げたあとでさえ、こんなにも欲望がわきあがり、それをまたルシンダに利用されようとしているとは。

ジャイルズは首に回された腕をほどいてルシンダを押し返した。「後悔するかもしれない。だが、それは僕が自分でどうにかする」

ジャイルズが出口のほうを向くと、ルシンダが目を見ひらいて恐怖をあらわにした。彼は今度こそ本当に別れる気だと気づいたのだ。

一瞬、凍りついたあと、彼女はジャイルズを追いかけてきた。「いいわ。田舎にお戻りなさい。すぐに私に会いたくなるわよ。今までずっとそうだったようにね。でも、私がそう簡単にあなたを受けいれると思わないで。あなたが言ったとおり、代わりを務めたがっている人はいくらでもいるんだから！」

ジャイルズはふり返り、彼女と向きあった。「だったら、その連中と楽しめばいい」彼は戸口で最後に一礼して部屋を出た。

「ジャイルズ？」ルシンダが問いかけるように呼び、続いて怒りをこめて叫んだ。「ジャイルズ！」彼が扉を閉めると、ルシンダが投げたブレスレットがあたって大きな音をたてた。

ジャイルズは胸が痛み始めるのを待ちながら、ぼんやりと階段を下り、帽子と杖を受けとって外へ出た。屋敷まで歩いて帰ろう。しばらく誰とも顔を合わせる気になれないことは、経験ずみだった。

以前は喧嘩《けんか》をしてルシンダの家を飛びだすと、これっきりになってしまう気がして胸がえぐられるように感じたものだった。苦悩を抱えて数時間徘徊《はいかい》した末、結局ボンド街へ向かい、二人の関係を修復してくれる金ぴかの贈り物を探した。

今も胸の痛みはあったが、これは避け難いことだという悲しい思いに覆われていた。ルシンダに告げたことはどれも本心だった。宮殿の高貴な雰囲気や、ロンドンの雑踏、社交界の噂話《うわさばなし》の中にいてこそ、皆に褒められおだてられてこそ、ルシンダは輝く。大勢からの賞賛をあきらめて一人の男の愛には浸れないし、ロンドンを離れて田舎暮らしをすることもできないだろう。

領主の妻となって食品貯蔵庫や庭を管理し、近隣の紳士淑女を訪ねたり借地人の病気の子どもにスープを届けたりする暮らしでは、絶対に幸せになれない。夫は彼女に同行する代わりに馬で領地を巡って羊や牛の出産を見守り、クレソンの収穫につきあい、新しい鋤《すき》や来年用の種の購入について借地人と話しあう、そんな暮らしでは。

　二人は違う軌道を進む二つの星だ。母の死と父の嘆きがなければ、そしておそらく、ペトラルカを暗《あん》誦《しょう》する強気で平凡で現実的な女性がいなければ、その事実をこんなふうに受けいれることはなかっただろう。

　それはつまり、その平凡で現実的な女性と彼について何を意味しているのか？　ジャイルズにはわからなかったが、燃えつきた愛の灰の中から弱々しい不死鳥がゆっくりと羽ばたき、新たな道を見つけてどこに行きつくのか確かめたいと望んでいた。

9

　翌朝、乗馬服に着替えたイライザは朝用の客間を歩き回りながらストラサム卿《きょう》を待っていた。私がこんなにそわそわしているのは、新しい馬に早く乗りたくてたまらないからよ。襲歩《ギャロップ》をさせられるかもしれないと思うと楽しみでしかたないから。ストラサム卿が私を乗馬に誘ったのは、父親の代わりに親切にしているだけで、それ以上の意味がないことはよくわかっている。

　でも、もしかしたら……。

　二人のあいだに何か――互いを引きつける官能の波のようなもの――があるのはまちがいなかった。特にイライザは、音楽の会で連弾をしているときでさえ、ストラサム卿の疑念を感じながらも強く彼に引きつけられていた。あのときの二人は対等の相手と演奏する喜びに満たされ、彼もいっとき疑念を忘れたようだった。

音楽に対する共通の愛が彼の気持ちを和らげたのかもしれない。おととい訪ねてきたときの彼はそれまでより寛容で、密《ひそ》かだが見逃しようのない嫌悪感も消えていた。彼はイライザのことを面白い女性と思い、一緒にいると……楽しいと感じたようだった。

それは好ましい展開だった。息子の疑念を払拭することに頭を悩まさなくていいなら、父親との友情を続けるのも簡単になる。それに、疑念がなくなったら、魅力的なストラサム卿は父親についてこなくなり、イライザが彼との連弾の続きを妄想することもなくなるだろう。

二人のあいだにもっと何かあると思うなんて、あのしつこい官能の力が生んだ妄想にすぎないと、イライザは自分を諭した。砂漠の蜃気楼《しんきろう》みたいにはかない夢でしかない。白昼夢にうつつを抜かすより、フルリッジ氏も来るはずのマギーと伯爵夫人の晩餐《ばんさん》会《かい》を心待ちにするべきだ。もっとたくさんの時間を一緒に過ごせば、彼に求愛を促すべきか、考慮の対象から外すべきかはっきりするはずだ。

マーカム卿がロンドンを離れた今――そもそも彼は現実的な候補者ではないが――イライザの夫候補になりうる人物はフルリッジ氏一人だった。彼を愛する忠実な妻になろうと思えないなら、残る選択肢は未婚を貫くことに絞られる。

家族のことは愛しているし、一生を彼らのために捧《ささ》げることもいとわないけれど……。

自分を優柔不断だと思うことはあまりない。でも、この選択に人生がかかっていると思うと、どうしても決断ができなかった。

今朝の乗馬は、そんな重大な決断を迫られている現実をしばらく忘れさせてくれる、楽しい気晴らしになるはずだった。そしてそこに官能をかきたてる何かがあるなら、それも純粋に楽しみたかった。

それでも、執事が現れてストラサム卿の到着を告げると、彼女はびくっとした。

胸に手をあてて暴れる心臓を落ち着かせながら、部屋に入ってくるストラサム卿を見つめる。彼がこれほどハンサムでなければ、引きしまった体がこんなにすてきでなければ、発散するエネルギーがこんなに圧倒的でなければ、乙女の平静がこれほど乱されることもないはずなのに。

「もう支度はできているようだね」ストラサム卿が感心したように彼女の乗馬服を見た。「では、出かけようか？　早く着けば着くほど、公園はすいていて、乗馬が楽しめるはずだ」

「ええ。馬にギャロップをさせたいですもの」

ストラサム卿が眉を上げた。「ギャロップをさせられるかどうかはまだわからないよ。お先にどうぞ」彼はイライザを先に行かせた。

小走りに玄関の階段を下りて通りに出ると、ストラサム卿の馬丁が三頭の馬の引き綱をつかんで待っていた。イライザは歓声をあげ、たてがみと足首が暗褐色で体が生姜《しょうが》色の馬に駆けよった。「いい馬だわ。あなたが言っていたとおりです！」彼女は馬に挨拶してからこちらの匂いを嗅がせ、首筋を撫《な》でた。

「歩態もすばらしいんだ」イライザのはしゃぎぶりを見て、ストラサム卿が微笑《ほほえ》む。「公園まではパクストンにジンジャーを引かせよう。そのあいだに君もジンジャーに慣れることができるはずだ」彼は馬の引き綱を握っている男性を示した。イライザが会釈をすると、馬丁も無言でうなずいた。

もしかしたら、ストラサム卿はイライザと初対面の馬丁ではなく、自分が彼女を馬に乗せるべきだと考えるのではないだろうか。

「挨拶がすんだら、馬に乗るのを手伝うよ」イライザの期待どおりにストラサム卿がそう申しでたので、全身にぞくぞくするよう感覚が駆け巡った。イライザは一分一秒を楽しむつもりでうなずいた。

そして実際、彼の手がイライザのウエストと手を支えて鞍《くら》に横向きに座らせたときの火傷《やけど》するような感覚を、彼女は心から楽しんだ。わずかに体を横にずらした馬にも感謝したい気分だった。おかげでストラサム卿が通常よりも一瞬長く、彼女を支えなくてはいけなかったのだから。

フルリッジ氏に触れられても、こんなくらくらするような興奮を感じるだろうか？　半分でも感じられれば生きていけるし、満足もできる気がする。でも、まったく味わえないとなるとどうだろう？　肉体的に満たされない結婚に心から忠誠を誓うことはできないのではないだろうか。

ストラサム卿の手の感触の名残を味わいながら、イライザは手綱をつかんだ。ジンジャーはすぐに反応のよさを示し、馬丁に綱を引いてもらう必要もなさそうだった。でも何か思わぬことが起きたときには、彼が綱を持ってくれていたほうが安心だ。ああ、早く公園に行って馬を乗りこなせることを証明したい。そして、ストラサム卿がぶら下げたギャロップというご褒美を勝ちとりたい。

通りでは馬車や歩行者が行き交い、二人が常に並んで進めるわけではなかったが、ストラサム卿が彼女から決して目を離さないことにイライザは気づいていた。「私が落馬しないか見張っていらっしゃるの？」彼女は隣に戻ってきたストラサム卿にきいた。「絶対にそんなことは起こりませんよ」

「お姉さんから君を預かっているのだから、無事に返す義務がある。だからそう、君がちゃんと鞍の上にとどまっているか見張っているんだ。どうやら今のところ、そうなっているようだが」

「では、公園に着いたらギャロップをさせてもらえます？」

ストラサム卿は面白がっているように首をふった。

「させるかもしれない。公園がこんでいなかったら。そして、君がジンジャーにうまく常歩《ウォーク》をさせ、速歩《トロット》をさせ、駈足《キャンター》をさせるのを確かめたら」

イライザは大げさにため息をついてみせた。「私たち、ストラサム卿に信用されていないみたいよ、ジンジャー」彼女は馬の耳元で言った。「ギャロップであの大きな黒馬を負かして、男爵がまちがっていることを証明してやりましょう」

馬がそれに答えるように低くいななく。

「ほら。ジンジャーも同じ考えだと言っています」

ストラサム卿は笑いながら首をふっただけだった。

無事ハイドパークに着き、馬丁が引き綱を放すのを待つあいだ、イライザは興奮が高まるのを感じていた。ああ、私はこんなに馬に乗りたかったのね。この先結婚しようと、家族と暮らそうと、馬のない暮らしはしないわ。イライザは心の中でそう決めて密かに微笑んだ。

これで一つ決断できたわ！　とても簡単な決断だとしても。

では、体の喜びが必要だという件については？　もしも結婚しなかったら、どうやってそれを満たすのだろう？　ストラサム卿のような圧倒的な魅力を持つ誰かと密通するとか？

イライザの肌がかっと熱くなった。そんないやらしいことを考えていないで、乗馬の楽しみに集中するのよ。彼女はストラサム卿のほうを向いて切りだした。「試験を始めましょうか？」

ストラサム卿が馬丁にうなずいて引き綱を放すよう合図した。「では、ウォークからだ」

イライザが思ったとおり、ジンジャーはとても聞き分けがよく、乗り手の合図に即座に応じ、どんどん速度を上げたがった。ウォークからトロット、さらに速度を上げてしばらくキャンターを続けたあと、ストラサム卿が乗馬道《ロトンロウ》に移動しようと言った。

「散歩中の伊達《だて》男《おとこ》なし、のろのろ走る荷馬車もなし、乳母車を押す乳母も、牛を歩かせる酪農婦もなし」イライザは目の前に伸びる道路を指さして言った。「ついにギャロップができるんですね」

「では、あのカーブまででどうだい？」

イライザはうなずくと、踵《かかと》を牝馬《ひんば》の脇腹にあてた。ジンジャーが走りだす。牝馬は均等な足運びでどんどん前に進み、イライザは喜びに満たされた。風が三つ編みのほつれ毛をたたき、帽子を引っ張る。ストラサム卿の引きしまった牡馬《ぼば》についていけるとは正直、思っていなかったが、ゴールに達したとき、一馬身ほどの差しかなかった。

「よくやったわ！」イライザはジンジャーの首筋をたたいた。「このお嬢さんは私と同じくらいギャロップを楽しんだと思うわ」

「彼女は本当に走るのが好きなんだ。それにピアノフォルテ同様、君の乗馬の技術も一流だ」ストラサム卿が認めた。「母と同じだよ」一瞬、悲しげな顔になったが、彼はすぐに微笑んだ。「君はジンジャーと相性がいいようだね」

「彼女に乗せてくださってありがとうございます。この子があなたのもとにいるあいだは、喜んで運動のお手伝いをしますわ」

「おまえも喜んでいるんだろう、ジンジャー？」ストラサム卿は体を乗りだして牝馬をぽんぽんとたたいた。「では少し歩いて馬を落ち着かせよう」

「帰る前にもう一度ギャロップができます？」

ストラサム卿は散歩をする人々や、今ではずらりと並んだ馬車を見回した。「もうだいぶこみ始めている。キャンターだったらできるかもしれないが」

「ギャロップのほうがいいけれど、しかたないですね」

　二頭の馬が歩き始めると、ストラサム卿と安全な距離が保たれていることもあり、イライザはこれまでにない心地よさを感じた。暖かい日ざしを浴びながらすばらしい馬に乗り、ストラサム卿に引きつけられる感覚も抑えられている。彼女はこの瞬間を純粋に楽しんでいた。

　しゃれた馬車が近づいてきたので、イライザは指さした。「あなたもあのような二頭立て四輪馬車《フェートン》に乗られるのですか？」

　ストラサム卿がちらりと見てうなずいた。「ああ。色は違うが、うちのフェートンもあれと同じ製造業者がつくったものだろう」

　イライザはため息まじりにその馬車を見送った。

「いつか私もああいうのを運転してみたいわ」

　ストラサム卿が鋭い視線を向ける。「冗談だろう」

「いいえ。ロンドンでは運転しませんが、実家では姉や母の送り迎えをしていたんです。父は教区の仕事で出かけていることが多く、家族が村に行ったり友人を訪ねたりしたいと思ったときに、いつもいるとは限りませんから」

　ストラサム卿は両眉を上げただけだった。

　イライザはいらだちを覚えた。「疑ってらっしゃるのね？　私は嘘《うそ》の自慢なんてしないし、自分でない人間のふりもしません」

「音楽通のふりをしながら実は友人の独身の娘を売りこみたいだけのアンダーソン夫人と違って？」

「あの方は友人の娘さんが大好きなので、彼女に注目を集めたいと思うのも自然なことだと思います。特に、条件のいい独身男性の注目を」

　ストラサム卿が問いかけるような顔をした。「彼女にけなされたのにかばうのかい？　ああ、君が特技を利用して父の関心を〝独占〟したという話は聞いたよ。それに僕の関心も」

「彼女の言い方に問題があっただけかもしれません。そういう人はたくさんいます」

　ストラサム卿がちょっといらついたように首をふる。「ずいぶんお人好《ひとよ》しなんだな」

「いろんなことをなるべく善意に解釈したいと思っています」

「では、失望させられることも多いだろう」

「なんてひねくれた見方でしょう。もちろん、自分をよく見せるために故意に他人をけなしたり傷つけたりする人がいることは知っています。でも、人の弱さを現実として受けいれつつ、最善を望むことはできるんです。それに最善を期待すれば、期待に応えてよりよいふるまいをしようとする人も出てきます。みんなから最悪を期待されれば、よりよくしようという気にもなりません。世界はそれほどいい場所ではないかもしれないけれど、すばらしいと思えるものはどこにでもあります。沈む夕日の美しさとか。子どもの楽しげな笑い声とか。思いがけない優しさとか。探しさえすれば、美しいものは必ず見つかります」

　ストラサム卿はイライザをしばらくじっと見てから言った。「本当にそう思っているのかい？」

「もちろんです。人に疑念と皮肉だけ向けてどんないいことがあるのでしょう。先ほども言いましたが、人のいいところを期待してこそ、たまにそれを得られるんです。得られれば祝い、得られなければ次回に期待するだけのことです」

　ストラサム卿が首をふった。「君はどうしようもないお人好しなのか……とてつもない善人なのか、どちらなのだろう」

　イライザは笑った。「どちらでもありません。私はただ黒雲に覆われた人生を生きたくないだけです。いつも他人を疑い、すぐにへそを曲げ、悪いことばかり探す、そのどこに喜びがあるのですか？　人生がくれる希望や美しさや慰めを見過ごさなくても、つらいことはたくさん襲ってくるのに」

　ストラサム卿はしばらく彼女の表情を探っていた。

「その楽天主義を揺るがすような悲劇が起こらないことを祈るよ」

「楽天主義は内側から生まれるんです。外側から与えられるものではありません。結局のところ〝いつも喜んでいなさい〟ということです」

「牧師の娘らしい聖書の引用だが、言うは易《やす》しだな」ストラサム卿が言うと、彼の馬が突然、つっと横に動いた。「ほら、ミッドナイトもそのとおりだと言っている」

　イライザは笑い声をあげた。「鞍の毛布の端に引っかかった葉っぱをいやがっているだけですわ」彼女は指さした。「ギャロップをして汗をかいた肌に張りついたのでしょう。風が吹くたびに葉っぱが揺れて、それが気になるんです。私がとりましょう」

「いや、僕がとろう。ミッドナイトが不安になっているなら、ジンジャーが近づいてきたときに蹴ってしまうかもしれない」ストラサム卿は鞍から降りると、すぐに問題の葉っぱを見つけてとりのぞいた。

「こんな些細《ささい》なものがときとして僕たちを引っくり返すほどの脅威になりうるとは」彼は葉っぱを投げ捨てながら言った。

「些細といってもそれほど小さくないこともあります」一緒に馬を走らせた気安さから、イライザはずっと気になっていたことをきいてみた。「私のことを楽天的すぎるとおっしゃいましたが、これでも人生や人を現実的に見ているんですよ。それでおききしたいことがあるんです。今朝、乗馬に誘っていただいたことは感謝しているのですが……そもそも私に会いにいらっしゃるようになったのは、お父さまを来させないためですか？」

ストラサム卿がこんな直接的な問いを予期していなかったことは明らかだった。だが、彼が困ったような顔になり、すぐにきっぱりと否定しなかったのは、イライザの指摘が正しいからに違いなかった。最善を期待するのはもうやめよう。ストラサム卿が最初は疑っていたとしても、今では本当の私をわかってくれていると期待していたのに。見込み違いだったとわかり、イライザは自分でも意外なほど失望していた。そして正直に言うと、傷ついていた。

「私が子爵を罠《わな》にはめて求婚させせようとしていると、本気で思っていらっしゃるのですか？　本当にひねくれた方ですね。確かに、女性は人生を自分で切り開く力がほとんどありませんし、良縁に恵まれることはとても大切ですから、あなたが疑うのも理解できます。でも、お互いのことをよく知ったあとでもまだ私がそんなことを企《たくら》んでいると信じていらっしゃるのなら、それはひどい侮辱です！」

「女性にとって良縁に恵まれるのは大切なことだと君も認めただろう」ストラサム卿が反論した。「これまで会ったこともなかった女性と父が突然、親しくし始めたら、疑うのが当然じゃないか。それを言うなら、君はどうやってあんな一瞬で父にとりいったんだ？」

「とりいるですって！」イライザは憤然と言った。「私たちがどうやって知りあったかはお父さまにきいてください。話すかどうかはお父さまがお決めになることです」

「ただ質問に答えるのを避けているだけではないのかい？　そうだとするともっと怪しいな」

ここ数年、かなりうまく癇癪《かんしゃく》を抑えられるようになったイライザだが、今日はストラサム卿にあてこすり続けられ、ついに怒りを爆発させた。「誰かを非難したいなら、ご自分を非難なさったらどうですか。私はあなたのお父さまと楽しくお話ししているだけなのに、あなたは礼儀正しい言葉とつぼを押さえた招待でご自分の訪問の意図を隠そうとしていらっしゃるじゃありませんか！」

「君の作意が明らかだったからだ」ストラサム卿はイライザと同じくらい憤然と言い返した。

ここが鞍上《あんじょう》ではなく、もっと彼の近くにいたら、我を忘れて頬を引っぱたいているところだ。ストラサム卿に引きつけられる気持ちは怒りの熱を浴びて弱まり、この不快な人からただ離れたいという思いだけが残った。

「あなた方紳士はご自分たちにしか名誉はないと思われているようですが、女性にも名誉はあるんです。そして、あなたは私の名誉を汚しました。これ以上不愉快な会話にならないよう、ここでおいとまさせていただきます」そう言うと、イライザは馬に拍車をかけた。

髪を吹きあげ、帽子にたたきつける風の激しさが彼女の気分にぴったりだった。怒りが大きすぎて、馬車や歩行者や馬に乗る人々をかわしながらジンジャーを疾走させてもまったく楽しい気分になれない。むしろ屈辱感に胸の痛みが増すようだ。ストラサム卿も二人のあいだの磁力を感じて誘ってくれたのではないかと思うなんて、私はどんな愚か者なの。

惹《ひ》かれあってる？　友情が育ってる？　ばかばかしい！　ストラサム卿が私にダンスを申しこみ、花を贈り、連弾をし、乗馬に誘ったのは、ただ私が子爵をだまして有利な結婚をしようとしていると思い、それを阻もうとしただけだった。

うぬぼれ屋、エゴイスト、独裁者……。頭の中で非難の言葉を投げつけながら、ジンジャーを駆り、姉の家に向かった。小道にそれたり後戻りしたりして、なんとかストラサム卿に追いつかれないようにする。今彼と話すことには耐えられないし、耐えるつもりもなかった。

しばらくして怒りが収まってくると、失望と落胆がわきあがった。さっきストラサム卿に宣言したとおり、できるだけ善意に解釈しようとしたが、この状況の――彼の――いい面を見つけるのは難しかった。父親を守りたいという彼の思いは尊敬に値するのだろう。でも、女性に対する皮肉な見方は残念だ。結婚で地位を上げたいと願う女性は誠実ではいられないと思っているらしい。でも彼のそんな意地悪な見方を変えることは、私の仕事ではない。

もうストラサム卿に引きつけられることを心配する必要はなくなるだろう。この先、彼と顔を合わせることはないはずだから。そして彼が今朝の口論を報告したら、子爵と会うこともなくなるはずだから。

かまわないわ。ペトラルカの詩集はお礼の手紙を添えて送り返せばいい。いずれにせよ、子爵も男爵も私には雲の上の人なのだ。しばらくすれば、心の傷も幻滅も癒えるだろう。

マギーと一緒に新居の支度を手伝ったときに見たローラの喜びにあふれた顔がふと脳裏に浮かび、イライザの失望感がいっそう強くなった。ローラと彼女の婚約者のように、みんなが永遠の愛を偶然に見つけられるわけではない。平凡かつ現実的な結婚で手を打たなければならない人もいるのだ。私もストラサム卿を頭から追いだし、未来に関する難しい二者択一に集中しなくては。フルリッジ氏との結婚を考えるか、未婚を貫くか。

でも今は気落ちしすぎていて、どちらの選択肢についても考えられない。

ダンバートン家の前の小道に入るころには、イライザの感情は怒りと失望を経て後悔に至っていた。ストラサム卿の疑念にはきっぱりと、でも丁重に抗議するべきだった。そして家に戻りたいことを伝え、彼に――少なくとも馬丁につきそってもらうべきだった。脱《だつ》兎《と》のごとく町中を走りぬけるのではなく。それに、いくら不当な扱いを受けたうえに見下されたと感じても、あんなふうにストラサム卿に食ってかかったのはまちがいだった。

馬丁にジンジャーを預け、よく体を拭いてから持ち主に返すよう指示を与えると、イライザは庭を歩いた。優しい母さえ手を焼いていた〝短気な男勝り〟からは卒業したと思っていたのに、どうやら思い違いだったらしい。今まで礼儀正しく親切にふるまえていたのは、ただ怒らされることがなかったからだと思うと、気が滅《め》入《い》った。ストラサム卿に言いがかりをつけられたとたん、礼儀正しさも自制心も吹き飛んでしまったのだから。

人格を矯正する必要があるのは、ストラサム卿だけではないようだ。

屋敷に入る気になれない。きっと姉が乗馬はどうだったかききだそうと、手ぐすねを引いて待っているはずだ。なんて言えばいいのだろう？

庭園をもう数周するとようやく落ち着き、乗馬は楽しかったけれど次回はないだろうと正直に伝えられそうな気がしてきた。子爵が領地に戻った今、彼やその息子が訪ねてくることはないだろうと。

それはいいことのはずだった。いつまでも目から涙がこぼれそうで、泣きたい気分に抗わなければならないとしても、それはイライザ自身の問題だ。もう何年も前に経験から学んでいなければならなかったのに。

でも、あのときもそうだったように、この嵐をやりすごせば、また穏やかな気持ちになれるはずだ。イライザはそう考えて涙を拭った。今後は冷静に、現実的に未来を見つめよう。そして決して、絶対に、こんな愚かなことは繰り返さない。

10

それからしばらくのち、ジャイルズは自室の椅子にかけ、ワインをつぎながらこの数時間のことを考えていた。

ミス・ヘイスタリングとの激しいやりとりのあと、感情がさまざまに変化し、ようやく落ち着き始めたところだった。彼が誘う理由をミス・ヘイスタリングがいずれ問いただしてくることは予想しておくべきだった。それらしい答えを用意していなかったせいで不意を突かれ、陸に打ちあげられた魚のように口をぱくぱくさせることしかできなかった。当然ながらミス・ヘイスタリングは激怒し、彼の疑念は言いがかりだと否定した。

〝女性にも名誉はあるんです。そして、あなたは私の名誉を汚しました〟彼女はそう声を荒らげた。

以前は子猫のようだと思ったが、目を怒らせた彼女はむしろ雌虎のようだった。

動揺、後悔、そして彼女は怒って当然なのかもしれないという弱気な疑念。そういったものが最初の怒りを和らげ始めたとき、ジンジャーが突然走りだし、恐怖心がほかのすべての感情を消しさった。口論しているうちに彼女を怒らせ、牝馬《ひんば》ともども走りさらせてしまったのだ。ジャイルズがミッドナイトにまたがって追いかけ始めたときには、ジンジャーはすでに公園の門を通りぬけようとしていた。

だが、前方を行くミス・ヘイスタリングは巧みに馬車や歩行者をよけ、完璧な手綱さばきを見せていた。恐怖が消え、再び怒りが頭をもたげた——そして屈辱感が。公園の門の手前で、入ってくる馬車や馬をよけるために速度を落とさざるをえなくなると、その感情はいっそう強くなった。ジャイルズが街路へ出たときには、彼女の姿は完全に消えていた。

彼女はどちらへ行ったのか。まず馬をマーカム子爵の厩《うまや》に戻すのではないかと推察し、ジャイルズはキング街に向かった。だがそこに彼女の姿はなかったので来た道を引き返した。ダンバートン家の裏の小道に着いたときには、彼の体は冷や汗に覆われていた。技量があろうとなかろうと、ロンドンのこみあった通りでは、事故は簡単に起きる。

ちらりとうかがったところ、ダンバートン家の厩にジンジャーはいなかった。ジャイルズは馬を乗り捨てて玄関へ急いだ。服装は乱れているが、ミス・ヘイスタリングにとりついでもらい、彼女の無事を確かめるしかない。子爵の跡取りという特権のおかげだろう、執事はジャイルズの全身を見回したあと、彼を屋内に迎えいれた。

ミス・ヘイスタリングがお会いになるかどうかうかがってきますと執事が言うのを聞いて、ジャイルズの不安はいくらか和らいだ。彼女が帰る途中でけがをしていたり、そもそも帰ってきていなかったりするなら、ジャイルズの要望はもっと大きな動揺を生んだはずだ。執事が戻ってきて、ミス・ヘイスタリングはお会いにならないそうですと告げた。ジャイルズがそれは確かかと問うと、使用人は冷ややかに、ご本人さまからわたくしが直接賜りましたと答えたので、ジャイルズはそこでようやく肩の力を抜いた。彼女が無事に家に帰り着いているのはまちがいない。それに、あれだけ辛辣なやりとりをしたあと、彼女がジャイルズに会いたくないというのも無理からぬことだった。

不安と怒りから解放されて自宅に帰ると、ジンジャーがブラシをかけられながら、うれしそうに干し草を食べていた。街中を走りぬけたダメージも見られない。すべては一件落着となり、ジャイルズは身なりを整え、次にすることを考えるしかなくなった。

今、ワインを飲みながら公園での口論を思い返してみても、疑念を抱いたことを恥じる気持ちにはならなかった——少なくとも、最初については。だが、今朝乗馬に出向くときには、ミス・ヘイスタリングが見かけどおりの率直な女性だと確信していた——心の奥では——ことに気づき、だんだん恥じる気持ちが生まれてきた。彼女の怒りに怒りで応じるのではなく、疑ったことを謝るべきだったのだ。

彼女がどうやってあれほど急に父と親しくなったのかは今でもわからない。話すかどうかは父が決めることだとミス・ヘイスタリングは言ったが、彼女が父を罠《わな》にはめたり、断れないつてを頼ったりした証拠はなかった。

男の言葉は証文だ。ミス・ヘイスタリングは明らかに、自分の言葉もそうだと思っている。だから、彼女を疑ったジャイルズはその人格まで汚したことになるのだ。彼自身、不正を働いていると疑われ、否定しても信じてもらえなかったら激怒するだろう。

ジャイルズは苦笑した。父はまだストラサムホールへ行っていないが、このままロンドンにいても問題なさそうだ。ミス・ヘイスタリングがこの先父に会いたがるとは思えなかった。

ミス・ヘイスタリングを誤解していたことを——そして彼女が言っていたように、名誉を汚したことを——謝罪しなくてはならない。だが、手紙を書いてそれきり彼女とのつきあいを終わらせるのは、なぜか気が進まなかった。

ここのところ、ジャイルズはミス・ヘイスタリングのことばかり考えていた。知りあってまだ十日にしかならないのも驚きだが、その短いつきあいを終わらせる気にならないというのもどうかしている。彼女が、父が勧めたとおりの優しくて頭がよくて思いやりがある女性だという確信が、一日ごとに強くなっていた。

ミス・ヘイスタリングは彼が愛する音楽の才能にあふれ、馬の扱いに長《た》けた女性だ。人を引きつけるユーモアと強い道徳観も合わせもっている。彼女は相手の長所を探し、世の中の美しさや優しさに目を向けるようにしていると言っていた。物事の明るい面を見ようとする人間のそばにいると、力がわいてくるし気分も高揚する。

それに、彼女は美しい。ルシンダのような夜空を駆ける彗星《すいせい》のまばゆさではなく、寒い夜に人を引きつける暖炉のような静けさと心地よさがある。ミス・ヘイスタリングの姿を思いうかべると、ジャイルズはまたあの煮えたつような感覚を覚えた。

つまり、彼女は独特で興味深い女性ということだ。ジャイルズは彼女のことをもっとよく知りたいと思った。父に罠《わな》をしかけさせないためではなく、自分自身のために。

だが、彼女をもっとよく知るためには、まず謝罪をしなくてはならない。また会ってもらえるよう、説得力のある謝罪を。

最初に思いついたのは、ボンド街に向かうことだった。ジャイルズは椅子から立ちあがりかけて考え直した。彼女はルシンダではないし、高価な装飾品でなだめられるような女性ではない。未婚の女性に高価な宝石を贈るのが不適切でなかったとしても、彼女はすぐさま投げ返してくるだろう。

本当に申し訳なく思っていると伝えるためには何を贈ればいいのか？

これまでにも和解を望んだことはあったが、相手との関係を壊したのは彼ではなかった。今回は自分が壊したのだと考えると、この状態を正さなくてはならないという思いがいっそう強くなる。

花はどんな場合にも無難だ。本もそうだ。〈ハチャード〉でペトラルカの別の本を探すか？　とりあえずは悔恨の情を表す花束を注文して手紙と一緒に送り届けることにしよう。

人生の美しさを探し、他人に改善を促すと宣言したミス・ヘイスタリングが、彼の謝罪を受けいれ、最初からやり直させてくれることを祈るのみだ。この関係がどこに行きつくかわからないが、行きつく先を突きとめたいという思いが、これまでになく強くなっていた。

今回は自分だけのために。

翌日、イライザは朝食室に届いたばかりの巨大な花束を見つめていた。一緒に届いた手紙は未開封のまま彼女の手の中にある。

「豪勢ね！」ダンバートン卿夫人が朝食室に入ってきて叫んだ。「ずいぶん気に入られたようね。誰からなの？」

「さあ」イライザは力なく答えた。

「ばかな子ね、さっさと手紙に目を通しなさい！」姉が笑いながら言う。

イライザは自分が手紙に目を通したいのかどうかわからなかった。フルリッジ氏とは音楽の会以来会っておらず、彼からの花束とは考えにくい。でもあの喧嘩《けんか》別れのあとで、ストラサム卿《きょう》が花束を贈ってくるだろうか？

だが、花の種類を見るうちに、もしかしたら彼からかもしれないという気がしてきた。それはそれでやっかいだ。彼を許したくなるようなものなど贈ってほしくない。こんな手のこんだ贈り物が求めているのはそれに違いないのだから。

謙虚さを象徴する西洋車葉草とブルーベル。純真な白い花々。誠実を表すらっぱ水仙。無邪気を意味するデイジー。そこにアイリスが信頼と知恵と希望と勇気の意味を添えている。私がいつも人の長所を探していると言ったことを思いださせようとしているのだろうか。送り主は早咲きの白い薔薇《ばら》まで含めていた。それが求めているのは……新たな始まり。花から伝わってくるメッセージがあれば、手紙を読む必要もなかった。

だが姉の目があるので、読まないわけにはいかない。昨日姉には、男爵と〝楽しく〟乗馬をしたけれど、子爵は領地に戻ったそうなので、この先どちらの紳士にも会うことはないだろうと話してごまかした。そのときの落ち着いた話しぶりは我ながら立派だったと思う。この花束を見て、姉がほかの男性とのあいだに何か進展があるのなら知りたいと考えるのも当然だろう。彼女はイライザの幸せを願っており、妹が未婚のまま社交シーズンの終わりを迎えるのではないかと心配しているのだ。

封筒から便箋を一枚引きだすと、悩ましい感情があふれてきた。便箋にマーカム子爵の紋章ではなく、ストラサム男爵の紋章がついているのを見て、彼女の不安は深まった。

親愛なるミス・ヘイスタリング

昨日の粗野なふるまいに対する心からの謝罪として、このささやかな品をお受けとりください。あなたが憤慨するのは当然ですが、私がそうする理由はありませんでした。誠実さを疑われることは名誉を汚されることだというあなたの指摘は、まさにそのとおりです。

当初、あなたがなんらかの動機を持って父に近づいたのではないかと疑っていたのは事実です。ですが、その後何度かご一緒する機会を得て、すでにその疑念は薄れていました。あなたの言葉を受けいれ、疑念を完全に消しさるべきでした。

そうしなかった私を許していただきたい。人の長所に目を向けるというあなたのすばらしい考えをぜひ実践し、私にもう一度やり直すチャンスを与えていただきたい。今後はふるまい方を改めるとお約束します。

敬具

ストラサム

「それで、なんて書かれているの？」姉がきいた。

「誰からなの？」

「その……キング街からよ」あからさまな嘘《うそ》はつきたくなくて、イライザはそう答えた。

「キング街？」姉がおうむ返しに言う。「こんなに時間をかけて読んだのは住所だけ？」

「すばらしい紋章だから、じっくり見て意味を突きとめようとしていたの」イライザは苦し紛れに言った。「マーカム卿がしばらくロンドンを離れるそうなので、お別れのご挨拶じゃないかしら」

ダンバートン卿夫人は疑わしそうな顔をしたが、ありがたいことにそれ以上追求しようとはしなかった。「ご親切な方ね。お礼のお返事をしなさいよ」

イライザはうなずいたが、実際には花束そのものを送り返したいところだった。そんなことをすれば、したくない説明を姉にすることになるのはまちがいないけれど。

ストラサム卿は公園ではあんなに辛辣だったのに、この手紙はどうしてこんなに……理性的なのだろう？　どうしてこんなに申し訳なさそうなの？　私を侮辱したことを認め、父親になんの罠もしかけていないことを信じると言うなんて。彼を許さずにいるのが難しいどころか不可能になってしまう。

いつも他人のいいところを見つけたいと思っているとは言ったものの――私のその言葉を利用するなんて、いらだたしい人！――同情心など握りつぶして怒り続けたい気分だった。怒っていなければ、ストラサム卿の魅力や、彼女を執拗《しつよう》に男爵のほうに引きよせるやっかいな磁力に抗《あらが》えない。

「返事を書いてくるわね」姉の詮索の目から逃れたい一心で、イライザは言った。

お姉さんが言ったようなお礼の返事ではないけれどと、部屋に戻りながら心の中でつぶやく。丁重に、でも断固と、高価な賄賂などいただかなくともお父さまを誘惑したりしませんと書くつもりだ。そんな意図はそもそもないのだから。ストラサム卿とイライザの関係は最初からその誤った仮定のもとに成りたっていた。根拠のない疑念だったと彼が認めた今、二人が顔を合わせ続ける必要はどこにもなかった。

イライザに必要なのは、きっぱりと割りきり、現実的な方法で身のふり方を決めることだった。刺激的でわくわくするとしても結局は無意味な彼とのつきあいに、これ以上時間を費やすことはできない。彼女に必要なのは夫であり、満たされることのない欲望を駆りたてる連弾の相手もなければ、乗馬の仲間でもなかった。

私の返事を受けとってもまだ彼は訪ねてくるだろうか？　もし訪ねてきても、本当のことを知らない姉には面会を断る理由がない。イライザが庭へ逃げたところで、彼女を呼び戻してストラサム卿に会わせようとするだろう。

返事を書きおえたとき、イライザはいい避難場所を思いついた。今までは、何かあると父の図書室へ行き、過去に浸って現在の苦しみから逃れてきた。その図書室は使えないが、近くにもっといい場所がある。父とロンドンへ来たときは、いつもそこで楽しい時間を過ごしていた。大英博物館の〈王の図書室〉には、ジョージ四世が寄贈した六万五千冊もの本が所蔵され、歴史や神学や地理や、フランス・イタリア・イギリスの古典文学などの書物が最古のものから最新のものまで揃《そろ》っていた。

今年はまだその図書室を訪れる時間をとれていないので、午後をそこで過ごすのは絶対に楽しいだろう。ストラサム卿がしつこく和解を迫ってきたとき、究極の解決策にはならないとしても、今日一日はしのげるはずだ。

でも、ペトラルカを読むのはやめておこう。

一時間後、イライザは大英博物館の東棟の前で足を止めた。背後では別棟の建設が進んでおり、騒音と砂埃《すなぼこり》がすさまじいが、ギリシア式柱廊の古典的な美しさは心を穏やかにすると同時に高揚させてくれた。

彼女は傍らのメイドをちらりと見た。一緒にいるのが父だったらよかったのに。姉は当然ながら、つきそいなしに出かけることを許してくれず、従僕を連れていくようにと言った。だが、長時間本に囲まれて過ごすのを喜ぶはずがないとわかっていたので、代わりにこのメイドを連れてきた。彼女なら、イライザが本を読んでいるあいだ昼寝をしていてもいいし、そのあとでケーキをごちそうすると約束すれば、簡単に懐柔できるはずだった。

入場券を買うと、案内係が図書室に案内してくれた。はるか頭上にある格天井《ごうてんじょう》、机に燦々《さんさん》と光を降り注ぐ高い窓、壁際にずらりと並んだいくつもの書棚。これを見ればメイドだって感激するはずだ。閲覧室の司書が以前訪れたときと同じ人物だったのは、イライザにとってうれしい驚きだった。

彼はイライザを覚えていると言い、お辞儀をしてお父さまはお元気ですかとたずねた。それは礼儀としてのお辞儀というだけではないように思えた。父親と一緒だろうとそうでなかろうと、図書室を訪れる上流階級の令嬢は珍しいのだろう。

そのとき、彼女はいいことを思いついた。「クォールズさん」声を潜めて言う。「私が真面目な読書家だということはご存じのはずだから、メイドをほかの場所に行かせることを許可していただけないかしら。あなたはずっとこの部屋にいるのだし、父の代わりのお目つけ役としてこれほどふさわしい学者はいないと思うの。メイドにとっても別の場所で待つほうがいいのは確かだわ」

一瞬ためらったあと、司書はうなずいた。「退屈してあれこれ本をめくられるのも困りますからね。扱いに細心の注意が必要な本もあるんです！　ですが、お帰りになるときはお知らせください。案内係にメイドを呼びに行かせますので」彼はイライザに向かって指をふった。「つきそいもなしにあなたを町中に出させたら、私がお父さまに怒られてしまいます」

「ありがとう。あなたがとてもよくしてくれたと父に伝えておくわ」

別の来館者が書棚の重い本をとりだすのに苦労しているのを見て、司書は言った。「失礼。サマーリン卿のお手伝いをしてまいりますので」

司書が足早に去っていくと、イライザはメイドに飲み物を買うための小銭を渡して、案内係が呼びに行くまで待っているようにと伝えた。これで、いらいらしながら待っているメイドのことを気にせずに物語の世界に浸れると思うと、心のざわつきがいくらか落ち着いた。

ストラサム卿のことをどうするか、フルリッジ氏にもっと積極的になってもらうかどうか、将来のためにどんな選択をするべきなのか。昼間の彼女を悩ませ、夜の眠りを奪う悩みを今日のこの午後だけは脇に置くことができそうだ。

イライザはこの幸せな午後をなるべく長引かせるつもりだった。

11

クォールズ氏に教えられたとおりフランス文学の棚に向かったが、イライザの心にはまだストラサム卿《きょう》のことが引っかかっていた。実際に彼に疑われていたことがわかったからといって動揺する必要はないはずだ。彼が会いに来るのは、私が父親に〝つきまとう〟のをやめさせるためだと最初からわかっていたのだから。一度の連弾やダンスで、数度の会話で彼の考えが変わったと本当に思っていたの？　それよりも何よりも、私はなぜいまだに彼に惹《ひ》かれているの？　彼の言動を信じられないのに、二人の関係が終わったことを残念に思い続けているなんて。

その一方で、〝善意に解釈したい〟と望む心が、彼は素直に過ちを認めているし、二度目のチャンスを求める態度は謙虚そのものじゃないとささやいていた。押しつけがましさもなければ、謝罪のための謝罪のような空々しさもなく、身分の低いイライザは許すのが当然だとほのめかすこともない。

では、ストラサム卿と和解するとして、目的を隠して近づいてきた彼を、この先私は信じられるのだろうか。

私のことはもう疑っていないと手紙には書いてあった。でも、どうして私と友だちになりたいの？　立派な地位のストラサム卿が私との真剣な関係に興味を持つとは思えない。階級こそ低いけれど、私はジェントリの生まれだから、愛人関係を求めることもできないはず。

残された時間はあまりに少ないのに、彼に惹かれる気持ちはあまりにも強い。今後の人生を決めるというさし迫った問題に集中するには邪魔でしかない彼と、友情なんて築けるのだろうか。

イライザはまたもや堂々巡りの自問自答で三十分も費やした自分にいらだち、ここに来たそもそもの目的を果たすため、フランス語の詩集をつかんだ。

数時間後、彼女は読書に没頭することに成功していたため、背後から声が聞こえても、呼ばれているのが自分だと気づくのに少し時間がかかった。

うっとり引きこまれるような低い声にストラサム卿を思いだして肌が粟立《あわだ》ち、心臓が脈打った。

こんなところに来てまで彼の声の幻に悩まされるなんて。イライザは顔をしかめてふり向き、呼びかけてくる人間と向きあった。そして、凍りついた。

背後に立ち、かすかに笑みを浮かべて彼女を見下ろしているのは、ストラサム卿だった。

「こんなところで何をしていらっしゃるの？」イライザは声を押し殺して憤然と言った。

「君を探している」ストラサム卿も小声で応じた。

「どうして……ここがわかったのかときいているんです」

「お姉さんの家を訪ねたんだ。また会ってほしいと君を説得するために。花束では説得力が足りなかったようだからね。君は外出したと言われたので行き先をたずねたが、何か困ったことがあると必ず行くところだとしか教えてもらえなかった」

イライザは顔が熱くなるのを感じた。姉は案外鋭い人だったらしい。

ストラサム卿が申し訳なさそうに笑った。「お姉さんは僕の頬をぴしゃりとやりたそうだったが、こらえて冷ややかに僕を追い払ったよ。僕と乗馬に出かけた君が動揺して戻ってきて、翌朝大きな花束が届いたら、事情を察するのはそう難しい芸当ではない。君は〈王の図書室〉を訪ねるのが好きらしいと父から聞いて、無粋で侮辱的な紳士に腹を立てたあと心を落ち着けるのに図書室は格好の場所だと気づいたんだ」

彼にこんなに近くに立たれていると――小声で話さなくてはいけないのでしかたないのだが――またあらゆる神経が目覚め、心臓がどきどきし始めた。ごちゃごちゃになった頭の中をなんとか整理しようとしていると、遅ればせながらあることに気がついた。「お父さまは領地へお帰りになったのでは？」

「父は、その……」ストラサム卿が赤面する。「帰る予定なんだが、まだ出発はしていない。全部打ち明けると……父が田舎に帰るのは、僕が君とよく知りあえるようにという配慮からなんだ。張りあう父がいると、話が複雑になるからね」

イライザは彼の話がよく理解できなくて首をふった。「あなたの名誉を傷つける気はないのですが、どうやって信じろとおっしゃるの？」

ストラサム卿の顔がさらに赤くなった。「君が疑うのも当然だ。だが、僕の神聖な名誉にかけて断言する。今話しているのはすべて本当のことだ。君のことが……気になっている僕を見て、君を高く買っている父が、その〝気になる〟がどこに行きつくか見定めるために時間をくれたんだよ。不器用な父と無礼な息子を許してくれるだろうか？」

そのとき突然、背後にクォールズ氏が現れた。

「この紳士はあなたを困らせているのですか、ミス・ヘイスタリング？」声をひそめてきく。

「いいえ。この方は……家族の友人で、私の様子を見にいらしたの」二人の複雑な事情を話すのは避けたかった。「ストラサム卿、こちらは上級司書のクォールズ氏です。クォールズさん、こちらはストラサム卿よ」

クォールズ氏は会釈をして小声で言った。「お話をされるのはかまいませんが、声は抑えてください。みなさん、読書をされていますので」

　司書が声の届かないところまで行くのを待って、イライザはまた話し始めた。「私に信用してほしいと思うのは、それをとり戻せることを証明したいからですか？」

　ストラサム卿は顔をしかめた。「そんなふうに低く評価されてもしかたないが、立場を置き換えて考えてみてほしい。君の父上が妻を亡くしたばかりで悲しみに暮れていたら、君だって彼を守りたいと思うのではないかい？　お父上が男で、自分で自分の世話をちゃんと見られるとしても」

　それは彼の言うとおりだ。大事な父を守るためなら、イライザはなんでもするだろう。

　彼女がしぶしぶうなずくと、ストラサム卿は続けた。「僕も父を守ろうとしただけなんだ。君は他人の長所に目を向ける人だとしても、策略を講じて裕福な子爵の妻になろうとする女性が存在することも知っているはずだ」

　手練手管を用いて裕福な貴族の夫を手に入れようとする結婚市場の若い女性を――あるいはその野心的な母親を――思いだすのは簡単だった。「そうかもしれません。でも、私は違います」

「今ではそうだとわかっている。最初からわかっていたのかもしれない。君を曲解して本当に申し訳なかった。だから埋めあわせをさせてくれないか？」

　イエスと答えるのはあまりに簡単だ。ただ、身も心も疲れ果てるほど自問自答を繰り返した今、ストラサム卿とはもう会わないのが一番だとわかっていた。イライザは彼の油断ならない魅力に対してあまりにも無力だった。ストラサム卿が〝気になる〟と言ってくれたのはうれしいけれど、彼女の無力な状態は、身のふり方を決めても続くだろう。

「謝罪は受けいれます。でも、〝埋めあわせ〟は必要ありません」

　ストラサム卿が微笑《ほほえ》んだ。「だが、これからも会うと言ってくれなくては、本当に許してもらえたと思えないよ」

　どうしてこんなに話を難しくするの？「あなたが私に会いたいと思う理由がわかりません」イライザは少しむっとして言った。

「本当に君が好きだからだよ。単純な話だ」辺りに目を配り、誰も見ていないのを確かめると、彼はイライザの手をとった。「二人のあいだの……つながりを感じるんだ。君は感じないかい？　それをもっと探ってみたい。君が本当に僕とのつきあいを終わらせたいなら、君の意思を尊重するし、二度とわずらわせない。だが、僕としては君がまた会ってもいいと言ってくれるのを心の底から願っているんだ」

　イライザは、ストラサム卿が握っている手を見下ろした。彼の指から温かさが伝わってくる。すると、ストラサム卿が彼女の目をじっと見つめながら指にキスをしたので、イライザの体が震えた。

　頭の中が真っ白になった。胸がしめつけられたようになり、息ができない。彼の唇が触れているのが私の唇だったらと思わずにいられなかった。

　時間が止まったまましばらくたち、やがてストラサム卿が顔を上げてイライザの唇を見た。彼女の唇がじりじりと熱くなる。彼は……キスしてくるだろうか？

　ストラサム卿の顔が近づいてくると、興奮が血管を駆け巡り、イライザはめまいを覚えた。だが突然、彼は後ずさり、近づいてくる二人の老紳士にお辞儀をした。

　自分たちの会話に夢中だった紳士は軽く会釈をしただけで通りすぎていった。

　ストラサム卿は彼らが離れるのを待って言った。その声は低かったが、親密な響きがあった。「また会ってくれるかい？」

　断るべき理由はたくさんあるのに、イライザは知らないうちに答えていた。「ええ」

　ストラサム卿はどんな冷徹な女性もとろかせるような笑みを浮かべた。「ありがとう。では、君が本心から言っていることを証明するために、読書が終わったら家まで送らせてほしい」

　イライザは目をまたたいた。「私を……待つとおっしゃるの？」

「いつまででも、必要なだけ」

「でも、あなたは特に読書好きではないのでしょう？　退屈ではありませんか？」

「今後はもっと本を読むようになるかもしれないよ。君と父が揃《そろ》って古典文学は面白いと言うのだから、錆《さ》びついたラテン語を磨き直すのも悪くない」

　イライザはなかなか集中できずにいた。ストラサム卿に君のことをもっとよく知りたいと言われてうきうきすると同時に、キスをしてもらい損ねたことが残念だった。それに、また会う約束をしたのはまちがいだったのではないかという不安もあった。

　そんな不安は無視すればいいという別の声もあったけれど。イライザはまたストラサム卿の唇を見た。もう約束してしまったことを心配してもしようがないでしょう？　私の唇を燃えあがらせ、五感を高らかに歌わせるこのハンサムで抗《あらが》い難い男性の関心を楽しめばいいのよ。どうせそう長くは続かないわ。

　結局、私は穏やかで安全な便宜結婚をすることになるだろう。あるいは、家族の愛に温めてもらうだけの、情熱とは無縁の人生を送ることになるだろう。

「さあ、読書に戻って」ストラサム卿はそう言うと、書棚のほうに歩いていった。

　イライザは伏せたまつげの下から彼をうかがった。ラテン語の書棚の前で本を選んでいる。彼がこちらに引き返してきたので、見ていたことに気づかれないよう、あわてて自分の本に視線を戻した。

　ストラサム卿が隣の席に座ると、イライザは喜びと困惑の両方を覚えた。目では文章を追いながらも、意識は隣のストラサム卿に集中している。お互いに触れるか触れないかの距離で座っていると、二人のあいだを衝撃の波が行き来するようだった。

なんとか意味をなしてほしいと念じながら文字を凝視していたが、気づくと彼女は、同じ文章を何度も訳していた。ため息を押し殺し、これ以上集中するのは無理だと結論を下す。ストラサム卿が隣にいては無理だ。

近くにいるとどれほど私の心が乱されるか知っていて、彼はわざと隣に座ったのだろうか？

それとも……新しくてすてきな考えだけど……私が近くにいると、何かを感じるから？

イライザは顔を上げず、本に書かれていることを読むでもなくただ見つめながら、ここが学者でいっぱいの図書室ではなく、姉の家の庭だったらどうだろうと考えた。鳥以外誰もいないところで、二人で歩いているのだったら？　彼はキスをしてくれるだろうか？　彼の唇に愛撫《あいぶ》されるのは、どんな感じだろう？

全身が熱くなり、今ではなじみになったじりじりするような感覚とともに、腹部がとろけるような奇妙な感覚が生まれた。

イライザは息を吐きだし、脳を占領する考えをなんとかふり払おうとした。平静をとり戻したくてここへ来たのに、心を乱す張本人が隣に座っていたのでは、あきらめたほうがいいのかもしれない。

今、ストラサム卿のほうを見るのは危険だ。この目に何が表れているかわかったものではない。イライザは本に視線を落としたまま心の中で千まで数えた。気持ちが少し落ち着いてきたので、本を閉じた。

「きりのいいところまで読みおえました。そろそろ帰りましょう」

ストラサム卿はうなずき、イライザと一緒にクォールズ氏のそばまで来た。「本をお返しするので棚に戻していただけるかしら。いろいろとお世話になりました。ストラサム卿が一緒に来てくださるので、メイドは自分で呼びに行くわ」

「あとは僕が引きうけるよ」ストラサム卿が言った。「ぜひまたおいでください。できれば、あのすばらしいお父さまと一緒に」

「ありがとう。では、ごきげんよう」建物を出るとイライザはストラサム卿に言った。「メイドが隣の喫茶室で待っているんです。ですから、家まで送っていただく必要はありませんわ」

「僕が喫茶室で君と別れたら、クォールズ氏は喜ばないだろうね」ストラサム卿が異を唱えた。「君がメイドを呼んでくるあいだに、僕が辻《つじ》馬車をつかまえよう」

「わかりました」イライザは今度も抗いきれなかった。二人で喫茶室に向かいながら、ストラサム卿につきそわれて帰ったら姉がどう思うだろうと考える。メイドが女主人の妹の単独行動を明かしたら、使用人部屋でどんなおしゃべりの花が咲くだろう。

そして、不安の声を軽々しく無視したつけはどんなふうに回ってくるのだろう。

イライザはしばらくのあいだ、気まぐれな運命に無関心でいられた。大英博物館から辻馬車に乗り、ストラサム卿の隣に座って夢心地で家に帰るあいだも、最初こそ驚いたもののご満悦のダンバートン卿夫人に誘われて男爵が紅茶を飲んでいるあいだも、家族での晩餐《ばんさん》の席で、たまたまロンドンに来ていた義兄に大いなる征服だとからかわれ、笑って否定するあいだも。

でも、ベッドに横たわった瞬間、眠りは遠ざかり、またもや疑念と不安が戻ってきた。午後からずっとストラサム卿と過ごす時間が楽しすぎて、来る伯爵夫人の晩餐会でフルリッジ氏とどんな会話をするか考えるどころではなかった。ストラサム卿といると自分がどれほど簡単に目の前の仕事を忘れてしまうか、よく考えるべきだろう。

イライザは再び、楽しいけれどあてのない友情を終わらせる必要性について考え続けたが、結局、自分を納得させることはできなかった。ストラサム卿に会うとしても、行事そのものに関心が持てるときだけにしようという妥協案に達すると、ようやく疲れきって眠りに落ちた。

ストラサム卿は彼女のことをもっとよく知りたいと言った。だったら、そうすればいい。花嫁候補となるべききちんとした令嬢たちとイライザがどれほど違うか気づいたら、彼の関心は別の場所に向かうはずだ。そうなれば、イライザは切迫した問題にようやく集中できるだろう。

12

二日後、ジャイルズはダンバートン卿《きょう》夫人の屋敷へミス・ヘイスタリングを迎えに行った。彼女が提案した写生に出かけるためだ。最初に公園へ行きたいと言われたとき、また馬に乗りたいという意味かと思ったのは、ジャイルズ自身がぜひそうしたいと望んでいたからだった。前回の散々だった乗馬の終わりを楽しい記憶で書き換えたかったのだ。

どうやらミス・ヘイスタリングは学問に優れ、ピアノフォルテの演奏に長《た》け、見事に馬を乗りこなし、楽観主義でまわりの人々を明るくするだけでなく、芸術家でもあるらしい。彼女の才能には限界がないのだろうか？　彼女が絵を描いているあいだ、芸術の心得などない自分は何をしていればいいのかよくわからないが、まあ、どうにかなるだろう。

ミス・ヘイスタリングのもう一つの希望は、画材がその狭い空間に収まるなら、フェートンで公園に行きたいというものだった。ジャイルズにとっても応じるにやぶさかでない希望だ。運転技術を披露できれば、それほどむだな存在と思われなくてすむかもしれない。

ジャイルズが約束の時間に来てみると、今回もミス・ヘイスタリングは支度をすませて待っていた。これまではルシンダの支度を延々と待ってから出かけるのが常だったので、ミス・ヘイスタリングの用意周到ぶりはありがたかった。

ミス・ヘイスタリングがフェートンに乗るのを手伝うとき、ジャイルズは彼女のウエストに手をかけている時間をあえて長引かせた。彼女は体型を強調したり、深い襟ぐりから胸の谷間をのぞかせたりするようなドレスは着ていないが、ジャイルズの手は、胸の膨らみの下のウエストが美しい曲線を描いていることを確かに感じとっていた。この数枚の布地がなかったらどんな美しい姿が見られるか、想像力が暴走して描きだそうとするのを、彼は歯を食いしばって止めた。

衣服の下を確かめるためには結婚するしかないが、それについて考える準備はできていなかった――今はまだ。だが、ルシンダ以外の女性との結婚について考えたのは、これが初めてだ。

この関係がどこに行きつくかは別にして、おそらくミス・ヘイスタリングは父が望んでいたように、彼が〝ほかに目を向けて立ち直る〟のに必要な女性に違いなかった。

彼女の隣に乗りこんだ瞬間、ジャイルズは柔らかい絹で肌をなぞられるような感覚を覚えた。だがありがたいことに、混雑した道に馬車を走らせるには集中力が必要で、その官能的なじりじりする感覚は抑えこまざるをえなかった。

荷物をうずたかく積んだ荷馬車を迂回《うかい》しながら、〈王の図書室〉で彼女にキスをしそうになったことを思いだす。浅はかな行為だった。だが、あの続きを望む気持ちは今もある。ジャイルズが分別に屈したことを、彼女も残念に思っているだろうか？

次の機会はいつ巡ってくるだろう？　さすがに今日ではないだろう。公園では馬や馬車や散歩をする人たちがいつ通りかかるかわからない。それにもちろん、背後の少年馬丁の目もある。

「公園のどこで描くか決めているのかい？」ジャイルズは当面の問題に意識を向けてきいた。

「サーペンタイン池が湾曲している辺りです。水面に反射する光の色と動きが複雑ですばらしいんです。それを描くには、水彩絵の具が一番です。複数の色が簡単にまじりあうし、乾いて最終的な色合いが決まるのも早いですから。パステルや油絵の具には出せない柔らかさもあって、空と雲の繊細な感じを出すのにもぴったりなんです」

「ピアノフォルテ、絵画、乗馬――君は女性のたしなみをすべて会得しているのかい？」

ミス・ヘイスタリングが笑った。「とんでもない！　姉たちにはどうしようもない子だと言われていましたし、母にもよく持てあまされていました。上品な散歩より、蛙《かえる》を追いかけたり小川を飛び越えたりするのが好きで、家に帰ると服の袖は草のしみだらけ、スカートの裾は泥だらけ、髪はもつれ放題だったんですよ。水彩画は好きですが、刺繍《ししゅう》は大嫌いです。単純作業の繰り返しで永遠に終わらないんですもの！」

ジャイルズは一瞬馬から目をそらしてミス・ヘイスタリングを見た。「刺繍のことはわからないが、見たところ君のドレスの袖も裾も清潔そのものだし、髪も帽子の中にちゃんと収まっているようだ」

彼女は満足そうに破顔した。「長年の鍛錬のたまものです。もちろん、姉のメイドのおかげもありますけど。私だってドレスは好きです――これも女性のたしなみの一つかしら。ドレスにはドレスの光や色や形やバランスの妙がありますから。でも、最近の流行は誇張がすぎますね。女性服の袖は広がりすぎていて手が使いにくいし、ウエストがくびれて裾が広がった紳士のベストは、まるで舞踏会用のドレスを短くしたみたいだし！ あなたは伝統的な服を好まれるみたいなのでよかったわ」

「僕はハンサムに見えるということかな？」ジャイルズは冗談めかして言った。

ミス・ヘイスタリングが彼の袖を軽くたたいた。「うぬぼれはいけません。確かにあなたはハンサムでいらっしゃいますけれど」

自分で言わせたにせよ、彼女のお世辞に満足してジャイルズはちらっと笑った。「裾が風になびくベストは僕には無用だよ。ミッドナイトを驚かせてしまうからね」

「あなたは馬思いですものね。それに、馬車の運転もお上手だわ」彼女は冷静に言った。「さっきの角をあんな速度で曲がれるなんて。それも、車体をほとんど揺らすことなく。すばらしいわ！」

ミス・ヘイスタリングに褒められて――記憶にある限りでは初めて――ジャイルズはひどくうれしくなった。独身の紳士に気に入られるために追従を並べたてる若い女性は多いが、ミス・ヘイスタリングの褒め言葉はめったにないからこそよけいに貴重だ。今ではそれが彼女の本心だとわかっているので、なおさらだった。

数分後、ジャイルズは公園の門を通りぬけた。

「この先はどこへ？」

「そこの……」ミス・ヘイスタリングが指さした。

馬車道とサーペンタイン池が一番近くなる場所にお願いします」

ジャイルズが言われた場所で馬車を止めると、馬丁のフィンチが馬たちの前に来た。ジャイルズはミス・ヘイスタリングを馬車から降ろした。今回も、できるだけ長く時間をかけて。

ああ、今ここでキスができたら！

ジャイルズはフィンチからミス・ヘイスタリングの鞄《かばん》を受けとり、馬を少し歩かせてくるように命じた。それからミス・ヘイスタリングを川縁に連れていき、彼女がイーゼルを立てたり絵の具の用意をしたりするのを手伝った。

「ありがとうございます」ミス・ヘイスタリングは微笑《ほほえ》んだ。その笑みは温かい蜂蜜のように彼を内側から温めた。「人がそばにいないほうが絵を描きやすいんです。もしよければ散歩をしてきていただけますか。近くのベンチに座っていてくださってもいいですけど」

どうやら僕は体よく追い払われたらしい。ジャイルズは愉快な気持ちになった。「では歩いてくるよ。誰かが君の邪魔をしないように、目は離さないでおくが」

ミス・ヘイスタリングが絵に集中できるよう、ジャイルズは池を巡る歩道に沿ってぶらぶらと歩き始めた。空には太陽が輝き、雲が流れている。風が池の水面をなぞると小さな水滴が跳ね、多面体の鏡となって空の青を映しだした。

ここ数週間、何かに集中していない限りいつもわきあがってきていた憂鬱は、金色の太陽と波立つ川《かわ》面《も》の美しさに陰をひそめていた。鳥のさえずりや、馬車道から届いてくる蹄《ひづめ》や馬具の音、輪回し遊びをする少年たちの笑い声——そんなものに耳を傾けていると、長いあいだ感じたことのなかった穏やかさと静けさに包まれるようだった。

ジャイルズはふり返り、イーゼルの前に立つミス・ヘイスタリングを見た。視線をスケッチブックから池へ、空へと移し、またスケッチブックに戻す。その様子はとても真剣で、それでいて清らかだった。彼女の没頭した横顔や、池に向かって絵筆を掲げもつ姿そのものが、一枚の愛らしい絵のようだ。

日ざしの中を歩いているだけでこんな幸福感が味わえるとは。自分の絵に夢中で彼をふり向きもせず、気が向いたときに微笑みかけてくる女性を見ているだけで。ジャイルズは離れたところに立ち、彼女が集中しているのをいいことに、しばらくただ見つめ続けていた。

彼女のそばに戻ったジャイルズは、許可も得ず絵をのぞきこんでいると思われないよう、数歩離れて立った。「絵は順調かい？」

ミス・ヘイスタリングがびくりとして顔を上げた。

「すまない。邪魔をする気はなかったんだ」

彼女は絵筆を持っていないほうの手をふった。

「大丈夫です、絵は無事でしたから。絵を描いていると……ほかのことを忘れてしまって。描きおえるにはもう少し時間がかかりそうなのですが、かまいませんか？」

「好きなだけ時間をかければいい。馬たちに公園を走らせてきてもいいかな？ あまり長く立たせているのはいやなんだ。フィンチを置いていくよ」

「どうぞ行ってきてください。でも、あとで私が馬たちを走らせてもかまいませんよ」彼女はいたずらっぽく言った。

ジャイルズはくくっと笑った。「親切な申し出だが、遠慮しておくよ」

「私を疑うのはもうおやめになったはずでは？」ミス・ヘイスタリングが眉をひそめて言う。「私、運転の腕も確かなんですよ」

「高座席のフェートンを運転したことがあるのか

い？」

「あなたの馬車ほど高い座席のはありませんが、フェートンが運転できるのは確かです。前にもお話ししたとおり、しょっちゅう家族を送り迎えしていますから。父が馬車で出かけているかどうか、農場でどの馬車が使われているかで、使える乗り物が変わるので、どんな種類でも扱えるように習ってあります。ポニーの荷車も、農場の荷馬車も、フェートンも、お隣の四人乗り四輪馬車《バルーシュ》も」

「バルーシュまで！」思わず大きな声が出た。「普通なら豪腕の御者が乗る馬車だ。隣人は君にバルーシュを運転させるのかい？」

「本当のことを言うと、お隣の御者に頼みこんで乗り方を教えてもらったんです」ミス・ヘイスタリングが言い直した。「マースデン卿夫人に何年も仕えている老人で、暖かい日には酒場の前で日なたぼっこをし、冬の寒い日には暖炉のそばに座ってエールをちびちび飲むのが好きなんです。うちの家族が出かけたがるたびに御者台で揺さぶられるよりも」

ジャイルズは首をふった。「危険すぎる！ 雇い主が知ったら、彼は即刻首になるはずだ」

「でも複数頭立ての馬車を操るいい練習になりました。四頭までだったら自信を持って運転できます」

「田舎ではできても、うるさくてごみごみしたロンドンはまた別物だ。馬は神経質な動物で、すぐに怯《おび》えるし驚くからね」

「田舎でも邪魔は入ります」ミス・ヘイスタリングが反論した。「道を横切るうさぎとか、風にあおられて目にあたる木の葉とか、森番が放つ銃の音とか。馬たちはそういうものもいやがりますから」

「それは経験談かい？」

ミス・ヘイスタリングは悲しげにため息をついた。

「痛い思いをして得た教訓です」

「君はある程度馬車を走らせられるようだ」ジャイ

ルズは譲歩して言った。

「認めてくださってありがとうございます」彼女は絵筆を投げつけてやりたいというような目をして冷ややかに言った。「では、馬たちを歩かせてきてください。お戻りになるまでに絵をしあげますので」

ジャイルズは笑いながら馬車に近づき、フィンチにミス・ヘイスタリングのそばにいるよう言いつけた。馬車を走らせながら見やると、少年は池のほとりをぶらつき、水面に小石を滑らせたりしており、ミス・ヘイスタリングはまた絵に集中していた。

これまでの成りゆきを思うと、愉快に思わずにはいられなかった。ほかの令嬢と公園に来てその女性に追い払われることなど想像できない。特にここはハイドパークで、これからプロムナードアワーになり人も増える。ジャイルズが誰かに会うのは確実で、そこには彼を引き留めようとする令嬢たちがいるだろう。

ミス・ヘイスタリングは彼の知る社交界の女性たちとは違うことをまたもや証明しているようだ。

公園の馬車道を数周して——知りあいに会釈をするだけで、女性と話したり戯れたりはせず——馬に十分運動をさせると、速度を落とし、ミス・ヘイスタリングが絵を描いている場所へ戻ることにした。

もう一度あの子猫を怒らせて鉤爪《かぎづめ》を出させようかと考える。たちの悪いいたずらだが、あのいかにも落ち着いた上辺に波風を立たせるのは楽しかった。ミス・ヘイスタリングはかなり苦労してその落ち着きを保っているらしいとわかってきたからだ。彼女がたまに激した口調で言い返してくるのは情熱の表れだろう。ジャイルズは好奇心と興奮をかきたてられていた。

いつか彼女の情熱をすべて解き放させてみたい。

ミス・ヘイスタリングは相変わらず絵に没頭していた。フィンチを手招きして馬車を預けると、ジャイルズは彼女の邪魔をしないようそっと近づいた。

　スケッチブックに描かれているのは、互いを映しながらどこまでも続く池と空だった。波の小さくて鋭い曲線が白い波頭をいただき、空を駆ける雲を映して揺れている。当然ながら、すばらしい絵だった。

　その技量に感心してジャイルズは彼女が絵を描く姿を無言で見ていたが、やがてミス・ヘイスタリングが筆を置き、彼に気づいた。

「ピアノフォルテと同じくらい絵もすばらしいね」

　彼女は頬をわずかに赤らめた。「絵を……ごらんになったのね。お気に召しましたか？」

「美しいよ。波の動きや反射する光をこんなふうに水彩画にできるとは。油絵の具を使っているのなら理解もできる。油の光沢が光を生みだすからね」

　ミス・ヘイスタリングがうなずいた。「水彩画では色ではなく、紙の白さを透かして光を表すんです」

「なるほど。すばらしい出来だ！」

　ミス・ヘイスタリングの頬の赤みが増した。「ありがとうございます。自分でもよく描けたと思います。どこにでもある美しさを画面にとらえるのは挑戦のしがいがありますね」

「美しさはどこにでもあるのかい？」

「そう思われませんか？」ジャイルズが眉を上げると、ミス・ヘイスタリングは背後の道に覆いかぶさる梢《こずえ》を指さした。「あの木の葉の色をごらんになればわかるはずです！」

　ジャイルズはそれを見て肩をすくめた。「緑だ」

　ミス・ヘイスタリングがいらだたしげに手をふった。「そうじゃなくて、本当に見るんです！　確かに緑色ですが、一色ではありません。陰になっているところでは深緑と黒がまじり、日ざしがあたると鮮やかなエメラルド色と萌葱《もえぎ》色になります。それに、ほら――」彼女は指さした。「あの辺りの葉っぱは黄緑とかもっと明るいライム色とかになっているし、風に吹かれて太陽の光の中で揺れると、金色に見えるものもあります。どんなものも色彩に富み、それも周囲の環境しだいです。こっちに来て見てください」

ミス・ヘイスタリングに手をつかまれた瞬間、ジャイルズの全身に衝撃が走った。

思いがけなくわきあがった欲望を必死で抑えようとしていると、ミス・ヘイスタリングが彼を水辺に連れていった。「池の緑の水草が見えますか？　水面より上では、きらきら輝く水滴に覆われて明るい緑色に見えますよね。でも水中では葉の形もゆがみ、色ももっと鈍くて黒っぽくなっています」彼女はジャイルズを見上げた。「魅入られずにはいられないでしょう？」

ジャイルズは岸辺に目をやり、なんでもない水草が水面の上と下でつくる色の万華鏡を生まれて初めて真剣に見つめた。そして、ミス・ヘイスタリングの火照った顔を。私と一緒に地球の奇跡を見つめなさいと迫る、熱のこもった表情を。

ジャイルズの目に映ったのは、確かに地球の奇跡だった。たかが水草に魅了され、その美しさを必死に分かちあおうとする女性。ジャイルズの手をつかむ指には、情熱が脈打っていた。その純粋無垢《むく》な人間の情熱は、経験豊富な愛人の周到なテクニックよりもはるかに深くジャイルズを揺さぶった。

「確かにすばらしい。どうやら僕は今までちゃんと見ていなかったようだ」彼はつぶやいた。その目がとらえているのは水に揺れる草だけではなかったが。

ジャイルズは密《ひそ》かに守護天使に感謝した。ミス・ヘイスタリングに巡りあえた幸運に、ジャイルズを許して会い続けてくれる彼女の寛容さに。最初は控えめにしか見えなかった彼女の内側を垣間見るたび、この女性をもっと知りたいという思いがわいてくる。

ジャイルズが見つめ続けていると、ミス・ヘイスタリングが突然、まだ彼の手を握っていることに気づき、自分が燃えあがらせた欲望に火傷《やけど》したかのように頬を真っ赤にして手を放した。

「あの、面白いと思っていただけたらいいのですが」ミス・ヘイスタリングはイーゼルのほうに戻っていった。「でも、私ほどではないでしょうね。私は……面白いと思うとすっかり夢中になってしまうから」

「もっとたくさんの人が君のようにさりげない美しさに感動するようになればいいのに」

ミス・ヘイスタリングは未婚女性に求められる控えめな上辺をはがしすぎてしまったというように顔をそむけ、画材を片づけ始めた。「今日は連れてきてくださってありがとうございました。あなたが退屈されていなければいいのですが」

「退屈などしていないよ」ミス・ヘイスタリングが鋭い視線を投げてきたので、ジャイルズは言った。「本当だ。僕が本当のことを言っていると言ったら、その言葉を信じてほしい」

「わかりました」ミス・ヘイスタリングは恥ずかしそうに微笑んだ。「あなたが……楽しんでくださったのならよかったです」

ジャイルズはまた彼女の手をとってキスをした。

「君には想像もつかないほど」

ミス・ヘイスタリングが彼の手をつかんでぎゅっと力をこめた。二人の目が合い、つながった手が脈動を伝える。だが次の瞬間、ミス・ヘイスタリングが乙女は結婚の約束もしていない紳士の手を握るべきではないと思いだしたように手を離した。

「もう帰らなくては。あなたにはほかの約束がおありでしょう？」

確かに約束はある。クラブ、カード、夕食。だが今この瞬間、どの約束にも魅力を感じなかった。唯一無二の個性を持つ彼女のそばを離れたくなかった。

「急ぎの約束はないよ。だが、君がもう帰れるなら家まで送っていこう」

ミス・ヘイスタリングはかすかにため息をついた。

「そうしなければいけませんね」

どういう意味だ？　ジャイルズは画材をフェートンに乗せ、ミス・ヘイスタリングを座席に座らせながら考えた。ダンバートン卿夫人の家で何か用事が待っているのか？　これ以上本当の自分をあらわにする前に、僕との外出を終わらせたいのか？　一番いいのは、僕と過ごす時間を終わらせたくないということなのだが。

帰り道のミス・ヘイスタリングは静かだった。ジャイルズも彼女に話しかけられずにいた。通常の馬車や騎馬や歩行者に加え、プロムナードアワーに合わせて公園へ向かう貴族たちで道は混雑し、運転に集中せざるをえなかったのだ。

ダンバートン家のタウンハウスに着くと、ジャイルズは馬車を止めて飛びおり、ミス・ヘイスタリングが降りるのを手伝った。彼女にもう一度触れられるチャンスをフィンチに譲る気はない。

ミス・ヘイスタリングがお茶に招待してくれるかと期待したが、玄関前の階段を一緒に上っていると彼女が言った。「あわただしくお別れすることをお許しください。夕食の前にお話を聞かせてあげると甥《おい》たちと約束しているものですから」

「子どもたちをがっかりさせてはいけない」僕ががっかりするとしても。「では、また近いうちに」

ミス・ヘイスタリングがちらっと微笑んだ。「あなたがお望みなら」

「望んでいるとも」

「でしたら、また。ごきげんよう、ストラサム卿。今日はありがとうございました」

「こちらこそありがとう、ミス・ヘイスタリング」

彼女が屋敷に入り、扉が閉まるのを見届けてから、ジャイルズは向きを変えて歩き始めた。

公園で彼の手をつかんで池のほとりまで引っ張っていったあと、ミス・ヘイスタリングはどこか……内にこもっているようだった。

情熱的で衝動的な自分を見せてしまったことを恥じているのだろうか？　岩の上を飛びはね、ドレスの裾を泥だらけにする彼女を母親や姉たちは叱ったというが、ジャイルズにはむしろ好ましく思えた。彼女の情熱あふれる信念も、目の前のことに全力を注ぐ姿も。目にするすべてのものに美しさと価値を見いだそうとする意志も。

そう、僕はもっといろんな彼女が見たいのだ。

13

イライザは二階の窓辺に立ち、ストラサム卿《きょう》がフェートンに乗って去っていくのを見ていた。彼女とまた会いたい――近々に――と断言したときの熱っぽい表情。彼女がほとんど相手をしなかった外出を楽しんだという言葉。それは驚きでしかなかった。あんなに高貴な生まれで人気の紳士が、たわいもない写生のための外出を本当に楽しいと思ったのだろうか？

しばらく馬たちを走らせてくると言った彼が早々に戻ってきたときはびっくりした。あれほど理想的な独身男性だから、散歩やドライブを楽しむ社交界の令嬢や紳士にそこここで呼びとめられ、話をしたり戯れたりするだろうと思っていたのに。

　イライザは慎みもなく彼の手を引っぱっていき、日ざしや水深によって変化する色や形をよく見なさいと命じたことを思いだし、身をすくめた。

　上品な独身女性に必要とされる落ち着きも穏やかさもあったものではない。母が知ったらため息をつくだろうし、完璧なマナーを身につけた姉たちは恥ずかしいと言うだろう。

　でもストラサム卿は……面白がっているようだった。

　私と同じくらいあの奇跡に魅入られたから？　まさか。自分が深い感動を覚えるものを彼が認めてくれたという喜びをイライザは抑えこんだ。

　もしかしたら、あの優雅で育ちのいい紳士と私のあいだには、じりじりするような不思議な磁力以外にも共通点があるのではないだろうか？

　でも、彼が貴族だという事実を忘れてはいけない。どんな共通点があっても、二人が友人以上の関係になることはないのだから。かりそめとわかっている関係に飛びこんでいって、永遠に続く未来の計画をないがしろにすることはできない。

　ストラサム卿は私の人生に吹きこんだ一陣のつむじ風のようなもの。私が決めていたことや予定をかき乱し、必要もなければ拠《よ》り所にするべきでもない情熱と欲望の波を立たせる。満たされない憧れや、悲しみと失望にしかつながらない夢を呼び覚ます。

　でも、ああ、味気ないはずの外出で、あんなに楽しく過ごせるなんて！　私の想像力を刺激する純粋な美を理解し賞賛してくれる人がいるなんて。それは、今まで父としかできない経験だった。この先ストラサム卿が牧師の元気すぎる娘とかかわるのは賢明でないと考え直し、もう会わないと決めても、今日のことは大事な思い出になるだろう。

　今日の楽しかった午後を大事にするため、さっき男爵に言ったとおり、姪《めい》と甥《おい》たちに物語を話して聞かせよう。そして今夜は、将来のことを現実的に考えるのをやめておこう。

　翌日の午後の読書中、ストラサム卿がお見えですと告げられたイライザは、喜びをわきあがらせるべきか警戒するべきかわからなかった。次に会う日は約束していなかったし、今日は姉が家にいる日でもないので、彼が来ることは予想していなかったのだ。どうして訪ねてきたのだろう？　私はどう対応すればいいの？

　姉が出かけていたので、メイドをつきそいにして階下へ下りていった。客間の入り口で立ちどまると、ストラサム卿がソファから立ちあがった。彼といるといつもわきおこるさざ波のような感覚がイライザの全身を巡り、肌が火照った。

「ストラサム卿、よくおいでくださいました。でも、今日は姉が出かけておりますの」

「君に迷惑をかけるつもりはないのだが」彼は微笑《ほほえ》んで言った。「今朝、友人と一緒に〈ハチャード〉に行ったんだ。そこでこれを見つけたので、ぜひ君に渡したいと思ってね」美しい装飾が施された革装丁の『カンツォニエーレ』をさしだす。「愛読者の君には自分の本が必要だろう？」

　イライザは崇《あが》めるように本を見た。「きれい！　でも、ずいぶん高価なはずです。こんな値の張る贈り物をいただいていいのかどうか」

「ばかな」ストラサム卿は手をふって彼女のためらいを一蹴した。「紳士が淑女に本を贈るのは礼儀にかなっている。その淑女が学識豊かな女性となればなおさらだ」

　イライザは断るべきだとわかっていた。でも、ストラサム卿がいずれ去っていったときのために思い出を集めようとしている彼女にとって、この美しい本もまた、彼や、彼と過ごしためくるめく日々を思いださせてくれる品になるはずだった。そう思うと、断ることができなかった。

「では、ありがたくいただきます。本当にすばらしい本だわ」

「お姉さんが不在の屋敷で僕の相手をすることはできないだろうね。でも、庭を歩くのはどうだろう？　お姉さんは先日、君が僕の父と散策するのは許してくれたし、メイドがいればマナー違反にもならないのではないかな」

メイドがいれば、ストラサム卿の近くにいてもうっとりして我を忘れることはないかもしれないと、イライザは希望的観測をした。客間で姉と礼儀正しい会話をする必要もなく、ほかのお客の好奇の目もないところで彼とまた過ごせる、二人きりとも言える状態で彼の近くにいられると思うと……このすてきな誘いを断ることも不可能だった。

「では、上着をとってきますのでお待ちいただけますか？」

「君の支度ができていないのはこれが初めてだから、もちろん待つとも」

「よかったわ」イライザはそっけなく言った。「ペトラルカを読んでいてください」

ジェーンに上着をとりに行かせてもよかったのだが、客間でストラサム卿と二人きりになるのは適切ではないだろう。先日のふるまいからして、チャンスと彼の誘いがあればどこまでも不適切になれそうな自分が恐ろしい。

キスのことは考えず、彼と過ごす時間を純粋に楽しまなくては。イライザは自分を戒めた。

数分後、ふさわしい服装で身を固めると、彼女はストラサム卿を庭へ案内した。いつものじりじりした感覚から気をそらすため、この散策を、彼をもっとよく知る機会にしようと考えた。

「私の家や家族のことはほとんどお話ししましたけど、あなたのことはあまり教えていただいていないと思うんです」晩春のらっぱ水仙と咲きかけの薔薇《ばら》で区切られた歩道に向かいながら、イライザは言った。「ハンプシャーにあるストラサムホールの管理を引きつがれたことはお聞きしましたが、お生まれになったのもそちらですか？」

「そう、目の上のたんこぶの三姉妹とともに」

イライザはくすっと笑った。「みなさん結婚されていると、お父さまからうかがいました」

「ああ。一番上のアンはハドリー卿と結婚してヨークの領地で三人の息子を育てている。オースティン卿夫人のセアラはポーツマスで夫と息子と娘を支配下に置き、末のコンスタンスは最近、ウィズボロ卿と結婚してノーサンバーランド近郊にあるスタウトンマナーで暮らしているよ」

「あなたが一番年上ですか？」

「いや、アンの下だよ」

「よかったわ。一番最後に生まれた念願の跡取り息子だったら、溺愛されて甘やかされて大変なことになっていたでしょうから」

「それは、実際の僕は好感が持てて、高潔で、よく気がつくという意味かな？」

「ときどきは」イライザはまたくすりと笑った。

「君の弟は末っ子だと言っていたね。そして念願の跡取り息子だと。彼は溺愛されて甘やかされているのかい？」

「溺愛されているのはまちがいありません。でも、思いやりと責任感のある人間に育てなければいけないという義務感が強い両親なので、甘やかしてはいませんね。もちろん父は、ついに自分の好きな学問を教えられる息子ができたと喜んでいますけど」

「君に教えてきた学問のことだね」ストラサム卿が優しい声で言った。

イライザはその洞察力に驚いてぱっと彼を見た。

「本物の息子ができたら、息子代わりは必要ありませんものね。父にとって特別な存在であることをあきらめるのに、五、六年かかりました。一番つらかったのは、学問や運転や乗馬や射撃を一緒に楽しむ相手を失ったことです。私を昔ながらの令嬢の型にはめようとするいろんな圧力に嫌気がさしたとき、どこにも逃げ場がなくなったことです。今でも自分をその型にはめるのに苦労していますから」

「お父さんはいつでも君を図書室に温かく迎えてくれると思うが」

「え、ええ。でも弟が大きくなると、父は彼やほかの少年たちに学問を教え始めました。私がいると……彼らの気が散るから、好き勝手に図書室に出入りするのは禁じられてしまいました。特に、少年たちがうちで寄宿するようになったあとは」イライザはため息をついた。「私は母や妹たちと一緒に〝婦人室〟へ追いやられたんです」

「君がそこを抜けだして蛙《かえる》を追いかけたり、小川を飛び越えたりするのも無理はない」

イライザは微笑んだ。「そうなんです。母からいいかげんそんな遊びは卒業なさいと言われても続けていましたからね。でも、私はあなたのことが知りたかったんです。大人になるまでずっとハンプシャーの領地にいらしたのですか？」

「いや、イートン校に入って、そのあとはオックスフォードだ。卒業後はほとんどロンドンで過ごし、たまに領地へ戻って、将来引きつぐ仕事を父から教わっていた。領地に長く滞在するようになったのは、去年……父が滅入《めい》って仕事ができなくなったあとのことだよ」

「そして、結局は管理全般を引きつがれた？」

「そうだね」

「長く離れていた領地の管理はいかがでしたか？」

「難しかった。それまでは父や家令と一緒に帳簿を開き、収入の流れを見たり借地人の名前を覚えたりするだけだった。毎日馬で出かけて畑やコテージの様子を調べたり、農夫と必要な手立てや作物の話をしたりするのは初めてだったんだ。帳簿に載っている名前としてではなく一人一人をよく知り、借地人や家令に言われたことに加えて僕自身が必要だと思う修繕や改良を記録するのは大変だったよ」

「気が遠くなるような仕事量でしょうね。ロンドンに逃げだしたくはなりませんでしたか？」

「最初は……圧倒されたよ。だが、領地の人々をよく知るようになると、仕事が楽しくなってきた」ストラサム卿は微笑んだ。「君は池や空の色を分析して正確に描きだすことに喜びを覚えるが、僕は借地人に必要な道具が行き渡り、修繕や備品の調達で彼らの作業が楽になると満足感を覚える。作物が育つのを眺め、収穫を手伝うことに。酪農家や畜産家が牛や羊の世話をするのを手伝うことに。クレソンを箱詰めして荷馬車に乗せ、ロンドンへ送りだすのさえ楽しいよ。この前サーペンタイン池を観察したあとでは、川辺で育つクレソンの水中の緑と水面上の緑色の違いを見落とすことはないだろうね」

「岩の上を流れる小川に、日ざしを浴びた葉っぱ？　ああ、どれだけの色が見られることか！」イライザは言った。「ご自身の歴史でもあり責任でもある仕事が楽しいのは幸運ですね」

「何世代にもわたってよく管理されてきた領地を引きつげるのは、本当に幸運だと思う。大学を卒業した直後は、必要なときだけ領地にいればいいと思っていたが、今では、無為に楽しむだけのロンドンの暮らしが……むなしく思えてきているよ。催しの場で友人や知りあいに会ったり、クラブでカードゲームをしたり、食事をしたりするのは楽しいが、有益なものは何一つ生みだしていないからね」ストラサム卿が遠くに目をやった。「それに初めて気づいたときのことはよく覚えている。僕たちは借地人のサッカーが自宅の屋根を葺《ふ》き替えるのを手伝っていた。傾いた日が屋根を照らし、サッカーの妻が夕飯の支度を始めると煙突から煙が立ち上る。僕はそれを見て体の内側が温かくなるのを感じたんだ。サッカーにも、領地で働くほかの者たちにも、心地のいい住まいがあって、みんなが雨風をしのげている。太古から巡り続ける季節の中で自分がささやかな役割を担っていることに喜びを覚えたよ。春には種をまき、夏には作物の世話をし、秋に収穫して冬の休耕地を耕す。だが、君はどうだい？　ずっとロンドンで暮らしたいと思っているのかい？」

「ロンドンは好きですが、私も自然に寄りそった暮らしのリズムが好きです。小さな村の人づきあいのほうが好みに合っていますし。劇場や書店が大好きで、仕立て屋や服飾品屋や〈王の図書室〉を訪ねるのも楽しいですが、ロンドンの社交界やシーズンは……ちょっと怖いですね」

「怖い？」ストラサム卿がおうむ返しに言った。「すばらしい演奏で音楽の会を席巻《せっけん》したのに？」

「そうですね、〝怖い〟は違うかもしれません」彼女は笑った。「でも、私は今もペトラルカを読み、蛙を追いかけ、小川を飛び越える少女なんです。ドレスの裾はきれいで髪は整っていても、社交界で大切とされる気のきいたおしゃべりはまったくできません。ほかの人が話題にしたり冗談の種にしたりしている人たちをほとんど知らないし、その冗談が、よく感じるように意地悪なものだとしたら、私はそんな会話を会得したいとは思いません。そうすると結局、場違いな存在になって黙っているしかなくなるんです」

　ストラサム卿が眉を上げた。「黙る？　父と話すのは簡単そうだったが」

「それは、私が今まで父と長く過ごしてきたからだと思います。年配の紳士のほうが話しやすいんです。ほとんどの方は結婚していらっしゃるので、気に入られなくてはと思う必要もありませんし、興味の幅も広くていらっしゃいます。でも、一番楽しいのは家族や友人と過ごすときです。姪や甥たちにお話を聞かせたり一緒に遊んだりする時間。ピアノフォルテを弾く時間。田舎で馬を走らせ、絵を描く時間。それにもちろん、馬車を駆る時間も」

「つまり君は田舎の紳士と結婚して屋敷を切り盛りし、子どもたちを育てたいと思っているんだね？」

イライザはそっと微笑んだ。「ペトラルカを読み、蛙を追い、小川を飛び越えても……若い紳士を引きつける賢い会話ができない少女には、かなわぬ夢のように思い始めていますけど」

「では、年配の紳士はどうだい？」

ストラサム卿はまた、私が思惑を持って彼の父親に――あるいはフルリッジ氏に――近づいていると疑っているのだろうか。「年配の紳士でも、その方のことが好きで尊敬できるなら、結婚という選択肢もあると思います」イライザはため息をついた。「みんながみんな、無二の愛を見つけられるほど幸運ではありませんから」

「そうでなくても手を打つつもりかい？」

「私……わかりません」イライザは認めた。「先日、レディ・マーガレットと一緒に友人のレディ・ローラの結婚式に参列しました。彼女の喜びに満ちたきらきらした顔を見ると、私もあんなふうに幸せになりたいと思いました。でも気が合う相手が見つからないなら、ずっと一人でいるのも悪くないような気がします。夫に従う必要のない自分だけの人生も楽しいでしょう。でも……今まで自由を満喫できたのは寛大な父がいてのことだともわかっているんです。結婚せず、収入もなければ、一生父やほかの家族に支えてもらわなくてはなりません」

「彼らも君の無償の奉仕に支えられるはずだ」ストラサム卿が冷静に言った。

「家族の力になることはいといません。でも、住む家も子どももなく、一生誰かに頼るのは……」イライザは首をふった。「殿方はいいですね。若くても年をとっていても、結婚するかしないか自分で選べますから。誰にも頼らず生きていけるし、働いて収入を得ることも相続することも可能です」

弧を描く小道に沿って屋敷のほうへ戻り始めると、道の先に執事が現れて手をふった。

「君を呼んでいるようだ」ストラサム卿が言う。

「姉が帰ってきて、私に用があるのでしょう」

「では、一緒に戻ろう」

イライザは彼の腕をとった。その感触をできるだけ長く楽しむため、歩調をわずかに緩める。屋敷ではやはり姉がイライザを必要としており、彼女はストラサム卿に本の礼を言って別れを告げた。

イライザは午後のドレスに着替えて姉の用事につきあうため、二階の部屋へ向かいながら、ストラサム卿との散策について考えた。メイドの監視のおかげでじりじりする感覚を隅に追いやり、男爵との会話を今までで一番楽しむことができた——率直に、皮肉の応酬もなく、口論もせず。

彼の生い立ちや、何を愛し、この先どこで暮らすつもりか、どんな経験を経て今の彼になったのか。いろいろなことを知り、目を開かされた気分だった。今までは彼女を引きつけるストラサム卿の魅力ばかり警戒していたが、話をするうちに、子爵の跡取りで理想的な結婚相手である彼が一人の人間に見えてきたのだ。

そして、新しく学んだことは好ましいことばかりだった。

だが、それは不要な進展だった。これ以上彼の魅力を見つける必要はないし、乗馬や馬車の運転や田舎を好むところが同じだと発見する必要もない。それでなくても、彼に官能的に惹《ひ》かれているうえに、今では一緒にいてくつろげるし気が合うと感じ始めているのだから。

メイドに着替えを手伝ってもらいながら、イライザは心の中で認めた。ストラサム卿を拒むことはできない――今はまだ。でも、自分を守るつもりなら、意識を集中すべきところに――未来に――集中するつもりなら、いつまで彼に会い続けるか決めなくてはならないだろう。あと何回会うか。

一つの数字に決めることなんてできないけれど、自分を甘やかして彼と会い続けるあいだ、なびきやすい心によく注意しておかなくては。彼を好きになるだけでもまちがいなのに、それを恋という大惨事にしてしまうわけにはいかない。

14

二日後の朝、ジャイルズは馬丁のフィンチを後部に乗せ、フェートンでハイドパークへ向かっていた。またジンジャーで朝の乗馬に出かけないかという彼の誘いに対し、ミス・ヘイスタリングは姉の子どもたちを公園に連れていくので、よければそちらでお会いしましょうと返してきた。

ジャイルズは頬を緩めた。最もおしゃれなクラブ会員の一人が、午後の社交時間に淑女たちを魅了し、ほかの運転手たちを嫉妬させるためではなく、子守りをするために懸命に馬車を走らせていると知ったら、ほかの会員たちはなんと言うだろう。

それに、きゃあきゃあはしゃぐ子どもとの球遊びや輪回しに紳士を誘う淑女がほかにいるだろうか。

だが、ミス・ヘイスタリングは家族がいかに大事か話していたし、甥《おい》や姪《めい》のかわいがり方でそれを証明してもいた。それもまた、紳士の目を引くためにつくったイメージではなく、素の彼女だ。あざとさがはびこる上流社会で、社交界が尊重する美点を切り貼りした張り子のような人々とつきあっていると、彼女の素朴さが貴重に思えた。

たいていの独身男性同様、ジャイルズも子どもを扱った経験はほとんどない。だが球を投げることはできるし、輪を回すこともできる。彼がそばに突ったってただ見ているだけだったら、ミス・ヘイスタリングは彼のことをよく思ってはくれないだろう。

しばらくのち、公園の門を抜けたジャイルズはロトンロウを進みながら、ミス・ヘイスタリングが子どもたちといるはずのサーペンタイン池のほとりに目を走らせた。

少し離れたところで彼女と三人の子どもがボールで遊び、そばのベンチに子守りの女性が座っていた。ジャイルズが馬車を止めると、何を言っているかまではわからないが、興奮した声が届いてきた。ミス・ヘイスタリングが頭上を越えていこうとしたボールを飛びあがってつかみ、笑い声をはじかせた。

ジャイルズは微笑《ほほえ》んだ。彼らの叔母さんは預かっている子どもたちに負けず劣らず楽しんでいるようだ。

優雅な舞踏会用のドレスに身を包んで完璧に髪を整えたルシンダが、飛びあがってボールをつかむところを想像しようとしたが、だめだった。

ジャイルズは地面に飛びおりると、手綱をフィンチに渡し、馬たちを歩かせてくるよう指示して、みんなのいるところに近づいていった。

ミス・ヘイスタリングは今日はどんなユニークな姿を見せてくれるのだろう。

彼が声を張りあげて挨拶すると、球遊びが中断した。ミス・ヘイスタリングは子どもたちを呼び集め、子守りと一緒に膝を曲げてお辞儀をした。

「本当にいらしてくださるなんて驚きました」

「うれしい驚きだったらいいのだが」

「もちろんです」ミス・ヘイスタリングの頬が赤らんだ。「このような外遊びにあなたが興味を持たれるかどうかわかりませんでしたから」

「君がすることならなんでも興味があるよ」

「本当に？」頬がさらに赤くなる。ジャイルズはまた微笑みそうになるのをこらえた。母親や姉たちに言われている淑女らしい慎みを忘れ、飛びあがってボールをつかむところを彼に見られたと、ミス・ヘイスタリングは気づいているのだろうか？

「子どもたちを紹介させてください、ストラサム卿《きょう》。長男のマスター・アンドリュー・ダンバートンと、弟のスティーブンです。そしてこのおてんばさんがミス・ルイーザ・ダンバートンです」ミス・ヘイスタリングは少女の長い巻き毛をひねりながら言った。「そしてこちらは子守りのグリーンさんです」

「はじめまして」女性が再びお辞儀をした。

「お会いできて光栄です」長男がきょうだいを代表して言った。少年二人はしっかりとお辞儀をし、まだ手引き紐《ひも》が必要そうな幼い少女もよろよろと膝を曲げてお辞儀をした。

「こちらこそお目にかかれて光栄だよ、紳士諸君、ご令嬢」

小さな女の子が目をまん丸にして、ミス・ヘイスタリングのほうに体を寄せた。「ごれいじょうってわたしのこと、リザおばさま？」

「そうよ。だからお上品なご令嬢らしくしなくちゃね」ミス・ヘイスタリングがささやき返した。

自分自身にも言っているのだろうか？

「ゲームを邪魔するつもりはなかったんだ」

「もうボール遊びはやめるところでしたの。ボール遊びはスティーブンのお気に入りなので、次はアンドリューが好きな舟遊びです。じゃあ、みんな行くわよ。あそこにベンチがあります」ミス・ヘイスタリングは子守りが座って編み物をしているベンチの隣のベンチを示した。「あれに座っていらしたら、フェートンが戻ってきたときにもわかります。馬車を走らせるほうが楽しいでしょうから」

「あとで走らせるかもしれないが、まずは航海だ」

「男爵も舟を持っていらっしゃるんですか？」アンドリューが子守りの隣に置かれたかごから木の舟をとりだしながら言った。別の舟を弟に渡し、一番小さいのを妹に持たせた。

「うちの裏の川は、小舟を棒でつつくには流れが速すぎるうえに岩だらけなんだ」

「僕のをお貸ししましょうか？」

ジャイルズは感心した。「マスター・アンドリュー、寛大な申し出だが、君の楽しみを奪ってしまっては申し訳ない。叔母さんの話では、君は舟遊びを楽しみにしていたそうだからね」

ミス・ヘイスタリングが小舟をつついて動かす長い棒を渡しながら言った。「あなたたち、フェンシングごっこを始めたら舟遊びは終わりですからね」そう警告すると、姪の小舟と棒と手をとって池のほうに歩きだした。

「始めるのは僕じゃないよ」アンドリューが訴える。

「でも、うれしそうに続けているでしょう」叔母に言われ、少年は後ろめたそうににっと笑った。ジャイルズが池のほとりまでついてきたのを見て、ミス・ヘイスタリングが驚いた顔をした。「あそこにもベンチがありますよ」

「僕もお嬢さんと参戦していいかな」

ミス・ヘイスタリングが唖然《あぜん》とする。「一緒に遊びたいのですか？」

「もちろん。僕がなんのためにここへ来たと思っているんだい？」彼は子どもたちとなんか遊べないと思っている——そう決めつけているミス・ヘイスタリングの鼻を明かし、ジャイルズは内心微笑んだ。

「それに、公園で一番かわいいお嬢さんのお手伝いがしたいじゃないか」

ルイーザがぱっと顔を輝かせた。「わたし、おじさまに手伝ってもらう。だって知らない人じゃないもの」

ミス・ヘイスタリングが眉を上げて言った。「わかりました。あなたがそうおっしゃるなら。では、この子の棒を誘導して舟を走らせつつ、池に落ちないように見張っていてください」棒と舟と姪の手を預けながら小声で言う。「どんな女性もあなたの魅力には抗《あらが》えないようですね。私はお払い箱だわ」

「今だけだよ。泣くことはない」

「なるほど」ミス・ヘイスタリングは冷ややかに言って甥のそばへ行った。「あんまり強く押さないで、アンドリュー！　舟が棒の届かないところに行ってしまったら困るわ。池に入ってとってくるなんていやですからね」

ジャイルズは小舟を棒でつついて走らせたことはなかったが、子どもたちが単純な遊びに興じる姿がこれほどかわいいとは思ってもいなかった。「リザおばさま、一人でできたわ！」幼い少女が自分で舟を動かすことに成功し——池に落ちることなく——そう叫んだときは、彼も得意な気持ちになった。

「すごいじゃない。もうすぐお兄さまたちを抜かしちゃうわね」

アンドリューが不服そうに顔をしかめた。「無理だよ。ルイーザは女だもん」

「男の子にできることはほとんど全部女の子にもできるのよ、紳士諸君」

「君の叔母さんが一番に証明してくれるだろうね」
ジャイルズは愉快そうに言った。

それから三十分ほど、子どもたちは岸辺で舟を行ったり来たりさせ、そのそばで彼らの叔母は空想の船員と積み荷の物語を語って聞かせた。

そこには、ジャイルズにも聞き覚えのある逸話がいくつかまじっていた。実物ほど激情的でないオデュッセウスが海の精セイレンの横を通りすぎる場面が、小舟が岩を巡るのに合わせて語られる。彼女は自分で読んだ膨大な本の中からあれやこれやをつなぎあわせ、想像力で膨らませて、臨場感があり子どもたちが聞いて面白いお話に仕立てていた。

なるほど、子どもたちがお話をせがむわけだ。彼らはこの叔母を愛しており、どの子のまなざしにも尊敬の念がありありと浮かんでいた。

ミス・ヘイスタリングに自分の家と家族ができないのは悲劇以外の何物でもない。彼女はどこかの幸運な男のすばらしい妻になり、子どもたちにとって最高の母親になるだろう。

その男が自分だったら？　そう考えるのは、今ではそれほど常軌を逸したこととも思えなかった。

「みんな、舟はここまでよ。そろそろ帰らなくてはいけないけど、もう一度ボール遊びをするとスティーブンと約束しているでしょう」

スティーブンはすぐさま舟と棒を拾いあげ、急いでかごに戻しに行った。アンドリューはのろのろど弟のあとを追ったが、ルイーザは舟をジャイルズのほうに突きだした。「わたしのを持って帰らせてあげる」彼女はしかつめらしく言った。

まるで馬上槍《やり》試合に向かう騎士に寵愛《ちょうあい》の印を与える王女だな。ジャイルズはそう考えて面白がった。

「また出しぬかれましたわ」ミス・ヘイスタリングがベンチに戻りながら言う。「あの子の舟を持って帰るのは私の特権だったのに」

「だが、君みたいにお話はできないよ」ジャイルズは言った。「子どもたちの遊びと英雄譚《たん》を実にうまくつなげていたね！」

ミス・ヘイスタリングが肩をすくめた。「子どもたちがしていることを見て、頭の中にあるいろんなお話の断片をつなぎあわせているだけです」

「そんなに簡単なことではないはずだ。本当にすばらしいよ、ミス・ヘイスタリング」

彼女は微笑んだ。ジャイルズの賞賛に驚きつつも喜んでいるらしい。「では、ボール遊びを始めます。そろそろ帰らなくてはいけない時間ですので」

ミス・ヘイスタリングはボールをつかむと、子どもたちを散らばらせた。三人はそれぞれの能力に応じて距離をとっているようだが、さっさと位置につく様子からすると、いつもしている遊びなのだろう。

「僕はどこに立てばいい？」

ジャイルズがきくと、ミス・ヘイスタリングは彼のしみ一つない乗馬服にちらりと目をやった。「上着に泥がついてしまうかもしれませんよ」

「ボールをとり損ねたら、だろう？　そんなことはしないよ」

彼女は両方の眉を上げた。「私が女の子みたいな投げ方をすると思っていらっしゃるのね？　あなたがとれないような速い球は投げられないと？」

ジャイルズはちょっと笑った。「その質問に答えたら、大変な目にあいそうだ」

ミス・ヘイスタリングは憤然と彼を見た。「まあいいでしょう。アンドリューはボールさばきが上手ですが、スティーブンはそこまでではありません。ルイーザには球を転がしてあげるんです。あなたはあそこに——子どもたちがつくる三角の北側に立ってください」

ジャイルズは笑いながら、指定された場所へ走っていった。どこかでミス・ヘイスタリングは速い球を投げてくるはずだ。彼女が〝女の子っぽい投げ方〟をするかどうかはわからないが、どんな球を投げられても受けとめる自信はあった。

子猫をからかって爪をむきださせるのがこれほど楽しいとは！

ゲームは順調に進んでいたが、フィンチがフェートンに乗って戻ってくると、それに気づいたアンドリューが定位置を離れて馬車に近づいていった。

「あれは男爵の馬車ですか？」うっとりときく。「いかしてますねえ！」

ジャイルズは噴きだしそうになった。この子はそんな俗語をどこで覚えたのだろう？　彼の叔母の頬の赤みからすると、どうやら大本は彼女らしい。

「ありがとう、マスター・アンドリュー。サスペンションの具合もいいし、運転もしやすいんだ」

「乗せてもらえませんか？」スティーブンがボールを落として言った。

「わたし、さっき舟を動かしたから、今度は馬車を動かしたい」ルイーザが宣言した。

「今度ばかりは僕もお兄さんと同じ意見だよ、お嬢さん」ジャイルズは言った。「女性にも運転できる乗り物はあるが、高座席のフェートンは無理だと思うな。少なくとも、街中では」ミス・ヘイスタリングは怒るだろうと思いながらつけたす。「ほら、運転席があんなに高いところにあるだろう？　車体がとても軽いから、道路がでこぼこだと跳ねるし、馬が突然向きを変えると恐ろしいくらい傾いてしまう。馬は町の騒音やちょっとした動きにすぐ驚くからね。だが……」ジャイルズはルイーザの長い巻き毛を軽く引っぱった。「いつか乗せてあげるよ」

「僕も大きくなったらこんなすごい馬車を運転したいんです」アンドリューが言った。

「ルイーザもそうするんじゃないかしら。田舎でも、街中でも」ミス・ヘイスタリングが好戦的に言ってボールを拾い、子どもたちを元の位置に戻らせた。

「それはどうかな、ミス・ヘイスタリング」ジャイルズも大股で戻りながら言った。「君はフェートンを運転できると主張していたが、高座席のフェートンは走らせたことがないんだろう？」

「主張したのではなくて、実際に運転できるんです。座席が少し高くなったからといって大きな違いはありません」

　彼女の顔に怒りの嵐雲が広がる。その顔がかわいくて、ジャイルズはもう少しからかわずにいられなかった。「馬たちが駆けだそうとしたとき、女性の腕力で止めるのは無理だよ。実際に走りだしたときに制御するのもね」

「それは挑戦ですか？」

「とんでもない！　君が運転したらあのフェートンは壊れ、君も首の骨を折ってしまう」できるだけ偉そうぶった男のような言い方をした。

「ええ、そうでしょうとも。私が女の子みたいにボールを投げるようにね！」そう言うと、ミス・ヘイスタリングは彼に思いっきりボールを投げつけた。

　大笑いしていたジャイルズはとり損ね、ボールは肩の上を越えて遠くへ転がっていった。ジャイルズは追いかけていったが、なかなか見つからず、しばらくしてようやく、葉をつけたまま落ちた枝の下にもぐりこんでいるのが見つかった。

　彼はふり返ったときもまだ笑っていたが、気づくとミス・ヘイスタリングはフェートンのそばに立ち、フィンチと話していた。馬丁が彼女をフェートンに乗りこませるのを見て、ジャイルズの楽しい気分は消えた。そして、彼女が馬丁の手から手綱をとり、馬を走らせ始めると、完全に吹きとんだ。

　偉そうで、傲慢で、偏見ばかり！　ストラサム卿がボールを追いかけていくのを見ながら、イライザは憤然と考えた。

「フェートンを運転しちゃだめだよ、リザ叔母さん」アンドリューがしかつめらしく言う。「けがをしちゃうからね」

「あなたまでそんなこと言わないで。男の子にできることは女の子にもできるって話したでしょう?」

「全部じゃないよ」すでに男性の優越感を前面に押しだしたアンドリューの話し方を聞いて、イライザは舟の棒でたたいてやりたくなった。

彼女は怒りを押し隠してフェートンに近づき、フィンチににっこりと微笑みかけた。「ストラサム卿が家まで送ってくださるそうなの。馬車に乗って待たせてもらえるかしら」

「わかりました」若い馬丁は彼女を乗せると、一歩下がって主人のほうを見やった。ストラサム卿はちょうど木々のあいだから出てきたところだった。

「すごい球を投げましたね!」

その瞬間、イライザはフィンチの手から手綱を奪い、馬車を走らせた。悲鳴が聞こえたのでふり返ると、馬丁が必死に追いかけてきていた。そして、愕《がく》然《ぜん》としたストラサム卿が路上に現れた。

イライザは前方に視線を戻して馬を操ることに神経を集中した。途中の小道には凹凸があり、馬車道に入ってからもほかの馬車を数台かわさねばならず、慎重に運転する必要があった。

すでに道はこんでいて、最初考えていたように馬を一気に走らせることはできなかった。だがトロットでも、座席が高い分、気持ちが高揚する。歩調も揃《そろ》い反応もいい二頭の馬を駆りながら、彼女は興奮と喜びに浸った。こんなことをしてあとでうんと叱られるはずだけど、それでもかまわないわ!

だが脇道へ入り、色を失った馬丁と、ストラサム卿と、罰が待つ場所に向かううち、高揚感は後悔に変わっていった。

私は何を考えていたのだろう？　こんな大胆なことをするなんて、若いころの短気な性格をいまだに治せていないらしい。私がフェートンを乗りこなせることは証明されても、ストラサム卿は激怒しているはずだし、彼を責めることはできない。

始めたことは最後までするしかない。イライザは顔をしかめて鞭《むち》の革紐《かわひも》をつかみ、ストラサム卿のすぐそばで馬車を止めた。すぐさまフィンチが車体にしがみつき、手綱をとり返した。

いたずらはこれで終わり。イライザはできる限り威厳をかき集めて馬車を降りた。

男爵は憤怒《ふんぬ》の形相をし、フィンチはすっかりしょげていた。ストラサム卿の後ろに来た子どもたちまで目を丸くして心配そうにしている。

「いったいどういうつもりだ？」ストラサム卿が冷ややかな声できいた。

「フェートンを運転してきたんです」

その横柄な返事はストラサム卿をさらに怒らせた。彼は子どもたちの後ろにいた子守りに大声で命じた。

「子どもたちをダンバートン家の馬車に乗せるんだ。ミス・ヘイスタリングは僕が送り届ける」

アンドリューがイライザのそばに来て言う。「男爵と一緒に帰りたいの、リザ叔母さん？」

さっきの話し方はいらだたしかったけれど、こんなふうに叔母を守ろうとしてくれるなんて。イライザはちょっと感激した。「ええ、きっと楽しいと思うわ。いつかあなたも乗せてもらえるはずよ。みんな、グリーンさんを手伝って荷物を馬車に乗せてちょうだい。あとでおうちで会いましょう」

馬を歩かせるようフィンチに命じると、ストラサム卿はイライザの腕をつかみ、ほとんど引きずるようにして、人のいないところまで連れていった。

「君は正気を失ったのか？」

「いいえ。あなたが私をたきつけて運転させたんです。私は自分が正しいことを証明するために、挑戦に応じただけです」

「フィンチは首だ！　君にフェートンを運転させるとは、あいつめ」

「私が勝手にしたことで彼の責任ではありません」

「君はこんなことを子どもたちの前でしていいのか？　人のものを強奪して逃げるようなまねを？　命と、体と、他人の財産を危険にさらして？」

「確かに……すばらしい模範とは言えませんね。私が人として至らないせいですが、かっとなると、ときどきあることです。ただ、私の過失のためにフィンチにあたるのはやめてください。女性にフェートンを運転させたせいで、恥をかいた主人にやめさせられたと彼が次の職場で吹聴《ふいちょう》してもいいんですか？　噂《うわさ》は瞬く間に広まりますよ。彼のせいではないのですから、不問に付すという手もあります。そうすれば、このことは誰にも知られません」

「今、君が運転するのを見た全員をのぞいて？」

「その人たちは普通に、私があなたの許可を得て運転していると思ったはずです」

「それは脅迫だ」一瞬間を置いて、ストラサム卿が言った。

「交渉です」イライザは訂正した。「お説教は受けて当然だと思いますが、その前にお詫《わ》びをさせてください。許可もなくあの馬車に乗る権利は私にはありませんでした。でも、あなたが女性の能力を不当に低く評価するものですから……つい」

「君は死んでいたかもしれないんだぞ」ストラサム卿は激した口調で言った。「けがをしていたかもしれないし、人を殺していたかもしれない！　もちろん、馬を傷つける可能性もあった。一番害は少ないとしても、僕にとっては大事な馬だ。馬車だって壊れていたかもしれない」

「そうでしょうか」彼女は手をふって一蹴した。「私が運転するのをごらんになったはずです。最初から最後まで完全に馬をコントロールしていましたよね。確かに馬車を盗んだのは言語道断です。でも、私がちゃんと運転していたことは認めてくださらなくては。違いますか？」

ストラサム卿は黙っていたが、しばらくしてため息をついた。「わかったよ。しかたがないので認めよう。今回は、君はちゃんと運転していた」

イライザは彼の怒りが少し和らいだことにほっとして微笑んだ。「あなたがいつでも手を出せるように隣に座って運転させてくださったら、どんなときでもうまく運転できることをお見せします」

「どうしようもない女性だな！」ストラサム卿が首をふる。「君にピストルの腕を証明しなくてはいけないと思わせなかっただけでもよかったのだろう」

「まあ、公園は人が多すぎて銃の練習には向きませんわ」

ストラサム卿は彼女をねめつけた。「許してもらいたいなら、そういう言い方はしないことだ。それにしても、君はどこでフェートンの乗り方を習ったんだい？ バランスを崩しやすい乗り物だから、荷馬車や農耕車や、もっと言うとバルーシュよりも運転は難しいはずだが」

若かりしころの愚行を認めるのは気が進まなかったが、ストラサム卿には申し訳ないことをしたので、全部話さなければいけないような気がした。「私が十六歳のとき、父のもとで勉強している寄宿生がいました。仮に〝ジョージ〟と呼びますが、伯爵の跡取りで、お小遣いをたくさん持っていました。乗用馬や……フェートンも。私は彼にせがんで運転のしかたを教えてもらったんです」

まだ胸の痛みはあったけれど、イライザはのどかな日々を懐かしく思いだして微笑んだ。

「二人とも用がないときに交互に運転しながら、父が教えている文学について話しあったりしました。彼は家族のことやこれから行く大学のことなどいろんなことを教えてくれました。私たちは恋をしていると思いこんでいました――少なくとも私のほうは。幸福の絶頂にいる気分で一カ月ほど過ごしたあと、突然、彼が私を避け始めたんです」苦しみを抑えて、彼女は話し続けた。「何かあったのか父にたずねたら、ずいぶん気遣った口調で、ジョージは家に帰って大学へ行く準備をすることになったんだよと教えてくれました。ショックを受けた私は、ジョージを探しだして私たちの計画はどうなるのかと問いつめたんです。彼は……笑って言いました。牧師の娘と伯爵の息子では釣りあわないし、〝たわいもない戯れ〟に何か意味があると思うなど厚かましいと」

「君は……打ちのめされただろうね」ストラサム卿が優しく言った。

「最初は信じる気になりませんでした。だって、そんな勘違いができるものでしょうか？　でもジョージは一週間後にさよならも言わず去っていき、二度と連絡してきませんでした。結局……彼は自分の魅力を私で試していただけなのでしょう。ひどい話ですが、あれでよかったんです。早々に少女じみた夢をあきらめて、将来に理性的な期待を抱けるようになりましたから」イライザは苦笑した。「これで、私はあなたのお父さまを誘惑するなんて考えたこともないと、さらに確信していただけたはずです」

「どうやってそんな裏切りを乗り越えたんだい？」

「しばらく読書に逃げこんだあと、傷をなめてふさいでいてもしかたがないと考えるようになりました。今できることを精いっぱいするしかないと」

　イライザは、ストラサム卿の瞳に浮かぶ同情から目をそらした。過ちから学んだと言っても、恋人の裏切りを思い返すのは今でもつらかった。

「結局、心の傷は癒えたのかい？」

今も残る痛みをなんとか抑えこみ、イライザは微笑んだ。「傷ついたプライドも」決然とした明るい口調で言う。「さあ、私は過ちを心から詫びて許しを請いました。もう怒っていらっしゃいませんか？　もう二度と承認を求めるような不遜なことはいたしません。私の運転技術がそれに値するとしても」

イライザが期待したとおり、ストラサム卿が笑った。「おてんば娘め！　僕は死ぬほど怖い思いをしたんだ。その生意気な首に紐をつけるべきだな」

「でも、許してくださったんですよね？　あなたの信用を失うのはいやなんです」

「わかったよ。許そう。もう二度ととんでもないことをしないなら」

衝動のままに行動してしまったけれど、彼に見限られなかったので、イライザはほっとしていた。

「また友人どうしに戻れてよかったです。でもあなただって、愚かなことをした経験はあるでしょう？　私の若いころはそんな逸話ばかりです」

それまで笑っていたストラサム卿が、急に真面目な顔になった。「愚かな経験？」はっと笑う声には苦々しさがあった。「悲しいかな。良識がもうあきらめようと言っているのに夢にしがみつくのはまちがっている――ありとあらゆるものがそう示唆しているのに無視して求め続けるなど、愚かではすまされない」

彼の口調があまりにもつらそうだったので、イライザは涙ぐみそうになった。「夢を信じるのは愚かなことではありません。夢を見ないのが愚かなことなんです。夢をかなえようと思わない人生にどんな意味があるのでしょう？　人は美しくて、偽りがなくて、価値のあるものを追いかけ続けるべきです。必ず手が届くと信じるべきです。結局手が届かなくても、努力はしたと思えますから」

ストラサム卿は初めて見るような目で彼女を見つめている。今まで感じたことのない不穏な温かさがイライザの体を満たした。張りつめた空気から逃れるために目をそらす。そうしなければ、散策する人々や馬車のそばで待つフィンチの目も気にせず、ストラサム卿の胸に飛びこんでしまいそうだった。
「こんな私が完璧な淑女になれるはずもありませんよね」イライザは危険な時間を終わらせるために明るく言った。「確かに私は絵を描き、ピアノフォルテを弾きます。裾を汚したり、袖を破ったり、髪を乱したりしなくなっても――たいていは――姉たちのように非の打ちどころのない立ち居ふるまいはできません」ため息をつく。「男爵の末息子と結婚して上品なニーダム夫人になった次姉には、私ほど男の子っぽい女の子は知らないといつも言われていましたから」

ストラサム卿の目が丸くなった。「男っぽい？　そのお姉さんには目がないのかい？」イライザが驚いたことに、男爵は彼女の手をとってキスをした。「僕は、君が男っぽいとはまったく思わないよ」

そんなふうに褒められた驚きは、彼に手を握られた感触と同じくらい衝撃的で、一瞬、イライザは無言で彼を見つめた。「そんなうれしいことを言ってもらったのは初めてです」

ストラサム卿が彼女を見つめ返し、二人のあいだの空気が熱を帯びた。イライザの視線は彼の唇に引きつけられ、もしかしたらキスをしてもらえるかもしれないとまた胸がどきどきし始めた。

でもここはハイドパークで、たくさんの貴族が散歩をしたり、馬に乗ったりしている。それに、紳士のストラサム卿は、結婚する気もない女性にキスをするのは悪辣な搾取だと考えるだろう。

イライザは我を忘れて自分からキスしてしまう前に後ろを向いた。「子どもたちがそろそろ屋敷に着くころです。あの子たちが今日のことを姉にどう報告するかわかりませんが、私も早く帰らなくては。姉は、あなたが私を拉致したと思うかもしれません。あるいはサーペンタイン池に放りこんだと」

ストラサム卿が震える息を吸いこんだ。彼もまた、強力だが満たされるはずのない欲望を感じていたというように。「ダンバートン卿夫人には心配をかけたくない。屋敷に入れてもらえなくなるからね」

「それは杞憂《きゆう》でしょう。むしろ、あなたのボール遊びや舟遊びの腕前を知った子どもたちに引きずりこまれるでしょうね。一度の短い外出で、あなたはすっかりあの子たちのお気に入りですもの。みんなによくしていただき、ありがとうございました」

「こちらこそ楽しませてもらったよ」彼は愉快そうに笑った。「特に、彼らの叔母さんがそれは楽しそうにボール遊びをしている姿にね。少なくとも、彼女が僕の馬車を盗むまでは」

「許してくださったのではなかったのですか？」

「二度としてほしくないと念を押すためだよ。約束してくれるね？」

イライザは大げさにため息をついてみせた。「約束します」

「けっこう。君が僕の馬や馬車に乗っているときに何かあったら、僕は自分を許せないだろう。それに……」彼はまたため息をついた。「僕にも半分責任があるというのは君の言うとおりだ。僕が……けしかけたんだ。挑戦のつもりはなかったとしても」

「お認めになるなんて立派です」イライザは、ストラサム卿が自分で罪をかぶって彼女の罪を軽くしてくれたことに驚き、心を動かされていた。

「そうだろう？」ストラサム卿が満足げに言う。

感謝もここまでだわ。イライザは彼をにらみつけた。「次の口論の種が見つかる前に家へ連れて帰ってください」

ストラサム卿が笑った。「口論より……ほかのことがしたいが」

彼の熱い視線に顔や唇を探られ、イライザの肌がうずうずし始めた。ほかのことって……キスとか？

男の人との経験がもっとあれば、ストラサム卿の考えていることがわかるかもしれないのに。でも、経験があったとしても、彼はただ戯れで言っていると気づくだけだろう。

手に入らないものを追いかけてはいけない。

昔も今も変わらない賢明な言葉だわ。イライザはその言葉を心に刻みながら、ストラサム卿と一緒にフェートンのそばに戻り、彼の手を借りて座席に乗りこんだ。

15

翌朝、イライザは自室の机の前に座り、届いたばかりのカードを見つめていた。ストラサム卿《きょう》の大胆な字で彼女の名前が記されている。彼から届いたカード。そう思うと、いくら自分をたしなめても、うっとりせずにいられなかった。

この舞いあがり方からしてもやはり、彼と会う期限を区切る必要がありそうだ。そうしなくては、離れられなくなってしまうだろう。特に、どれほど素の彼女を見てもストラサム卿が会うのをやめようとしないとなると。

イライザのほうはというと、ストラサム卿はハンサムで圧倒的な男性だが、一緒にいることに慣れれば、彼の魅力も、じりじりとうずくような感覚も薄れるだろうと思っていた。でもストラサム卿はハンサムなだけでなく、彼女の色彩に対する熱意まで理解し、分かちあってくれた。アンドリューやスティーブンやルイーザとおしゃべりをし、一緒に遊んで心から楽しそうにしてくれたのだ。

裕福な子爵の跡取り息子とか、マギーの言う横暴で自己中心的な貴族という印象は薄れる一方だった。今のイライザにとって、彼は領地と借地人の繁栄を望む信頼できる領主であり、子どもの率直さと愛らしさを受けとめられる男性だった。

彼はイライザの父のような、子どもと積極的に関わって励ます父親になるだろう。イライザが自分の子どもの父親に望むような。もちろん、彼女が子どもを持てるほど幸運だったらの話だけれど。

イライザはため息をついた。手に入らないものを追い求めることに関するあの言葉を思いだすのよ。

彼女はカードにさっと目を通し、眉をひそめてそれを置いた。

昨日、別れる前に二人で予定をつきあわせたので、夜は少なくとも一週間、会えないことがわかっていた。ストラサム卿のカードには、また朝の乗馬に行こうと書かれていたが、イライザはあれやこれやで、朝も予定がつまっていた。

つまり、一週間は彼に会えないということだ。長すぎるわと心がつぶやく。それほどでもないと、分別の声が応じた。しばらく会わなければ、彼の関心はほかの行事や別の女性にそれていくだろう。そうなれば、あれこれ考えなくても彼と別れられる。

でも……。

ナイトリー＝キング卿夫人の舞踏会のあと、またチバートン夫人の音楽の会で演奏することになっているので、その練習につきあってもらうのはどうだろう？　彼さえよければ、連弾の練習だってできるはずだ。大好きな音楽をまた一緒に楽しめると思うとうれしくなり、イライザは三日後の朝、ピアノフォルテの練習をするので一緒にどうですかと手紙を書いた。

その楽しみのことを思うと気分が高揚したが、もっとさし迫った問題についておとなしく考えることにした――あさっての夜、マギーと伯爵夫人が主催する晩餐会《ばんさんかい》でフルリッジ氏と何を話すかについて。

当日の夜、イライザは姉とポートマンスクエアのカムリン伯爵邸を訪れた。マギーが父親から母娘でこの豪邸に暮らす許可をとりつけたのは本当にお手柄だった。父親の決めた結婚を断り、前の年まで田舎の領地に閉じこめられていたも同然だったのに。マギーは伯母さんから相続したささやかなお金をお兄さんに頼んで鉄道に投資してもらい、大きな利益を得た。父親に金銭的に頼る必要がなくなると、彼女は母親と二人でロンドンへ移り家を借りると宣言した。妻と娘が別の家で暮らせば噂《うわさ》や詮索を呼ぶと気づいた伯爵は、このカムリンハウスに住んでいいとしぶしぶ許可を与えたというわけだ。

モントウェルグレンでの隔離生活についてマギーは詳しく語らないが、よほどひどい環境だったのではないかとイライザは推測していた。だからマギーは絶対に結婚などしないし、どんな男性にも自分をコントロールさせないと決めているのだろう。

マギーがいつか優しくて、寛大で、理解のある紳士と出会い、人生を分かちあうことは危険よりも幸せのほうが多いと説得してもらえるといいのだけれど。イライザ自身も出会いたいと思っているような、親切で、寛大で、理解のある紳士と。

フルリッジさんはそんな人だろうか？

突然、脳裏にジャイルズ・ストラサムのイメージが浮かび、イライザはため息をついた。こんな妄想はもうやめなくては。ジョージに味わわされた恥ずかしさが、自分より身分の高い人に手を伸ばしてはいけないと教えてくれたのではなかったの？

フルリッジ氏がそんな人かどうか今夜見極めたい。イライザと彼がゆっくり話せるようにと、マギーが開いてくれた晩餐会だ。イライザはストラサム卿に宣言したとおり、与えられたものを大いに活用するつもりだった。

客間に入ると、伯爵夫人の友人数人、マギーの陽気な男友だち二人、そして男やもめのアサートン卿がいた。マギーは彼と友人以上の関係になりたいと思っているのではないかと、イライザはにらんでいた。晩餐前の会話はごくありきたりで、アサートン卿が領地での狩猟旅行の話をし、二人の紳士がロンドンで興行中の演劇について語っていた。

晩餐室へ移動する時間になった。イライザは緊張したが、マギーは友人の不安を予測し、イライザとフルリッジ氏の席を向かいあわせに配置していた。これならずっと二人で話す必要はない。フルリッジ氏もマギーの配慮に満足しているようだった。

フルリッジ氏がイライザのそばに来たのは、晩餐が終わり、紳士たちがブランデーと葉巻を堪能して、淑女たちがお茶を飲む部屋に合流したあとだった。

「ミス・ヘイスタリング、ずっと伝えたいと思っていたんだよ。ドレスがとてもよくお似合いだ」

イライザは頬が熱くなるのを感じた。「ありがとうございます、フルリッジさん」

「君がいつもは美しくないと言っているわけではないよ」彼は急いでつけたした。「そのドレスの色合いが特に君を引きたてているという意味なんだ」

今夜のフルリッジ氏はイライザ同様、緊張しているようだ。

「ずっと見張られ、女性との関係がどう進展しているか値踏みされるのは、気まずいものだね」彼はマギーのほうに頭を傾けた。彼女は友人とおしゃべりをしながらも、二人のほうを見続けている。

「顕微鏡で調べられている標本になった気分です」

「まったくだ。皆のことは無視したらどうかな？　君も私に〝いい印象を与えよう〟とする必要はないんだよ」

「それはあなたも同じです」イライザは彼の理解に感謝し、好感を持った。

「紅茶をもらって暖炉のそばの椅子に座ろうか。紅茶を飲んで、話したければ話してもいいし、黙っていてもいい」

「いい考えですね」二人は紅茶のカップを暖炉脇の椅子に運んだ。これまでのところ、フルリッジ氏の印象はとてもよかった。晩餐では、一人で勝手にしゃべり続けることもなく、成功や富や財産をひけらかすこともなかった。

彼は気難しいところがなく穏やかな紳士だ。近くにいても、イライザの神経がひりひりしたり、胃の中で燕《つばめ》が飛び回ったり急降下したりすることはないけれど、話は合うかもしれない。

「お住まいはウエストモーランド州のケンダルの近くだとレディ・マーガレットからうかがいました」

「そのとおりだよ。家族はケンダルグリーンという織物の取引をしていた」

「ああ……弓の射手や森番の服の色ですね。ご先祖さまは十五世紀のアジャンクールの戦いで活躍した長弓の射手だったのですか？」

フルリッジ氏は笑った。「私の先祖は自由農民で、自慢できるような血筋ではないよ。曾祖父《そうそふ》が商売を始め、祖父がそれを広げて土地と館を買ったんだ。その館グリーンランズに家族は今も住んでいる。父は牧羊を主とした土地の経営を私に引きつぎ、ハリソンの嗅ぎたばこ事業にも投資していた」

「ジョージ王朝時代の稼ぎ頭の企業ですね！　今でも嗅ぎたばこをたしなむ殿方はいらっしゃいます。以前ほどの人気はないとしても」

「ああ、今はたばこのほうが好まれるからね。ハリソンの会社はそちらも製造して利益を上げているよ。土地を所有するジェントリになっても、うちの家族は積極的に商売に関わっていたようだ」

「自らの技能と努力で事業を成功させた殿方には、敬意しか感じません。領地の管理という上流階級《ジェンティール》の仕事と同じくらい専門知識が必要ですもの。男の方は職業につくかどうかではなく、人柄で判断されるべきです」

　フルリッジ氏が口元を緩めた。「実に寛容な考え方だね、ミス・ヘイスタリング」

「お子さまたちは今もグリーンランズで暮らしていらっしゃるのですか？」

「長男夫妻は。ジェフリーは将来引きつぐ土地の管理を学んでいるところだ。次男は法曹学院で法廷弁護士になる準備をしている。二人の娘は近くのジェントリと結婚しているよ」

「ロンドンはお好きですか？」

「領地は長男に任せられるので、社交シーズンをずっとここで過ごしているが、こんなことをするのは初めてだよ。正直に言うと、北部の山や湖や新鮮な空気のほうが私には合っているようだ。だが、妻を亡くしてもう何年にもなるので……また気の合う女性を探すのも悪くないと気づいたんだ。コンスタンスが伯爵夫人の友人だったのは幸運だった。夫人とレディ・マーガレットのおかげでロンドンへ来られたし、いろんな催しにも参加させてもらっている」

「レディ・マーガレットは優しい人なんです」イライザは微笑《ほほえ》んだ。「少し……おせっかいですけど」

　フルリッジ氏がふっと笑った。「確かに。だが、文句は言えないだろうね。君に紹介してもらったのだから」

イライザは顔を赤くして答えあぐねた。大げさな反応をして、彼に求婚されたがっていると思われるのはいやだった。

だが、フルリッジ氏の質問が彼女を窮地から救ってくれた。「今夜も君のピアノフォルテを聞かせてもらえるのかな？」

「ご要望があれば。目立つのはあまり好きではないんです」

「では、私が伯爵夫人に頼んでこよう」彼はまた自虐するような笑みを浮かべた。「そうすればこれ以上君に私と会話をさせる必要はなくなるからね」

「あなたとのおしゃべりは楽しいです」フルリッジ氏のそれとない申し出に嬉々《きき》として応じなかったからといって、彼と話すのがつまらないわけではないとわかってほしかった。「ロンドンに友人が増えるのはうれしいことです。私たち……友人どうしになれると思います」

今、言えるのはせいぜいこれくらいだ。イライザはフルリッジ氏には正直に接したいと思っていた。

彼はうなずいた。「友人というのはいい出発点だね。君のカップも返しておこうか？」

「お願いします」

フルリッジ氏は二人分のカップを戻し、伯爵夫人と話をしに行った。イライザは彼と話せてよかったと思っていたが、話が終わってほっとしているのもまた事実だった。

フルリッジ氏はやはり優しくて、気さくで、よく気がつく人だった。イライザをあまり追いこまないよう控えめに関心を伝え、彼女が居心地が悪くなる前に会話を終わらせてくれたのも、洗練された態度だった。これまでのところ、フルリッジ氏との未来の関係を絶つ理由はどこにも見当たらなかった。

彼と一緒にいたい、彼に触れられたいとは思わないとしても、もう二度と会いたくないとも思わない。

しばらくすると、伯爵夫人がイライザのもとにやってきてピアノフォルテを演奏してほしいと言った。フルリッジ氏が戻ってきて、また楽譜をめくる役を買ってでたので、イライザはその申し出を受けて楽器に近づいた。バランスを考え、明るい曲と皆がよく知るバラードを数曲ずつ演奏した。フルリッジ氏は自分には音楽の才能がまったくないと謙遜していたが実は美しい声の持ち主で、イライザのソプラノに合わせて何曲か歌った。

彼の視線がときおり首筋に触れる。楽譜をめくる手が彼女の手や肩に触れることもあり、フルリッジ氏が女性としてのイライザに魅力を感じていることが伝わってきた。

でも、私はそれに応えられるだろうか……。

イライザは音楽の中に逃げこんだ。この先の人生をどうするのか、次に何をするべきか、フルリッジ氏に希望を持たせるべきか、持たせるとしたらどれくらいなのか、その答えを出すのはあとにしよう。

「あの紳士はどうだった？」帰りの馬車の中で姉がきいてきた。「夫候補になりそう？」

「いやなところはまったくないわ。彼の家や家族のこともいろいろ教えてもらったけど、私とのことをどう考えているかまではわからなかったわ」

「でもまだ候補から外す気はないのね？」

イライザはとっさに〝ある〟と答えそうになるのを抑えた。「ええ、今はまだ。でも、先に進みたいという気持ちもないの。だから、晩餐には招待しないでね！」

姉は笑った。「それはまだ早すぎるけれど、ちょっと希望が見えた気分よ。去年はあなた、断る気のない男性に出会うところまでもいかなかったもの」

「結婚しようと思ったら、今いる数少ない候補について真剣に考えなくてはいけないのはわかっているわ。今確かなのは、ヘンリー・アルボーンは除外するということだけよ。一生彼とダンスをし続けるには、ドレスの裾も足も足りないもの」

姉がくすりと笑った。「アルボーンを外すのは賛成よ。求愛者が一人いただけでも進歩だわ」彼女は一瞬、間を置いた。「ストラサム卿はどうなの？」

イライザは希望がさざ波を立てるのを感じたが、まだそんなばかげた夢を捨てられずにいる自分に腹が立った。「彼が求婚することはないと、お互いわかっているでしょう。今は会いに来ていても、長くは続かないわ。ミス・イライザ・ヘイスタリングは未来の子爵の妻にはふさわしくないもの」

「ふさわしくはないけれど」姉はため息をついた。「まったく不適格というわけでもないわ。彼ほどの身分ではなくても、ジェントリの生まれなのだから。彼があなたに恋をして結婚せずにいられないというのなら、ロマンティックよね！」

「牛が月を飛び越えるならね」イライザは冷ややかに言った。「彼と会うのは楽しいわ。それはそう。これからも……しばらく楽しむつもりよ。でも、つかのまの楽しみなのはまちがいないわ。フルリッジさんが……最終的な答えなのかもしれない」

その答えには穏やかな熱意しか感じないとしても。でも、イライザはあの静かで控えめな紳士が好きだった。友情から始めた関係がもっと甘いものにならないとも限らない。彼女がストラサム卿に気をそらされなくなったら。

屋敷に帰り着いたイライザは、疲れた頭を枕に預けて考えた。フルリッジ氏について今すぐ結論を出さなくてもいいのがうれしい。それに、ストラサム卿とのピアノフォルテの練習が待ち遠しい。

16

三日後の朝、ジャイルズは机の前に座り、一緒にピアノフォルテの練習をしませんかというミス・ヘイスタリングの手紙を読み返した。了承の返事は出してある。机の上には彼の馬、ミッドナイトの木炭画が飾られていた。ミス・ヘイスタリングがペトラルカの詩集のお礼にと描いてくれたものだ。

彼女は馬の首筋の美しさや、抑制のきいた力強さを見事にとらえていた。ペトラルカの詩集は端麗な書物だったが、ミス・ヘイスタリングが描いた絵のほうがジャイルズには貴重に思えた。

彼はくすりと笑った。女性らしい刺繍《ししゅう》の作品でも陶器の皿に描いた花の絵でもないが。

ピアノフォルテの練習も、若い女性が紳士にする類いの誘いではない。どこかで演奏をするので聴きに来てほしいというのならわかる。だが、しくじったり汚い音を出したりするかもしれない練習を見に来てほしいという女性はいないだろう。ただ、今では、ミス・ヘイスタリングには予想外を予想するべきだとわかっていた。

馬車で走りさるミス・ヘイスタリングの姿を思いだす。あれには肝を冷やしたが、すぐに彼女が馬を易々《やすやす》と御していることに気づいた。最初の恐怖は、彼女をからかいたいという誘惑に屈した自分への叱責だったのだ。

そのあとの告白も予想外だった。恋人に裏切られたと聞いて怒りと深い同情を覚えたが……彼女は涙に暮れて運命を嘆くのではなく、自らの力で立ち直り、別の未来を思い描いてあの愛らしいハート型の顎を上げたのだ。

僕も彼女を見習って悲嘆を忘れるべきだろう。

ミス・ヘイスタリングの姉が彼女のことを〝男っぽい〟と評したという話を思いだし、ジャイルズは眉をひそめた。僕が彼女をどれほど美しくて魅力的だと思っているか伝えられたらよかったのだが。ミス・ヘイスタリングのそばにいると、茶色の瞳の深みに溺れ、キスをしたいという衝動を抑えるので精いっぱいになってしまうのだ。

あのときもキスをしたかった。君は男っぽくなんかないと伝えたかった。

ミス・ヘイスタリングがあんな回りくどい褒め言葉に喜んだのは、彼女がいかに見過ごされてきたかを証明している。社交界はミス・ヘイスタリングを正当に認めていないが、彼女は美しくて、有能で、特別な女性だ。僕がそう思っていることを、絶対に彼女にわかってもらわなくては。

ミス・ヘイスタリングは矛盾の固まりだ。たいていは優しいが、ときに激情をほとばしらせて暴挙に出る。社交界では目立たず、あまり知られていないのに、友人の輪の中でくつろいでいるときにはよく話し、相手を論破したりもする。夢を見るのは好きでも、自分の将来に向ける目は現実的だ。フェートンを御し、ピストルを撃ち、ペトラルカを訳す女性。子どもたちと公園で小舟をつつきながら船乗りの物語を紡ぐ人気者の叔母。

ジャイルズは顔をしかめた。初めて会ったとき、僕は彼女をずる賢くて、おそらくは悪巧みをしている、ごく普通の女性と思っていたのだ。

暖炉の上の時計が正時を告げ、彼は夢から覚めたようにびくっとした。すぐに出かけなければ、ミス・ヘイスタリングとの約束に遅れてしまう。

今日はどんな彼女が見つかるのか楽しみだ。

しばらくして、ジャイルズはブルック街にあるホリーハウスの正面階段を小走りに上り、執事に案内されて音楽室に入った。ミス・ヘイスタリングは音階の練習をしていた。メイドが窓際で繕い物をしている。ミス・ヘイスタリングが手を止めて微笑《ほほえ》んだ。

「いつもどおり早いお着きですね、男爵。すぐに始めますか？」

「連弾の練習の準備はできているが、君は先に独奏の練習がしたいのではないかい？」

「私の練習を聞きながら、暇をもてあまして親指を回すのはおいやでしょう？」

「僕はかまわないよ。君の練習を聴くのも楽しいはずだ」

「それでは、先に一人で練習させていただきます」

「どの曲にしたんだい？」

「届いたばかりの本に、弦楽器の曲をピアノフォルテ用に書き換えた楽譜がいくつか載っているんです。音階と音程の練習をしたあとに、何曲か通しで弾いてみて、チバートン夫人の会で演奏するのに向いている曲があるかどうか考えたいと思います」

「それは面白そうだ。ところで、僕たちの連弾の曲は選んでくれたかい？」

「シューベルトの《幻想曲》はどうかと思ったのですが、ご存じですか？」

「いや。独奏の練習後に弾いてみてくれるかな？」

ミス・ヘイスタリングがうなずいた。「できるだけ早くすませます」

「急ぐ必要はないよ」

ジャイルズはソファに座った。ミス・ヘイスタリングの集中力はすさまじく、彼が部屋にいることもすぐに忘れたようだったが、ジャイルズは満足だった。単なる音階のドリルではあるが、ミス・ヘイスタリングの集中力や、基礎練習さえ楽しむ姿や、繰り返されるさまざまなテンポや音量のおかげで、退屈することはなかった。

しばらくすると、彼女は本を開いて数曲弾いた。一曲弾くごとに手を止めてジャイルズに意見を求める。彼はいいと思ったもの中から一、二曲を推薦した。ミス・ヘイスタリングは同意してうなずくと、また楽器に向き直り、一曲ずつ入念に練習し始めた。最初はゆっくり弾き、しだいに速度を上げて、楽譜どおりにミスなく弾けるまで繰り返す。

練習は一時間以上に及んだが、ジャイルズは飽きることなく待ち続けた。ミス・ヘイスタリングが音楽に集中しているおかげで、ほかのときならぶしつけと思われるほどじっくり彼女を観察することができたからだ。

頬骨、小さな鼻、とがった顎のライン。ときおり眉間に皺《しわ》が寄り、舌がちらりとのぞき、唇が噛《か》まれる。そのすべてを指でなぞり、あの探求者の舌に自分の舌を触れあわせてみたい。ジャイルズの体の中に鈍い音が響いた。

ようやく彼女が鍵盤から手を上げた。肩を回し、暖炉の上の時計を見てはっと息をのむ。「ごめんなさい！　こんなに時間がたっていたなんて」

「かまわないよ。見るのも聴くのも楽しかった」それは事実だった。僕がどれほど楽しんだか、彼女にはわからないだろう。

ミス・ヘイスタリングはぱっと立ちあがって呼び鈴に手を伸ばした。「せめて紅茶をお出しします。連弾の練習をする時間はまだありますか？　私のせいでほかの予定に遅れるなんてよくありません」

「僕の午前中は君のものだよ」今、彼女のそばを離れる気はない。「紅茶をいただこう。それに、シューベルトの曲を聴かせてもらいたい」

二人はソファに座り、ミス・ヘイスタリングは執事が運んできた紅茶をついだ。「父はロンドンへ来るとよくアーガイルルームズにフィルハーモニック協会の演奏を聴きに行っていました」ジャイルズにカップを渡しながら言う。「ナッシュ氏の設計した美しい建物が焼けてしまったのは本当に残念です」

「ああ、まさしく。別の音楽ホールがすぐに建設されればいいのだが。父に言わせれば、当座はハノーバースクエアルームズで間に合うらしい」

「ご両親とよく演奏会に行かれたのですか？」

ジャイルズは苦笑した。両親がロンドンに来ても、彼はたいてい避けていた。ルシンダのご機嫌とりで忙しかったからだが、父はそれを嫌い、母は心配していた。「あまり。だが、メンデルスゾーンが自ら指揮をして《交響曲イタリア》をお披露目《ひろめ》した公演には行ったよ。母にどうしてもと言われてね。そう言ってくれた母には感謝している。本当にすばらしかったからね！」

「私も行きたかったですわ」

「フィルハーモニック協会の演奏会には行ったことがあるかい？」

「何度か、父がロンドンで用事があったときに。でもああいう重厚な公演は姉の好みではないので、この二年ほどは行っていません。私が特に好きだったのはベートーベンです。あとで父が彼の楽譜をいくつか買ってくれました」

「彼の曲は難しいが、すぐれた音楽家は才能に見合った曲に挑戦するべきだよ」

「愛する旋律と和音の曲に」

「自分の愛する美しさに浸るべきだね」ジャイルズは彼女を見つめて言った。君と過ごす時間のように。

ジャイルズは少し長く彼女を見つめすぎていたらしい。ミス・ヘイスタリングの顔が赤くなった。

「そろそろ連弾の練習を始めますか？」

「そうしよう」ピアノフォルテの長椅子に並んで座る準備はできている。彼女がいつもつけているラベンダーの香りが漂い、間近にある体の温かみが感じられるだろう。だが、それに反応してわき起こる感覚の手綱はしっかり握っておかなくては。

ジャイルズは長椅子に座った。一瞬目を閉じて、ほかの感覚器でミス・ヘイスタリングの近さを味わう。彼女が楽譜を開くと、ジャイルズはうなずいて準備はできていると伝えた。

ミス・ヘイスタリングほど没頭できなかったとしても、ジャイルズは彼女との練習を大いに楽しんだ。彼女がこのくらいでいいでしょうと言ったときには、すでにかなりの時間がたっていた。

「よかったんじゃないかな」ジャイルズはピアノフォルテの椅子から立ちあがって言った。

「チバートン夫人の次の音楽の会ですばらしい演奏ができそうですね。練習を手伝ってくださってありがとうございました」

「君には手伝いなど必要なかっただろうが、僕は楽しませてもらったよ」まだ帰る気になれず、ジャイルズは少し庭を歩かないかと持ちかけた。「極上の音楽のあとでは、馬に蹄鉄《ていてつ》をつけるなどつまらない仕事にしか思えないし、やる気が出ないんだ」

ミス・ヘイスタリングがくすくすと笑った。「それがあなたを待っている仕事なのですね？　私は姉につきあってドレスの丈の確認です」

「楽しめそうかい？」

「とても。生地に触れて質感を確かめたり色合いを比べたりするのは……」

「布地で絵を描くようなものだね？」

「そのとおりです」ミス・ヘイスタリングが少し驚いたように言った。

「それに、デザインを選ぶという作業もある。こちらも興味深そうだ」

ミス・ヘイスタリングがうれしそうにうなずいた。

「形やスタイルを選んで、生地の色や風合いと組みあわせると……。あなたはうなずくだけの男性ではなく、服づくりについて詳しいようですね」

仕立て屋に何度となく同行したからだと言いかけたが、ルシンダと過ごした時間について話す気にはなれなかった。彼はとっさにごまかした。「紳士服の生地や型の選択肢は多くないが、それでも自分で選ぶ余地は残されている」

「特に、ベストの色や生地ですね？」

「そのとおり」ジャイルズはさまざまな色や形のベストに突然、感謝したくなった。

「元々、仕立て屋の狭い店内に閉じこめられる前に、庭を歩こうと思っていたんです」ミス・ヘイスタリングが告白した。「一つの場所にあまり長く座っているのは苦手なものですから。上着とボンネットをとってきてもいいですか」

「ここで待っているよ」

ミス・ヘイスタリングがメイドを連れて急ぎ足で出ていくと、あとにラベンダーのかすかな香りが残った。

ジャイルズは窓辺に行き、庭に目を向けた。最初は静かで落ち着いた女性だと思ったが、今なら彼女がどれほど努力をしてその印象をつくっていたか想像がつく。見えないところで、彼女の活発で探索好きの知性が限りないエネルギーと結びついているのだ。出会ってから今までで、彼女に対する見方がずいぶん変わったが、これもその一つだった。

それでも彼女の準備の早さは変わらない。数分もすると、ミス・ヘイスタリングは散歩にふさわしい服装をして足早に戻ってきた。「行きましょうか」

彼女に腕をつかまれ、ジャイルズは吐息を押し戻した。メイドがついてきてくれるのはありがたい。おかげでキスしたいという募る思いをなんとか抑えられそうだ。

「屋内に長くいると、いらいらしてくるのかい？」屋敷を出て最初の小道を歩きながら、ジャイルズはきいた。

　ミス・ヘイスタリングがふうっと息を吐きだした。

「落ち着きがないのが私の欠点です。母のようになりたいのですが、あまりうまくいっているとは言えませんね。母は穏やかで、凛《りん》として、抑制がきいていて、とにかく完璧な女性なんです。姉たちは簡単に母のやり方を身につけたようでしたが、私には難しかったです。特に針仕事は苦手でした！　我慢できるあいだはして、限界がきたら子ども部屋に逃げていました。針で指を刺すより、妹たちを楽しませるほうがいいですもの。母はたいてい大目に見てくれました。私が行けば妹たちが喜ぶし、子守りもほかの仕事ができますから」

「積み木落としに駒遊びかな？」

「妹たちは人形をおとぎ話の登場人物に見立てて遊ぶのが好きでした。意地悪な継姉《ままあね》にいじめられているシンデレラが王子さまに助けられるとか、魔法をかけられた眠れる森の美女が王子さまのキスで目覚めるとか」彼女は茶目っ気たっぷりに笑った。「わかりました？　王子さまに助けられるお話がお気に入りなんです。弟が大きくなると、今度は人形のいくつかに男の子の服を着せて、海賊が王女さまをつかまえる話とか、レオニダス王がスパルタ軍を率いてテルモピレの隘路《あいろ》を塞いだ話をして遊びました」

　ミス・ヘイスタリングはくすっと笑った。「わらで馬をつくってティモシーの人形を中に入れ、トロイの襲撃ごっこをしたこともあるんですよ」

「君の勉強のおかげで妹たちや弟が楽しんだようだね。だが、本を読むには座っていなくてはいけないだろう？」

「それはまた別なんです。体は動いていなくても、脳は別の場所にいますから。古代ギリシアや、包囲されたトロイや、ペルシアの戦場に。でもこういった物語の中で旅をするのはいつも殿方で、ちょっと不公平だと思います。妻のほうは、家に残って求愛者たちを拒み続けたペネロペーや、賭けの対象にされた哀れなヘレンや、不吉な運命の予言者カサンドラのような人たちばかりです。私はアマゾン族の話が好きだわ」

「フェートンを乗りこなし、ピストルをぶっ放す女性だからね。想像には難くない」

「あなたはあまり本を読まないそうですが、外遊びをするときはお姉さんや妹さんも一緒でしたか？」

「いや。彼女たちは家で人形遊びや、刺繍や、陶器の絵つけをしていたよ。僕は勉強部屋につながれていない限り、馬に乗ったり、犬を連れて狩りに行ったり、野原を歩いたり、釣りをしたりしていた。もちろん父と馬で領地を巡り、牧畜や農業や有能な領主に必要な心得の基礎も学んでいたが」

「夜はどうですか？　お父さまの話では、ご家族はみなさん音楽がお好きだとか」

「そのとおりだよ。姉や妹たちも楽器を弾く。母が教えてくれたんだ。君のお母さんの話を聞いていると、二人は似ていたんじゃないかという気がするよ。凛としていて才能豊かで」彼はいつもの悲しみを感じた。「母の監督のもとで日々の暮らしは滞りなく行われていたから、それがどれだけ大変なことか僕はまったく知らなかった。母が亡くなるまでは。ああ、うちの家政婦は優秀で食事はきちんと用意され、部屋はいつも整っている。だが、その中心にあるはずの何かが……欠けているんだ。

父がロンドンに来たのはそのせいではないかと僕は思っている。両親はあまりロンドンで過ごさなかったので、母の不在をそれほど感じなくてすむのかもしれない」ジャイルズはミス・ヘイスタリングを見て微笑んだ。「母が生きていたら、君のことが好きになっていたと思うよ」

「こんなに欠点だらけなのに？」彼女は首をふった。

「お母さまは模範的な令嬢がお好きだと思います。教養があって上品で、有能な主婦兼洗練された女主人になれる女性が」

「君も教養がある」

彼女は肩をすくめた。「いくらかは。でも……私の刺繍を一目見たら、きついお叱りの言葉を添えて家庭教師に送り返されるでしょうね」

「君の音楽を聴いたら許していたと思うよ」彼はため息をついた。「母のピアノフォルテを聴きたいよ。ほかのいろんなことも……」いつまでも消えない悲しみが胸をしめつけ、ジャイルズの言葉がとぎれた。

「お母さまを亡くすのはとても悲しいし、つらいですよね」ミス・ヘイスタリングがジャイルズの腕にそっと手を置いた。

「ああ。今でもそうだよ」彼女の黒っぽい瞳を見下ろすと、一緒に悲しんでくれているのがわかり、ジャイルズは心を動かされた。だがやがて、ミス・ヘイスタリングの手が触れている肌がじりじりし始め、さっきまでくすぶっていた情熱が炎となって燃えあがった。彼女の瞳を見つめていると、その中で同情が欲望に変わった瞬間がわかった。

ジャイルズはミス・ヘイスタリングの腕をつかむと、小道のカーブの向こうまで引っぱっていき、少し離れて歩いているメイドの目から逃れた。

「わかってくれてありがとう」彼は小声で言うと同時にキスをした。

素早くそっとキスするつもりだった。唇と唇を軽く触れあわせるだけのキスを。ミス・ヘイスタリングは無垢《むく》な女性だ。激情をあらわにして警戒させたくはない。

ミス・ヘイスタリングが息をのんだので、ジャイルズはキスをやめようとした。だが彼女は顔を上げ、腕をジャイルズの首に回してきた。

それは拒みようのない誘いだった。ジャイルズはすぐに唇を強く押しつけ、彼女を抱きよせた。舌で彼女の口をなぞると、その口から驚きのあえぎがもれ、彼はようやく抱擁をほどいた。

「まあ！」ミス・ヘイスタリングが赤くなった唇に指をあててジャイルズを見上げる。黒っぽい目は大きく見ひらかれていた。

「いい〝まあ〟だろうか？　それとも悪い〝まあ〟かな？」すぐに謝らなくてはと思いつつ、ジャイルズはきいた。

それに答える代わりに、ミス・ヘイスタリングは彼を引きよせてまたキスをした。

今度はジャイルズの舌に探られて、彼女は自ら口を開いた。ジャイルズは舌をさしいれ、彼女の舌を探した。戯れのダンスをしていると、血管が脈打ち、欲望の炎が液体と化して全身を巡る。ミス・ヘイスタリングの胸に手を下ろそうとして、彼は初めて我に返った。

二人はいつまでも身じろぎ一つせず立ちつくしていた。聞こえるのは激しい息遣いの音だけだ。「勝手なことをしたと僕を責めてくれていいよ」彼はしばらくして言った。

「あるいは、あなたが私を責めるべきかもしれません。二度目は私からあなたにキスしたんですもの。ああ、でも、あなたはジョージより何倍もお上手でした！」

ジャイルズの笑い声が官能の緊張を破った。ミス・ヘイスタリングは彼が思うほど無垢ではなかったらしい。だが、それも納得がいく。慣習にとらわれない彼女は――その情熱の埋蔵量はまだ探り始めたばかりだが――ジョージを愛していると思えば、ためらいはしないだろう。ジャイルズは不快な何かが胸を刺すのを感じた。嫉妬か？

何年も前に彼女を虜《とりこ》にしていた男に嫌悪感を抱くなど、どうかしている。僕は今ここにいるのに。

「合格をもらえてよかったよ」

ミス・ヘイスタリングが眉をひそめた。「私は厚かましいあなたの頬をぴしゃりとたたくべきだったのでしょうね。経験がほとんどないので、キスの作法がよくわかっていないんです。でも、交際も婚約もしていない紳士にキスをするのは、絶対に許されないですよね」

「僕がきちんとした令嬢にキスをするのも絶対に許されないよ。そうしたければ頬をたたいてくれていいが、僕はキスしたことを後悔はしていない」

「もう一度キスしてほしいと思っているくらいなのに、あなたの頬をたたくだなんて」

ああ、本当にそうできたら！ 「二度目のキスはいい考えとは言えないだろうね」

「ええ、たぶん」ミス・ヘイスタリングはちょっと笑った。「私の名前に傷がついてしまいます」

「誰かに見つかればね。だが、僕は誰にも話さないよ。君が話さないなら」

ミス・ヘイスタリングが目を輝かせた。「では、これは私たちの秘密ということですね。でも、私にはあなたの助けが必要です」

「どんな？」

「またあなたにキスしそうな私を止めてください。そうしたくてたまらないから」

ジャイルズを止められるものはもう何もなかった。キスをせずにはいられない。さっきよりも激しく彼女の唇を探らずにはいられなかった。なんとか自制心は保ったが、血が激流となり、こんなことはどうかしていると脳が警告し、やっとキスをやめたあとも、さらに求めずにはいられなかった。

ミス・ヘイスタリングは焦点の合わない目で彼を見上げた。唇は湿り気を帯びて赤くなっていた。

「すてき！」かすれた声で言う。「女性が高級売春婦になる理由が今やっとわかりました。こんなふうに楽しむためだったんだわ！　でも、彼女たちだっていつも魅力的で若い男性にキスできるわけではないですよね。裕福な老人の相手をしなくてはいけないときもあるでしょう」

最初は驚いたジャイルズだったが、笑わずにはいられなかった。「君はとんでもない女性だな！」

「どうしてですか？　思ったことを話しているだけです。でもこれも、きちんとした令嬢が口にすることではないのでしょうね？」

「当然だ！」

「古典文学を読むせいだと思います。母はいつも道徳的でないと言っていました。神と女神が戯れたり、女性が拐《かどわ》かされて襲われたり、半身半魚の妖精が妻のいる男性を岩場に誘いこんだりしますから」

ミス・ヘイスタリングが真剣に言うので、ジャイルズは噴きだしそうになった。「確かに、牧師の娘には向かないだろうね。無邪気な姪《めい》や甥《おい》にする話でもなさそうだ」

「そんなことしませんわ！　姉にどれだけ叱られるか。姉といえば、そろそろ正午ではありませんか？　病気のお友だちのところからもう帰ってくるはずです。家に戻って、またきちんとしなくちゃ」彼女はいたずらっぽく笑った。「もうキスはなしですよ」そう言って警告するように指をふった。

ジャイルズはその指をつかんで唇を押しあてた。「本当にそれでいいのかい？」

ミス・ヘイスタリングがため息をつく。「まさか。でも、なるべくお行儀よくするつもりです」

離れて歩いていたメイドが追いついてきたので、三人は小道を離れて両開きの扉から客間に入り、そこから玄関ホールへ行った。

「ここでお別れします。部屋に戻って着替えなくてはいけませんので」その口調から聞きとれる不本意さはジャイルズの気持ちと同じだった。

「今度はいつ会える？」

「ナイトリー＝キング卿《きょう》夫人の舞踏会でしょうか」

「きっと行くよ」

「ピアノフォルテの練習につきあってくださり、改めてお礼を申しあげます」

「また君と演奏できるのを楽しみにしているよ」

君と一緒にできることはなんでも楽しみだ。階段を上っていくミス・ヘイスタリングを見送りながら、ジャイルズは心の中でつけたした。

彼は帽子と杖《つえ》を受けとり、上機嫌でタウンハウスの階段を下りた。さっきのキスのおかげで五感はまだわきたっている。あのキスの奥には、完全な目覚めを待つ情熱が確かにあった。

ミス・ヘイスタリングに過度な貞操感はない。率直に欲望を認めるだけだ。

自分のことをありきたりな女性と言い、普通の妻、普通の母になりたいと言っていたが、彼女にはありきたりなところなど何もない。彼女は立派な母親になるだろう。すばらしい妻になるのもまちがいない。子どもたちは彼女のお話を聞いてすくすく育ち、家事は効率よくこなされ、家族や客は彼女の知性と芸術の才を楽しむだろう。田園を愛する彼女は、田舎紳士の理想的な妻になるだろう。

ジャイルズ自身も田舎紳士で、いつかは妻を必要とする身だった。彼女は完璧な選択肢なのでは？

まだ答えを出す準備はできていない。だが、ある限りの時間を使って可能性を探る準備はできていた。ナイトリー＝キング卿夫人の舞踏会が楽しみだった。ミス・ヘイスタリングが彼にキスしそうになるのを止めるのが……。

だが、僕が彼女にキスしたくなったときは誰が止めてくれるのだろう？

17

舞踏会の夜、ミス・ヘイスタリングの一行が到着したときにすれ違うのを避けるため、ジャイルズは会場がこみ始める前にナイトリー＝キング卿《きょう》のタウンハウスの前で馬車を降りた。

また彼女と話せると思うと楽しみでならなかった。ただ、彼女に触れずにいる自信がなかったので、こんだ舞踏室で会えるのは好都合だった。これなら二人きりになる機会は限られる。ジャイルズがキスをしたいと思っているのと同じくらいミス・ヘイスタリングもキスされたいと思っていることがわかっているだけに、求婚する覚悟ができるまでは、キスにふけるのも、それ以上なれなれしくするのも恥ずべきことだと自戒が必要だった。

最低でも一度のワルツは確保するつもりだ。キスができないなら、せめて人前でできる一番抱擁に近い形で彼女とフロアを回り、自分を慰めたい。だが、さすがに三度のワルツはまずいだろう。ジャイルズがチバートン夫人の音楽の会で彼女に連弾を求めて関心を示したことは、すでに噂《うわさ》と詮索を呼んでいる。ミス・ヘイスタリングに悪辣な言葉が浴びせられるのは本意ではない。音楽の会の翌日に聞いたアンダーソン夫人の言葉を、彼はまだ覚えていた。

だが今夜は他人のことなどどうでもいい。ミス・ヘイスタリングとのダンスと会話を楽しむのだ。

ミス・ヘイスタリングとレディ・マーガレットと伯爵夫人が部屋に入ってきた。脚が勝手に動き、ジャイルズを三人のもとへ運んでいく。同じく彼女たちに近づいてくるアサートン伯爵の姿が見えた。

そのとき、ミス・ヘイスタリングがふりむいた。

ジャイルズを見てぱっと顔を輝かせ、優しい笑みを浮かべる。彼は舞いあがった。ついに心を揺るがすあのまばゆい笑みを手に入れたのだ。初めて会った夜、彼女がフルリッジに向けたあの笑みを。だがこの先は、僕以外の男に向けないでほしいと、ジャイルズは勝手なことを考えた。

ジャイルズとアサートンが三人のそばにたどりつき、皆はお辞儀や挨拶を交わした。

アサートンがすぐにレディ・マーガレットと話し始めてくれたのはありがたかった。伯爵夫人がほかの友人に連れていかれると、ジャイルズはミス・ヘイスタリングをほぼ独占することができた。だが、二日も待ち続けていた瞬間がやっと訪れたというのに、秘密のキスが二人のあいだできらめくのを感じて急にどぎまぎし始めた。

「元気かい？　今夜の君はきれいだ」彼が言えたのはそれだけだった。

「元気です。姉は軽い風邪をひいて家にいますけれど。男爵もお元気ですか？」

「この上なく」

どちらも口がうまく動かず、しばらくはただ見つめあっていた。二人のあいだの空気は言葉にされない思いであふれ返っていたが、突然、ミス・ヘイスタリングが笑い声を響かせて緊張感を破った。

「こんなにぎくしゃくするとわかっていたら、キスなんてしなかったのに」小声でそっと言う。

ジャイルズも口元をほころばせた。「だったら、そのことは忘れて僕たちらしくやろう」

「ええ、私たちらしくしましょう。でも、忘れるつもりはありません」

「それは僕だって同じだ」むしろ今すぐ、何度も繰り返したいくらいだ。「次の音楽の会に向けてもう少し練習するかい？　あと数日しかないが、午前中に練習の予定を入れることはできるよ」

「もう大丈夫だと思います。姉の看病もありますし。今日も家にいようかと思ったのですが、姉がどうしても行きなさいと言うものですから……。それに私が舞踏会に来なかったら、先日のことを後悔しているとあなたに思われるのではないかと心配だったんです」

彼女はキスのことを言っているのだ。あのせいで二人の関係は確かに複雑になったが、ジャイルズも後悔はしていなかった。

「ミス・ヘイスタリング、とてもきれいだよ！　こんばんは、ストラサム卿」

「フルリッジさん」ミス・ヘイスタリングとの二人きりの会話に邪魔が入り、ジャイルズはむっとした。

フルリッジがお辞儀をした。「あとで私と踊ってもらえるかな？」

「もちろんです」

「レディ・マーガレットと伯爵夫人に挨拶をしてくるが、また戻ってくるよ」そう言うと再びお辞儀をして去っていった。

「僕とも踊ってくれなくては」ジャイルズは言った。

「ワルツでしたら」ミス・ヘイスタリングが瞳をいたずらっぽく輝かせて答えた。

「もちろんだとも」

二人きりの会話はそれで終わった。レディ・マーガレットがアサートンとの会話に二人を引きこんだからだ。ジャイルズにとって幸運だったのは、三曲待っただけでワルツの順番が回ってきたことだった。

「僕たちのダンスの曲だ」ジャイルズが言うと、ミス・ヘイスタリングはうなずいて彼の腕に手を添えた。早く彼女の腰と肩に触れたくて、ジャイルズはフロアへ急いだ。

それは予想どおり至福の時間だった。ミス・ヘイスタリングの温かい腰、ジャイルズの手の下で燃える彼女の手。二人が回ると上半身が近づいて触れ、火花が散るような衝撃が走る。さらに彼女を抱きよせて旋回すると、部屋は色と形が入り乱れる万華鏡となり、はっきりと見えるのはこちらを見上げるミス・ヘイスタリングの顔だけになった。

ジャイルズはすっかり恍惚《こうこつ》となり、曲が止まったのも気づかないほどだった。

しばらくしてミス・ヘイスタリングに手を引っぱられ、魔法が解けた。「もう戻らなくては」

ジャイルズははっとした。人々の声や動きが意識の中に入りこんでくる。まだフロアの中央に立つ二人に視線が注がれていた。「どうしても？」

「ええ」

「しかたがない」

フロアから離れようとしているとフルリッジがやってきた。「このワルツを君と踊りたかったのだが、君を見つけたときにはすでにストラサム卿とフロアに向かっていたんだ」彼は恨めしげな視線をジャイルズのほうに送った。「代わりに次の曲を踊ってくれるかい？　できれば、あとでワルツも」

ミス・ヘイスタリングがジャイルズのほうをふり返り、あの温かくて特別な笑みを向けてきた。「フルリッジさんとの約束を守らなくては」

「もう一曲僕と踊ると約束してくれるなら」

ミス・ヘイスタリングはうなずき、フルリッジに手をさしだした。ジャイルズは、年上の男が彼女を連れさりフロアで位置につくのを目で追った。すると、部屋の反対側からこちらをじっと見る、艶《あで》やかで美しい金髪の女性が視界に入った。

不快な衝撃が彼の全身を揺さぶった。ルシンダがこんなところで何をしている？

お気に入りの名家出身の政治家が主催者でない限り、彼女が普通の舞踏会に姿を現すことはない。それなのに、なぜ？　そのときルシンダがジャイルズのほうに向かって歩き始めた。

パニックのようなものが彼の体を冷たくした。ミス・ヘイスタリングにルシンダの話をしたことはない。話す理由がなかったからだ——今はまだ。期待どおりに二人の関係が進展すれば、いずれは以前の恋人について話す必要も生じるだろうが。

だが、眼力の鋭いルシンダのことだ。さっきのワルツのあいだも舞踏室にいたなら、ミス・ヘイスタリングと踊るジャイルズを見て、どれほどパートナーに夢中か気づいただろう。

このカントリーダンスが終わり、フルリッジがミス・ヘイスタリングを連れてフロアを離れる前に、ルシンダを止めなくてはならない。彼女ならミス・ヘイスタリングに近づいて自ら自己紹介し、ジャイルズとの過去の関係を暴露しかねなかった。

そして的を射た言葉二、三語で、ジャイルズが思い描き始めたイライザ・ヘイスタリングとの未来を、それが始まる前にぶち壊すだろう。

「ジャイルズ、ダーリン、会いたかったわ」ルシンダが抑えた声で言った。「二週間ぶりね」

「そうかな？」

ルシンダはすねたような顔をした。「数えていないの？　私は数えているわよ」ダンスフロアを見やり、ミス・ヘイスタリングのほうに思わせぶりな目を向ける。「今夜のあなたはダンスをしたい気分のようだから、次の曲は私といかが？」

彼女に騒ぎを起こされたくないなら踊るべきだろう。踊っているあいだに、彼女を帰らせる方法を思いつくかもしれない。「君が踊りたがるなんて珍しいな。少なくとも、こんな一介の女主人が主催する舞踏会ではありえないことだ。君の好きな超一流のエリートたちの集まりでもないのに」

「大好きな人が会いに来てくれないなら、私から探しに行くしかないでしょう。いろいろ調べてやっとここを見つけたのよ」

二人の関係は終わったと告げたはずだ。ルシンダが懇願しようと怒ろうと、僕は揺らがなかったはずだ。ジャイルズの中に怒りがこみあげた。ルシンダは笑いながら僕の決心を無視している。そしてわざわざ僕を探しだし、彼女のいないところで歩き始めた新しい道を壊そうとしている。

それとも、僕はルシンダの言いなりになるのをやめて初めて彼女に必要な人間になれたのか？

音楽が終わると、フルリッジがミス・ヘイスタリングをエスコートして軽食室へ向かった。ルシンダの求めに応じてダンスをするあいだ、二人がそこにいてくれたら助かるのだがとジャイルズは考えた。そうすれば、ダンスをしながらルシンダに二人の関係は終わったともう一度伝え、彼女を送りだすことができるかもしれない。騒ぎを起こすことなく。ミス・ヘイスタリングへの愛情を深める機会を失うことなく。それがこの先の幸福の鍵となるはずだと、彼は信じるようになっていた。

次の曲が始まりますので皆さまどうぞフロアへと進行役が促した。ジャイルズはしぶしぶルシンダとフロアへ向かった。次はふりつけの決まったダンスで、ずっとルシンダと向かいあうわけではないが、会話はいくらかできるはずだった。一語もむだにせず伝えるべきことを伝えなくてはならない。

「この二週間、どうしていたの？」音楽が始まるのを待ちながらルシンダが言った。「さっきワルツを踊っていたさえない女性にダンスをサービスしていたのでなければいいのだけど」

「二週間前の僕の話をちゃんと聞いていれば、僕が何をしようと君には関係ないとわかるはずだ」

「別の女性に関心を向けて私を罰しようとしているのはわかるけど……それが彼女なの？　しがない牧師のしがない娘でしょ？　あんな……魅力も何もな

い女性を選んで私を怒らせようとしているの？」

ルシンダがミス・ヘイスタリングの素性をすでに知っていることにジャイルズは警戒感を抱いたが、鼻であしらうような傲慢な態度は彼の怒りをあおった。「君はいつもそんなふうにほかの女性を悪く言っていたかな？　確かに、君はこの部屋で最も美しい。だが、それ以外に何がある？　ピアノは弾くかい？　歌はどうだい？　誰かのために骨を折ったりできるかい？」

「骨を折る？　どういう意味？」

「ああ、病気の友人を訪ねたり、具合の悪い子どもの看病をしたりすることだよ」

ルシンダは眉をひそめた。「冗談でしょ？　病気の友人は静かに休みたいはずよ。具合の悪い子どもには看病をする使用人がいる。それが彼女のしていることなの？　友人を見舞って子どもをあやしているの？」ルシンダが笑ったとき、二人のポジションが離れたので、ジャイルズはしばらくかけて怒りを——彼女を黙らせたいという衝動を——しずめることができた。

「あなたの好みがそんな家庭的な女性になるとは思わなかったわ」再び向きあうと、ルシンダが言った。

「そうだろうとも」

「失礼ながら、私の屋敷はすばらしく管理が行き届いているわ。あなたもご存じのとおりね！」

「管理しているのは家政婦だ」

「それが彼女の仕事でしょ。なんなの？　私にエプロンをつけさせたいの？　書斎の埃《ほこり》を払って、朝食の卵料理や腎臓料理をつくれというの？」

「やれと言われてもできないだろう？」

「ばかばかしい、こんな会話。私が……いい気になっていたのは認めるわ。あなたの愛情を当然のものと思ってた。会えなくてどれほど寂しかったか……あなたにはわからないでしょうね。今度ばかりは私がまちがっていたと学んだの。本当よ！　私たち、またやり直せるわよね？　こんなに長い時間一緒に過ごしてきたのに、全部捨てられるの？」

ジャイルズはため息をついた。「君の家で僕が言ったことを覚えていないのかい？　君の仲間や外交家のもとへ戻るんだ。それは僕の世界ではないし、自分の領地を管理するだけの男は君には向かない」

「あなたにはあのなんのとりえもない子が向いているというの？　一月で飽きるに決まっているわ」

ジャイルズは必死に癇癪《かんしゃく》を抑えた。「君は僕の言うことは全部無視して、僕が尊敬する女性をけなすと決めているようだから、これ以上話すことはない。この曲が終わったら、出口まで送っていこう」

「ジャイルズ！　本気じゃないわよね」

ルシンダは彼をにらみつけた。その目には涙が光っていたが、ジャイルズが本当にもう何も言わないつもりだと気づくと、むっと口を結んだ。二人は曲の最後の部分を無言で踊った。

音楽が終わると、ジャイルズはすぐさまルシンダの腕を強くつかみ、舞踏室の出口へ向かった。

「かつて僕と過ごした時間を少しでも大切に思っているなら、静かに帰ってくれ。僕に――あるいは君自身に――恥をかかせないでほしい。エヴァンズ卿夫人は男のことで騒ぎたてたりしない。そうだろう？　指を鳴らすだけでどんな男も意のままの美女だろう？　その幻想を台無しにしたくないはずだ」

ルシンダは怒りの炎を燃やしていたが、幸いなことに自尊心が勝り、ジャイルズにつきそわれて外へ出た。エヴァンズ卿夫人が男に追いすがったなどと噂が立つことは絶対に許さないのだろう。

ジャイルズは玄関の間まで来てようやく足を止め、ルシンダのケープをとってくるよう執事に指示した。彼女が何か言おうとしたので、手を上げて制した。

「僕は君を傷つけたいわけじゃない。だが、二週間前に君を訪ねてから何も変わっていないんだ。君は美しくて、魅力的で、誰もが求める女性だ。それが事実のあいだに人生を謳歌するといい――ほかの誰かと。さよなら、ルシンダ」最後のお辞儀をすると、ジャイルズは彼女に背中を向け、大股で舞踏室に戻っていった。

動揺が激しすぎて手が震え、誰とも話せそうになかったので、足早に部屋を抜けて外へ出た。

無人のテラスをうろうろと歩き続け、しばらくして気持ちが落ち着いてくると、この動揺が怒りではなくむしろ胸の痛みから来ていることに気づいた。

ルシンダを失ったことが苦しいのではない。彼女が自分の未来に干渉してくることが心配なのだ。ルシンダが彼女自身しか見ていないのは知っていた。あれほど美しく、どこに行っても賞賛されればそれもしかたのないことだと思っていた。だが、他人に対してあれほど不寛容になれる女性だったとは。

ミス・ヘイスタリングが他人の長所に目を向けたいと言っていたことを思いだす。社交界のダイヤと壁の花。これほど違う二人の女性がいるだろうか？

ルシンダは通りの屋台で売っている美しいけれど安物の装飾品だ。けばけばしい光で通行人を引きつけるが、その派手な表面の下には何もない。薄い錫《すず》のめっきが施してあるだけだ。

一方、ミス・ヘイスタリングは精錬されていない金だ。外見の美しさではルシンダに劣るが、芯の芯まで貴重だ。

父はなんと言っていた？　人はいずれ美よりも大事な資質があると気づく、長い年月にわたって人間関係を支えるのは優しさや思いやりや思慮のような美徳だと。ミス・ヘイスタリングはそんな硬質な金を持つ女性だとジャイルズは今、確信していた。

両開きの扉越しに舞踏室を見ると、ミス・ヘイスタリングがフルリッジと二度目のダンスを踊っていた。彼女の優れた資質に気づいているのはジャイルズだけではないようだ。彼女を手に入れたければ、急いだほうがいい。フルリッジのような男が宝石のごとき彼女に気づいてさらっていく前に。

　そのしばらく前、イライザはマギーとアサートン卿とフルリッジ氏と一緒に軽食室から舞踏室に戻ってきた。アサートン卿がチェスタートン卿夫人と踊る約束をしているからと去っていき、フルリッジ氏も次のダンスの約束があるという。「だが、またあとで一曲踊ってもらえるかな、ミス・ヘイスタリング？」

「喜んで」イライザは反射的に答えたが……すでにその目はストラサム卿を探していた。軽食室にもいなかったけれど、もう帰ってしまったのだろうか？

　そのとき、見たこともない金髪の美女と踊る彼の姿が目に留まった。イライザはみるみる気持ちが沈むのを感じながら、マギーの腕に触れた。

「ストラサム卿のお相手は誰かしら？」

　マギーは件《くだん》の二人のほうを見て眉を上げた。「エヴァンズ卿夫人！　まだ若いけれどとても裕福な准男爵の寡婦で、夫の死後ロンドンに戻ってきて以来、美の頂点に君臨している女性よ。政界の人気者で、メルバーンの戯れのお相手の一人だとか。つきあうのは枢密院の顧問官や高等法院の高官ばかりで、こんな普通の集まりにはめったに顔を出さないの。若いヴィクトリア王女が王座に就くときは女官に指名されるのではないかと噂されているわ」

「ストラサム卿ととても……仲がよさそうね」

　マギーは笑った。「もう何年も彼に追いかけさせては楽しんでいるのよ！」彼女はイライザを心配そうに見やった。「最近、あなたが何度かストラサム卿と踊ったのは知っているけれど……彼に特別な好意を抱いてはだめよ！　彼は、私がずっとあなたに注意してと言っている、お金持ちで傲慢な貴族だわ。それに、エヴァンズ卿夫人ともずっと親密な関係なの。喧嘩《けんか》しては別れ、喧嘩しては別れ、でも結局、彼は夫人のもとに戻っていくのよ。今、彼らが踊っているダンスのようにね！　二人のダンスはずっと続いていくのではないかしら。ストラサム卿が別の女性と結婚したとしても。結局のところ、彼のような身分の男性で妻に忠実な人なんてほとんどいないわ。私の立派な父親を見ればわかるでしょう」

　イライザの全身が熱くなった。ストラサム卿とどれほど頻繁に会っているかマギーに話していなくてよかった。ダンスの流れの中で離れていたエヴァンズ卿夫人とストラサム卿がまた向かいあうのをイライザはじっと見ていた。夫人が長いまつげの下からストラサム卿を見上げて微笑《ほほえ》み、彼の腕を少し強くつかんで、少し近くに引き寄せる。

　イライザは耐えられなくなって目を背けた。喉にいやな味がこみあげてきた。

　だがそのうちに、全身が怒りの炎に包まれ、吐き気までも焼きつくした。

　私はなんて愚かなの。そこそこ魅力的な牧師の娘と子爵の跡取りのあいだに真剣な何かが生まれるかもしれないと夢を見るなんて！

　イライザはストラサム卿とエヴァンズ卿夫人に無理やり視線を戻した。エヴァンズ卿夫人の踊りは優雅だった。ストラサム卿だけでなく、踊っていない紳士全員の――そして踊っている紳士の多くの――視線を集めていた。出会う男性すべてを操り人形のように動かせる女性なのだ。

　そしてストラサム卿もまちがいなく、彼女のリズムに合わせて踊っている。

　でも、それは私には関係のないこと。美しいエヴァンズ卿夫人と踊るストラサム卿を見てわかった。私と彼のあいだに気楽な友情以外の何かが生まれることはない。彼がピアノフォルテの連弾や公園での乗馬を楽しんだとしても、二人はただ気が合うだけの……仲間でしかない。私は彼の妹のようなものなのだ。

　イライザはチバートン夫人の音楽の会のことを思いだした。ストラサム卿に手紙を送って連弾はやめると伝えたかったが、彼との本当の関係を示すいい機会だと考え直した。共通の関心を持ち、時には戯れたりキスしたりもするけれど、長続きはしない気楽な関係だと。愚かな夢は捨て、この先は彼のことを楽しい友人としか考えないわ。

　長くそう言い続ければ、いつかは吐き気同様すべての感覚が消え、安らかな日々が戻ってくるだろう。

　ダンスが終わろうとしている。イライザは音楽がずっと続いてくれればいいと思った。彼女が見つめていることをストラサム卿に気づかれたくなかった。

　彼女はマギーの腕に触れた。「ちょっとパンチを飲みすぎたみたい。少し控え室で休んでくるわね」

「私も行くわ。アサートン卿もフルリッジさんも次のダンスの約束があるみたいだし」マギーはイライザの腕に腕を絡ませて歩き始めた。

「少し疲れたみたいなの」イライザは友人に言った。「今日は早めに帰ってもいいかしら」

　マギーが足を止めて心配そうな顔をした。「大丈夫？　病気ではないわよね？　子どもたちと遊んでいると、何かをうつされたりするでしょう？」

　友人がいい口実をつくってくれたことに感謝しながら、イライザは答えた。「大丈夫よ。でも確かに、今日の午後、子どもたちとかなり長い時間遊んだの。気づかないうちにかなり疲れていたのね」

「わかったわ。フルリッジさんと約束したダンスは踊らなくてはいけないけれど、それが終わったら帰りましょう」

「本当にかまわない？」

マギーがイライザの手をぎゅっと握った。「かまわないに決まっているでしょう。舞踏会はこの先もなくならないわ。それに、母がフルリッジさんを招いてまた晩餐会《ばんさんかい》を開くことは知っているわよね？　彼と親しくなる機会はまだあるわ」そこで一瞬間を置いて続けた。「彼と親しくしたいかどうか、もう決めたの？」

「よくわからないの――まだ。でも、彼が一番魅力的な候補者であることは確かだわ」

「よかった。私は彼が好きよ。あなたも彼のことを自分にふさわしい人だと思ってくれればいいのだけど」

「まだ結婚式の準備はしないでね」イライザは釘《くぎ》を刺した。

「あなたの式の準備はあなたにさせてあげるわ。せかしたりもしないし――それほどは。私はあなたの幸せを願っているだけだとわかってるでしょう？」

二人は婦人用の控え室に着き、話はそこで終わった。イライザは冷たい水を――冷たい現実という平手打ちを――顔に浴びせたかった。できるだけ早く平静をとり戻さなくては、ストラサム卿とエヴァンズ卿夫人を見てどれほど動揺しているか、鋭い友人に気づかれてしまう。

動揺するのがおかしいのだとしても。あんなにハンサムで圧倒的で良家の生まれの男性にはたくさんの崇拝者がいて当然だし、過去にほかの女性を崇拝していたとしてもおかしくはない。そう、その冷たい現実が、彼女に必要なものだった。

フルリッジさんと約束したダンスを踊ったら、できるだけ早く帰ろう。でもその前にストラサム卿と鉢合わせする可能性はある。あとでもう一曲踊ってほしいと言っていたから。

断ったら、彼は何かがおかしいと気づくはずだ。鋭い人だし、私はそれほどごまかすのが得意ではないから。でも、彼とエヴァンズ卿夫人を見て動揺していることは絶対に知られたくない。それならば、マギーに知られるほうがまだましだ。

　つまり、踊らなければならないなら踊るだけということだ。でも、ワルツは踊らない。ストラサム卿とあんなに近づくなんて無理だ。彼に惹《ひ》かれる気持ちに負けて、浸るべきでない親密感に浸ってしまうだろう。あのキスも彼にとっては戯れのダンスと同じ意味しかなかったのだと今ならわかる。

　イライザは男女の戯れのゲームのしかたを知らないし、知りたいとも思っていなかった。

　それよりも、未来に向かって進む方法について真剣に学ぶほうがいい。そうすれば、ストラサム卿はすぐにも楽しい記憶になるはずだ。

18

　一週間後、イライザは姉のメイドの手を借りて馬車用のドレスに着替えていた。あれからストラサム卿《きょう》とダンスこそしなかったものの、和やかに話をしてナイトリー＝キング卿《きょう》夫人のタウンハウスをあとにすることができた。チバートン夫人の音楽の会では、彼と友人でいる〝練習〟と考えて一つの長椅子に座り、連弾をした。ストラサム卿の見事な運指や、機知に富んだ会話や、存在そのものを楽しむことに意識を集中し、彼が向けてくる関心は無意味な戯れにすぎないと自分に言い聞かせ続けた。

　そして彼と会う回数を減らすため、翌週の予定をきかれても、いろいろ忙しいと曖昧に答え、朝の乗馬やピアノフォルテの練習の誘いもかわし続けた。

そこまではうまくできていたのだが、次の人の演奏が始まると、ストラサム卿が演奏のあとでお互い喉が渇いているはずだと言いだし、彼女をほとんど人のいない軽食室へ連れていった。

「何があった？」彼は辺りを見回し、誰にも聞かれていないことを確かめてから低い声できいた。

「あった？」イライザは後ろめたさを隠しておうむ返しに言った。「何も。どういう意味ですか？」

「今夜の君は……ずいぶんよそよそしい。僕が何か気に障ることをしたのかい？　あるいは家族に——子どもたちに——問題でも？」

「いいえ。家族も子どもたちも元気です」

「それはよかった。では、僕が何かしたんだね？」

「とんでもない。あなたが何をしたというんです？」彼女はなんとか嘘《うそ》を言わずにこの質問の嵐を切りぬけようとした。

「僕がそれをきいているんだ。今までは、それほど渋らずに会ってくれていただろう？」

今はあなたを好きになりすぎてしまいそうで危険だからよ。イライザはまずそう思った。

だが、そんなあらわな真実は口にできない。彼女は必死に別の説明をとり繕った。「残り時間が少なくなってきているんです。将来のことをよく考えるために、レディ・マーガレットや伯爵夫人と会ってそのお話をしています」

つかのまの沈黙があり、ストラサム卿が誓いの言葉を口にしてすべてを解決してくれるのではないかという愚かな期待が生まれた。「心配する必要はない。すべてうまくいくはずだ。納得のいく結果が待っているよ。だからそんな重苦しい考え事は棚上げして、僕と一緒に気晴らしをしよう」

それはイライザに必要な宣言ではなかった。それとも、彼は何かほのめかしているのだろうか？　そう考えて彼女は怒りを覚えた。ストラサム卿のことが好きすぎて、なんの含みもない言葉にまで希望を探さずにいられない自分がいやでたまらなかった。

少女じみたばかげた夢はあきらめなさい、イライザ。あなたは彼の一挙一動に影響されるから、やはり会わないのが一番よ。

でも彼を拒絶していると思われて、これまでの友情まで後味の悪いものになるのはいやだった。私が提案しても彼が断りそうな外出先があるだろうか？

そのとき、答えが閃《ひらめ》いた。「気晴らしにしたいことが一つあります」

ストラサム卿が微笑《ほほえ》む。「なんだろう？」

「公園でフェートンを運転させてください」

彼の笑みが消えた。「僕を死ぬほどの恐怖に陥れておいて、まだそんなことを言うのか？」

「あなたが恐怖に陥ったのは私のせいではありません。私は怖いなんて思いませんでしたから」

ストラサム卿の顔が雷雲を思わせる渋面になった。イライザはまたひどく叱られるかと思ったが、驚いたことに、彼は突然、笑い声をあげた。

「君ほど手に負えない女性は初めてだよ。わかった。それが気晴らしになるというなら公園へ行こう。フェートンを運転させてあげるよ」

ストラサム卿の突然の譲歩に、イライザは言葉を失った。まごまごしていると、彼が続けて言った。

「いつだったらその愚行のために予定をあけられるかな？」

イライザは自分がしかけた罠《わな》にとらわれ、断れなくなってしまった。

それに正直に言えば、断りたいとは思っていなかった。前回フェートンに乗ったときは、楽しすぎてくらくらするほどだったし、あとで叱られたとしても、それに見合う価値があった。あんなにすばらしい乗り物と馬を走らせる機会をあきらめるなど、単純にできなかった。馬丁が後ろに乗っているのだし、運転中はすべての意識を馬に集中しなければならないから、ストラサム卿の魅力に翻弄される暇はないはずだ。

もちろん、キスをする暇も。

それでもキスをしたくなったら、抗《あらが》うしかない。

ストラサム卿にとっては意味のないキスでも、イライザにとってはあまりに大きな意味があった。大したことはないという態度をとっていたとしても。

その後イライザは日にちを指定し、今朝こうしてストラサム卿を迎える準備をしているというわけだ。絶対にキスをしないし、この外出のあとは二度と彼に会わないと心に誓いながら。

マギーが言っていた晩餐会《ばんさんかい》の招待状が、伯爵夫人から届いている。一週間後に行われ、フルリッジ氏も来る予定だ。その夜が終わるまでに、彼の求婚を望むかどうか最終決定を下さなくてはならない。

イライザは胸に鉛がのっているような息苦しさを覚えた。人生の幸福がかかっているのだから、どうしても正しい決定をしたい。

従僕がドアをノックした。「ストラサム卿がお見えです」

胃の中で暴れる不安が興奮とせめぎあう。

人生がさしだすものを最大限に利用するのよと彼女は自分に言い聞かせた。この外出を楽しもう。でも、ストラサム卿に予定をきかれたら曖昧にごまかして、次に会う約束はせずに戻ってこよう。

エヴァンズ卿夫人がにっこりとストラサム卿を見上げて踊る姿を思いだし、胸が鈍く痛んだ。あんな笑みが――そしてそれに続く親密なもてなしが――幾晩か続けば、風変わりで男っぽいイライザ・ヘイスタリングとの友情など簡単に忘れさられるに決まっている。そこには思い出も後悔もないだろう。

私も同じようにしなくては。

イライザは深呼吸をすると、帽子をかぶって手袋をはめ、ストラサム卿が待つ階下へ下りていった。

だが客間に入って彼に微笑みかけられると、イライザは笑みを返さずにいられなかった。

「また会えてうれしいよ！」ストラサム卿が彼女の手をとり、お辞儀をした。「前に会ったのが一昔前にも感じられるほどだ」

「たった一週間ですよ。でも、私もお目にかかれてうれしいです」そう認めたからといって問題はないはずだ。また彼の近くにいられることにわくわくし、一緒に過ごすことやフェートンを運転することを待ち遠しく思っているからといって。

「お望みどおり、馬車で来たよ。前もって弁護士に会い、遺言書が万全か確かめてきたほうがよかったかもしれないが」ストラサム卿が冗談を言う。

「ひどい侮辱です。前回、私がフェートンを駆るのを見て技術を認めてくださったはずでしょう？」イライザがストラサム卿にエスコートされて玄関を出ると、フィンチが馬の引き綱を持って待っていた。

「そうだったかな。あのときは恐怖で感覚が麻痺《まひ》していたし、君と馬車が無事に戻ってきたことにほっとしすぎて何も覚えていないよ」

「では今日、記憶を新しくしてさしあげます」イライザはぴしゃりと言った。

「フェートンを運転させると約束はしたが、公園に着いてからだ。僕を丸めこんで、行き帰りの街中で手綱を握ろうなんて考えちゃいけない」

「そんなこと、考えてもいません」イライザはきっぱりと否定したが、心の中では、どうしたら帰り道に運転させてもらえるだろうかと考えていた。

座席に上がるのを手伝ってもらいながら、イライザは彼の手の感触を大いに楽しんだ。ただ、フィンチは彼女の挨拶にも木で鼻をくくったような返事をし、目を合わせようともしなかった。

　馬車が公園に向けて動きだすと、イライザはきいた。「初めて運転したのは何歳のときですか？」

「乗馬を始めたのとほとんど同じ時期だ。ポニーが引く小さな荷車なら運転してもいいと言われ、姉や妹を乗せて厩《うまや》と門番小屋までの長い道を行ったり来たりしていたよ。君と同じように――」ストラサム卿はイライザのほうをちらっと見た。「僕もうちの御者に頼みこんでバルーシュの走らせ方を教えてもらったんだ。二頭立てが操れるようになれば、二輪《カリクル》から四輪《フェートン》に乗り換えるのは簡単だ」

「運転のしかたはそう変わりませんものね。フェートンは座席が高いから難しく見えるだけで」

　道がこんできたので、ストラサム卿は高価な馬たちに混雑を抜けさせることに集中し、やがて公園の門を通りすぎると、そこで止めた。

「今朝の馬車道はそれほどこんでいないようだ」

「私が運転しても怯《おび》えずにすみそうですか？」

「いくらかは。だが、哀れな馬丁の寿命を縮めるのは気の毒だ」ストラサム卿は後ろをふり返った。「フィンチ、降りるんだ。公園を何周かしてくるから、ここで三十分ほど待っていてくれ。池に石を投げているほうがずっと気楽だろう？」

　相変わらずイライザのほうには目を向けずうなずくと、少年は池のほうに歩きだした。

「あなたの馬丁は私が嫌いみたいですね」

　ストラサム卿は笑った。「前回の事件のあと、彼は首にされてもしかたがないと厩の床にひれ伏さんばかりだったよ。君が、自分が勝手にしたことだから彼を首にするべきではないと言っていたと伝えたが、仕事にプライドを持っているんだ、フィンチは。君に馬車を盗まれないようにするのが自分の仕事だったのにと思っているんだよ」

「ああ、悪いことをしてしまったわ。何か埋めあわせをしなくてはいけませんね」

「彼は当分、君を見張っているだろうね」

イライザは笑って同意しようとして思いだした。もうストラサム卿とは会わないと決めているから、〝当分〟どころか〝次〟もないはずだ。だが、そんなことで悲しい気分になってはいけない。今日の楽しい運転のことだけを考えよう。

「公園にも着いたし、馬車道にはほとんど誰もいません。私が手綱をとってもいいですか？」

ストラサム卿がため息をつき、空を見上げた。

「神よ」そうつぶやいて鞭《むち》と手綱をさしだす。

「〝なぜ怖がるのか、信仰薄き者よ〟」イライザは鋭く応酬した。そして右手で鞭を、左手で手綱を握ると、馬に出発の合図を送った。「まずはウォーク、それからトロットにしてあなたの気持ちが落ち着くまで待ちますね」

「気持ちは君に感謝するだろう」彼も言い返した。

すべての悩みを棚上げにし、イライザは反応のよい馬とすばらしいバランスの乗り物を操る喜びに浸った。一周してもまだ公園はすいていたので、彼女は言った。「速度を上げてもいいですか？」

ストラサム卿がうなずく。彼女は鞭をふった。二頭の馬が走り始めると、彼は何も言わず、イライザに馬車を駆る喜びを満喫させてくれた。車輪の下で地面がどんどん後ろに過ぎさっていく。やがて馬たちに疲れが見え始めると、イライザは手綱を緩めてトロットからウォークにさせ、フィンチが待つ場所で馬車を止めた。

「見事でした」少年が馬のくつわをつかんで言った。

「ありがとう、フィンチ」イライザは彼の賞賛に驚くと同時に感謝した。

「馬たちを歩かせるんだ、フィンチ。そのあいだ、僕たちも少し歩いてくる」ストラサム卿は座席から飛びおりると、イライザに手をさしだした。

彼女はまたその手の感触を記憶に刻みこんだ。この喜びを味わうことはこの先そう何度もないのだと考え、その悲しい事実をまた脇に押しやる。ストラサム卿という友人を失ったことは、あとでいくらでも嘆けるのだから。

「フィンチの言うとおりだよ。君は優秀な御者だ」ストラサム卿が言った。二人はサーペンタイン池沿いの歩道を歩いていた。

「では、ブルック街に戻るときも運転させてくださいます？」

「街中の道ははるかに事故が起きやすい」ストラサム卿は手を上げてイライザの反論を制した。「君を守るのが僕の義務だから言っているだけだ。君の手綱さばきは申し分ないし、鞭のふるい方も軽い。君の師匠は悪党だったとしても、うまく教えている」

イライザはため息をついた。なんていいタイミングで過去の愚かな恋を思いださせてくれるのだろう。

「あなたの腕のほうが確かです」キスも上手だし。でも、その話を蒸し返すのは賢明ではない。

「もっといろんなことで彼より優れていたいと思うが」ストラサム卿の口調が重々しくなった。「今日はいい気晴らしになったかい？」

甘くて苦い悲しみがイライザの胸をしめつけた。

「おかげさまで。またすぐに考え事に戻らなくてはいけませんが」

「将来が心配なのかい？」

「心配しないなんて無理です」彼女は正直に答えた。

「私には来年はありませんし、今年のシーズンは終わりに近づいています。終わる前に、どの道を進むか決めなくてはなりません。家族のことも姉の子どもたちのことも愛していますが、自分の家族を持つのがずっと前からの夢だったんです」

「でも、持てそうにないと思っているのかい？」

「わかりません。でも、どうすれば自分の家族を持てるか、現実的に考えなくては。そうでなければ、独身を貫くと決めるか」

「君が家族を持てないはずがない。男が妻に求めるものを君は全部持っているのだから」

イライザの全身に衝撃が走った。これは……もしかして、私が思っているような意味の言葉なの？

彼女が凍りついたように立ちつくしていると、ストラサム卿が続けた。「僕はいつも賢明だったわけではない。過去には……不幸を味わい、それを乗りこえるのに苦労もした。だが、君のおかげでその過程がずいぶん楽になったし、新しい可能性にも目を向けられるようになった。以前は、自分には縁がないと思っていた可能性に」

イライザはごくりと唾をのんだ。彼は遠回しにエヴァンズ卿夫人のことを言っているのだろうか？　私にきく勇気があったら。「お役に立てたのなら光栄です。ペトラルカがいみじくも書き表しているように、愛は喜びと同時に苦しみにもなりますから」

「君となら喜びしかないよ。僕がどれほど君に影響されたか、僕の考え方が、心がどれほど変わったか。君が僕にとってどれほど大切な人になったか。君も……君も僕と同じように思ってくれているとうれしいのだが」

イライザはなんとか冷静さを保とうとした。彼は恋愛関係がうまくいかなかったときに私が立ち直るのを手伝ったからお礼を言っているだけ？　それとも……愛を宣言しているの？　もしそうなら、すばらしすぎて現実とは思えない。

「あなたは……私にとってもとても大切な人です」

イライザはささやくように言った。心臓があまりにどきどきしている。期待と不安と、彼の言葉に過剰反応しているのではないかという恐怖が入り乱れて、頭がくらくらした。

ストラサム卿が彼女の指に指を絡めて何か言おう

としたとき、散歩をしていた数人のグループが近づいてきた。「ストラサム卿！　しばらく夜会でお目にかかっていませんわね」一人の女性が言うと、ストラサム卿がぱっとイライザの手を放した。

　彼はふり返ってお辞儀をした。「ランズダウン卿夫人、カーライル卿夫人、お久しぶりです。それに、紳士の方々も」紳士たちが頭を下げ、淑女たちが膝を折って挨拶をすると、ストラサム卿は続けた。

「先頃ロンドンに戻ってきたばかりなんです。皆さん、友人のミス・ヘイスタリングをご紹介します。シーズンのあいだ、姉上のダンバートン卿夫人の屋敷で過ごされています。ミス・ヘイスタリング、こちらはランズダウン卿夫妻とカーライル卿夫妻、それにオルソープ卿とバース＝トーマス卿だ」

　ストラサム卿はふだんこういう人たちとつきあっているのね。イライザは政界の重鎮とその妻に紹介され、少し怖《お》じ気《け》づいていた。しがない牧師の娘にとっては、まちがいなく雲上人たちだわ！

　礼儀正しい挨拶が交わされたあと、ランズダウン卿が言った。「たしか、お父上に代わって領地の管理をしているのだったな。マーカム卿はどうされている？　奥方を亡くされてずいぶん滅入《めい》っているとか。もう元気になられただろうか？」

「まだ完全には。ですが、なんとか元気を出そうとしています」

「ロンドンにはいつまで？」

「シーズンが終わるまではいる予定です。ハンプシャーに戻ることもあると思いますが」

「今度の晩餐会にはマーカム卿もお招きしようじゃないか」ランズダウン卿が妻に言った。

「父も喜びます」ストラサム卿が応じる。

「少し我々と歩かないかね？」

「喜んで」ストラサム卿は答えたが、枢密院議長に誘われれば、そう答えるしかないだろう。

紳士たちがストラサム卿を囲み、ランズダウン卿夫人とカーライル卿夫人がイライザの隣を歩いた。

「ロンドンは今年が初めてかしら、ミス・ヘイスタリング？」ランズダウン卿夫人がきいた。

枢密院議長の妻がしがない田舎娘に関心を持つとも思えなかったが、そうきく礼儀正しさは彼女の育ちのよさを物語っていた。

「これが二年目のシーズンになります、ランズダウン卿夫人」

「ご実家はどちらなの？」

「プリマスの近くのソルタッシュです。父はそちらで教区牧師をしています」

「ああ、プリマス。すてきなところよね」カーライル卿夫人が言った。

貴婦人たちは海岸近くのプリマスについて、ブライトンやコーンウェルと比べながらおしゃべりを始めた。イライザは礼儀正しくうなずきながら、ストラサム卿との会話の最後の部分を思い返していた。

彼は言うつもりだったことをすべて言ったのだろうか？　私との友情に感謝していただけ？　それとも、求婚するつもりだったの？

ストラサム卿は紳士で、私の感情をもてあそぶような人でないことはわかっている。何か大事なことを言おうとしていたのでない限り、あんなに優しくて率直な話し方はしなかったはずだ。求婚ではないとしても、真剣な交際の許可を得ようとしていたのでは？

一行はサーペンタイン池の小道の端まで来ると、馬車道に移動した。ストラサム卿の馬車馬を歩かせていたフィンチが彼らに気づき、馬を連れてきた。

「だんなさま、もういつでも走らせられます」フィンチはストラサム卿とほかの紳士たちに頭を下げた。

「馬たちを待たせないほうがいい」ランズダウン卿が言った。「会えてよかった！　君たち父子がロンドンに戻ってきたんだ、近く晩餐会を開こう」

「光栄です、閣下」ストラサム卿が答えた。

「お会いできてよかったわ、ミス・ヘイスタリング」ランズダウン卿夫人も言ったが、それ以上の好意は示さず、イライザを食事に招待することもなかった。一行は別れの挨拶をして去っていった。

ストラサム卿が申し訳なさそうにイライザを見た。

「馬たちを動かさなくてはいけないだろうね」

フィンチの目もあり、先ほどの会話の続きをする雰囲気ではなかった。こんな状態で、もう彼と会わないという決意を貫くべきなのかどうか……。

だが、それは問いですらなかった。ストラサム卿が彼女をどう思っているか知るまでは、会うのをやめることなどできるはずがない。

「ええ、私たちももう帰らなくては」

彼はうなずき、イライザが馬車の座席に座るのを手伝った。ストラサム卿の手が少し長めに彼女の手や腰に触れていた気がしたのは妄想だろうか？

ストラサム卿は彼女の隣に乗りこみ、フィンチから手綱を受けとると馬車を前進させた。「今度はもっと早く会ってくれるだろう？ もっと伝えたいことがあるんだ。だが、今ここでは話せない」

「も、もっと？」ストラサム卿がほのめかしていることを信じるのは怖かった。

「もっともっとある」彼はきっぱりと言った。「言いたいことも、したいことも」

彼の視線がイライザの唇をとらえてから、馬たちのほうへ戻った。もっとしたいこと……。たとえばキスとか？ イライザの背中がぞくっとした。

帰り道は行きよりもさらにこんでいたので、ストラサム卿は運転に集中し、会話はとぎれた。ブルック街に着くと、彼はイライザを座席から下ろし、玄関までつきそった。

イライザは彼をお茶に誘おうとした。一緒に過ごす時間を引き延ばし、彼が言おうとしていたことを全部言わせたかった。でも、その前にストラサム卿が口を開いた。「弁護士と会うことになっているから帰らなくてはいけない。これでは満足できないが」イライザの手に長々と唇を押しつける。「ここは君の家の玄関で、通りの人の目もある。手紙を書くよ。またすぐに会いたい。いいだろう？」

「ええ。またすぐに」

イライザの全身を温かくするような笑みを再び浮かべると、ストラサム卿はお辞儀をしてフェートンのほうに戻っていった。

イライザは呆然《ぼうぜん》としたまま自室に戻り、扉を閉めた。今日あったことを一人でゆっくり考えたかった。

本当に私が思っているとおりのことが起こったのだろうか？　ストラサム卿は私に求愛するつもりなの？

信じてはいけないような気がした。でも、彼の言葉を何度思い返しても、ほかの意味にはとれない。

イライザは体に腕を回し、興奮と喜びが胸からあふれだすのを止めようとした。慎重になるのよ。以前にもこれと同じくらい大きな幸福を見つけたと思ったことがあったでしょう。でも、残酷な思い違いだったでしょう。

ストラサム卿に求愛されるなんて、ジョージの愛を手に入れることよりありえない。次に彼と会って本意を聞きだすまで、この思いは胸に秘め、期待しすぎないようにしなくては。

次に彼と会えばわかるはずだ。私が疾走するフェートンに乗って天国に向かっているのか、その高い座席からふり落とされて地面にたたきつけられようとしているのか。

19

その日の夜は、胸をわくわくさせた次の瞬間、愚かな夢を見るのはやめなさいと自分をたしなめることを繰り返してほとんど眠れなかった。翌日、イライザは姉に頼みこみ、午後の友人宅への訪問を休ませてもらった。動揺が大きすぎてじっと座っていられそうになかったからだが、姉には、最近あまり相手をしていないから子どもたちと遊びたいのだと言い訳した。

それはいい選択だった。イライザが子ども部屋に入っていくとすぐに姪《めい》や甥《おい》たちがまとわりついてきて、あれこれ思いを巡らすどころではなくなった。いつストラサム卿《きょう》から連絡があるだろうとか、次に会ったとき彼は何を言うのだろうとか、もし求愛されるというありえないことが起きたらどう答えればいいのだろうとか。

はしゃぐ子どもたちのそばでかろうじて考えついたのは、ストラサム卿の好意を受けいれたいということだった。身分も富にも差があるけれど、二人にはたくさんの共通点があった。それは彼女にとっても驚きだったが、大事な点で二人はとても似ていた。ストラサム卿に惹《ひ》かれすぎて傷つくことを恐れ、感情をなんとか抑えようと苦労してきたけれど、もう抑える必要がないとなると……。

全身全霊で彼を愛することができる。

「リザおばさま！　おばさまの番よ。塔の上にブロックを置いて」ルイーザがぼうっとしているイライザを叱りつけた。

イライザはあわてて謝り、ゲームに意識を戻した。何度も塔を建てては壊したあと、みんなで紅茶を飲んでいると、子ども部屋の戸口に従僕が現れた。

　イライザの心臓がどくんと脈打った。ずっと待っていた手紙が届いたのだろうか？　それとも、ストラサム卿本人が訪ねてきたの？

「エヴァンズ卿夫人とおっしゃる方がお見えです」

従僕がカードをさしだした。

　イライザの歓喜は警戒心に変わった。エヴァンズ卿夫人が……私に会いに？　ストラサム卿を見上げて微笑《ほほえ》む金髪の美女を思いだし、胃がねじれるような感覚を覚えた。

「すぐに参りますとお伝えして」

　会いたくはないが、断る適当な理由もない。エヴァンズ卿夫人とストラサム卿の――過去の？――関係が気に入らないからといって会わないのは、いくらなんでも失礼だ。それに、夫人がどうして訪ねてきたのか知りたいというちょっと屈折した好奇心もあった。

　着ているのは古いドレスだが、大した違いはないだろう。真新しい舞踏会用のドレスを着ても、社交界きっての美女の隣に立てば霞《かす》んでしまうのだから。

イライザは鏡を見て袖についていたお菓子のくずを払うと、応接間へ向かった。

　イライザが部屋に入っていくと、エヴァンズ卿夫人が立ちあがり、二人はお辞儀を交わした。夫人はイライザの容姿をあからさまに値踏みしていたが、最後にふっと息を吐きだしたのは、大して感心しなかったということだろう。一方で、イライザは残念な結論に達していた。エヴァンズ卿夫人は遠くで見るより近くで見るほうがさらに美しい。

　夫人が行く先々で、紳士という紳士がしていることをやめて彼女を見つめるのも納得がいく。

　挨拶を終え、エヴァンズ卿夫人が言った。「どうして私が訪ねてきたのかといぶかっていらっしゃるでしょうね。お互い正式に紹介されたこともないのに。でも私たちには共通の友人がいるし、あえて言うなら、好みも似通っているのではなくて？」

　イライザのみぞおちの辺りが冷たくなった。優雅な訪問客の自分に対する露骨な嫌悪感にも、最初の言葉から察せられるこの訪問の目的にも怖《お》じ気《け》づいていたが、それを顔に出すつもりはなかった
「そうでしょうか？」

「とぼけてもだめよ、ミス・ヘイスタリング。私が誰のことを言っているのかよくわかっているでしょう。あなたが彼に好意を抱くのは理解できるわ。だって、ロンドンに彼ほどハンサムで魅力的な男性がいるかしら。私自身も彼の虜《とりこ》だから、ほかの女性がどれほど簡単に彼に夢中になるかよくわかるの。だから、私たちの長いかかわりについてお教えして、あなたが傷つかないようにしてあげるのが私の義務だと思って」

　イライザは、乗っていた馬が障害を飛ぶのを拒んで投げだされ、もうすぐ地面にたたきつけられるのがわかっているような恐怖感を味わっていた。だが、おろおろして相手を喜ばせるのはいやだった。「それは私にどんな関係があるのでしょう？」

　エヴァンズ卿夫人が首をふった。イライザが動揺を見せないので、自分が言おうとしていることが伝わっていないと思ったらしい。「私たちが先におつきあいをしていたと聞いてショックを受けているのね。私のジャイルズは最近、あなたにとても親切にしているのでしょう。公園で馬車に乗ったり、舞踏会でワルツを踊ったり。彼にそんなふうに関心を持たれるとどれほどうっとりするか、私は誰よりもよく知っているの。でも残念ながら、長続きはしないわ」

　夫人はいったん言葉を切ったが、イライザが無言を貫き、悲嘆の声をあげたり必死に否定したりしな

いので、美しい顔をゆがめた。だが、すぐにそれを心遣いと哀れみの表情に戻して続けた。

「私たち、最近ちょっと……口論をして会っていなかったの。悪いのは私よ。全面的に。彼の献身に無頓着すぎたのね。でも私は過ちから学んだし、二度とあんなことはしないわ。彼があなたによくしているのは、私を罰するためなの。わかるわよね？」

　恋人に嫉妬させるために、ストラサム卿は私を選んだのだろうか？　イライザは彼とのやりとりを思い返した。ストラサム卿が今でもイライザと会い続けている理由はさておき、最初にかかわってきたのは、まちがいなく彼の父親を守るためだった。

「あなたは、私たちの関係をよく理解されていないと思います」イライザはしばらくしてから言った。

「まあ、理解できないはずないでしょう」夫人は短い笑い声をあげた。「ジャイルズが私よりもあなたを選ぶと本気で思っているの？　女性として――こんな言い方をしてごめんなさいね――そこそこの魅力しかないあなたを？　子どもたちを公園に連れていき、フェートンを運転することしかできないあなたを？　しばらくは彼も楽しむかもしれないけれど、一カ月で飽きるでしょうね」

　どうしてエヴァンズ卿夫人が、二人の行動をこんなによく知っているのだろう？　ストラサム卿が話したのでなければ？　胸の痛みと、まさかという気持ちと、わきあがる怒りがないまぜになり、イライザは口がきけなかった。

　何も言わなくても、表情が気持ちを表していたに違いない。エヴァンズ卿夫人がたたみかけた。「ええ、そう、彼があなたのすばらしいところを話してくれたのよ。少しおてんばだけど楽しい女性だと。確かに魅力は感じるでしょう――しばらくは。でも彼は結局、経験豊かな女性にしか与えられない喜びのほうを選ぶはずよ。理知的だったり、美しかったり、魅力的だったりする女性が今までたくさん彼を横取りしようとしたけれど、うまくいかなかったわ。それなのに、あなたにはできると思うの？」

　そんなばかげた話はないというように夫人が鼻で笑った。

「万が一ジャイルズとあなたが結婚したとして、あなたは彼の世界でどれほど浮くでしょうね？　彼は政府の高官や王室の人々と交流し、この先子爵になって貴族院に議席を得る紳士よ。ヴィクトリア女王の新治世では、大臣にだってなるかもしれない――そのためのつてを持つ女性がそばにいれば。あなたはそういう女性だと言えるの？　私にはそうは思えないわ。あなたといては、落ちるだけで上がっていけない。頭のいい彼にはそれがわかっているはずよ」

　確かに、イライザには政界の知りあいなどいないし、地位の高い貴族の友人といえばレディ・マーガレットと母親の伯爵夫人しかいなかった。レディ・ローラの父親は侯爵だが、本家の血筋が絶えたために突然、爵位を継いだにすぎず、ローラも下位のジェントリとして育てられている。

「ジャイルズがあなたみたいな人と結婚する理由は一つしかないわ。富も力もない家の出のあなたが、控えめで従順な妻として息子たちを育てるあいだ、自分は誰に責められることもなくロンドンで羽を伸ばせるからよ」イライザに反論させず、夫人は言い募った。「そこで、彼があなたにはふさわしくない決定的な理由にたどりつくの。どれほどすばらしい人だとしても、ジャイルズは男性よ。ほかの男性と同じ欲求を持っている。それを満たすことは、彼の世界では広く受けいれられている欠点だわ。私は完璧な女性ではないけれど、彼のちょっとした……過ちは許してあげられる。でも、牧師の娘であるあなたはどう？　痛々しいほど強い道徳観念を持っているのではない？」

〝彼とエヴァンズ卿夫人はもうずっと親密な関係なの〞イライザの脳裏にマギーの言葉がよみがえった。〝二人のダンスはずっと続いていくのではないかしら。ストラサム卿が別の女性と結婚したとしても。結局のところ、彼のような身分の男性で妻に忠実な人なんてほとんどいない……〞

イライザは首をふり、否定しようとした。ストラサム卿の両親は愛しあっていた。彼だって妻だけを愛するはず……でしょう？

「彼の求婚を、私、断ったの」エヴァンズ卿夫人の言葉は続いていた。「でも、この先気が変わるかもしれない。誰にも未来は予測できないものね。ただ、二人の絆《きずな》が公式の関係になってもならなくても、彼は必ず私のもとに戻ってくるわ。ほかの人とどんな約束をしようと」

ストラサム卿が結婚後、妻一人を愛さない？　そもそも愛することができない？　そんな可能性は考えたこともなかった。

「あなたが私の話を信じたくない気持ちはわかるわ。彼はそれほど魅力的だもの。でも、手に入れたものを自慢して社交界の笑い物になる前に――あるいは、彼に求婚させて自分を哀れな境遇に追いやる前に、状況をよく見定めてはいかが？　自分で見たものは否定できないはずよ。今夜七時くらいに、ヒル街の私の屋敷の前で待っているといいわ。ジャイルズが来ることになっているの。しばらく会っていなかった時間を埋めあわせるために」

エヴァンズ卿夫人は満足したように、ソファにもたれかかった。

「あなた、顔色が悪いわよ。ごめんなさいね。でも、警告しなかったせいであなたが傷ついて後ろめたく思うのはいやだったの。少なくとも、傷を浅くしてあげられたのにって」夫人はお菓子を道に落とした子どもを慰めるような優しい笑みを浮かべた。

この女性は私をひるませ、とるに足りない自分を哀れませようとしているのだ。イライザの心の中に静かな怒りの炎が燃えあがった。生まれと美しさで劣るとしても、自分が優れていると決めつけているこの女性に屈するのはいやだった。ただ、何をどう言い返せばいいのかはわからなかったが。

ストラサム卿がほのめかしていた不運な恋の相手がこの夫人だとしたら、彼女が恋人を失いかけていることに気づいて復讐《ふくしゅう》を望む可能性はある。だから夫人は、ストラサム卿がイライザに話していない献身や愛情について露骨に語ったのだろうか。それとも単にイライザを脅威とみなし、手を引かせようとしているだけなのか。

一つだけ確かなことがあった。もう十分話は聞いたということだ。イライザは立ちあがった。「わざわざお訪ねいただき、ありがとうございました。お話は十分うかがいました」

「それが親切だと思ったものだから」エヴァンズ卿夫人も立ちあがり、下級の臣下に目をかける女王のように、慈悲深い笑みを浮かべた。

「来ずにいられなかったのですね？」イライザは反撃に出た。「でも、〝親切〟はどうでしょう？ 私にはそうは思えませんが。では、これで失礼いたします。子どもたちが待っていますので。お見送りは執事がいたします」

イライザは顎を上げて部屋を出たが、子ども部屋には戻らず、上着も帽子もつけず庭へ出た。

確かに、あの女性はイライザの弱点を突いていた。容姿や魅力の点では、イライザはエヴァンズ卿夫人の足元にも及ばない。でも、慈悲を施す淑女のお芝居だけは絶対に信じられなかった。ちやほやされることに慣れた社交界のダイヤモンドに、見下される壁の花の気持ちがわかるはずがない。イライザは寛容になれない自分を恥じたが、夫人が本当にストラサム卿のことをしっかりつかまえているなら、イライザ・ヘイスタリングのようなつまらない女性のことで気をもむ必要はないはずだと思えてならなかった。

　イライザが政治の世界で力を発揮するために育てられていないことは事実だ。王室とのつながりもなく、駆け引きの相談を受けることもない。だが、それが欠点だとは思えなかった。学者の娘だからどんな議論にも加われるし、母の娘だからどんな身分の客も温かくもてなすことができる。

　それに、ストラサム卿が本当に政治的野心を抱いているかどうかも疑わしかった。彼が領地の管理以外の話をするのは聞いたことがない。閣僚になることが彼の夢なのだろうか？　それとも、エヴァンズ卿夫人がそう望んでいるだけ？

　イライザは顔をしかめた。ストラサム卿が私のことをエヴァンズ卿夫人と話していたなんて。そうでなければ、私がフェートンを運転することや、姪や甥たちの面倒を見ていることを夫人が知るはずがない。私のことを真剣に考えていても、夫人に話すだろうか。彼は私を……もてあそんでいるようには見えなかったけれど。

　ストラサム卿は本気でもないのに求愛するそぶりを見せるような人ではないと思うが、そもそもの始まりはごまかしだった。彼はイライザに関心があるふりをして、実は父親と彼女の関係を邪魔しようとしていたのだから。

　いいえ、彼と私のあいだには本当の絆があったし、私たちは官能的にも惹かれあっていると本能が叫んでいた。それに、昨日フェートンで出かけたときの彼の言葉は深い感情があってこそのものだった。

　その言葉を信じるべきだ。彼を信じるべきだ。エヴァンズ卿夫人の挑発に乗って、夜襲を企てる追《お》い剥《は》ぎのように彼女の家の前でストラサム卿を待ち伏せするのはまちがっている。彼が公園で言おうとしていたことを全部話してくれるのを待つべきだ。

だが、エヴァンズ卿夫人の言い分には簡単に聞き流せないものもあった。ストラサム卿が有力な家族の後ろ盾もないイライザを選ぶとしたら、ないがしろにされても不平を言えない従順な妻をめとるためだと夫人は言っていた。彼は恋人を懲らしめるために、イライザと親しくしているだけだと。

イライザの心を一番乱したのは、貴族社会に広く認められている都合のいい道徳観だった。エヴァンズ卿夫人の言葉は、ストラサム卿と彼女は愛人関係にあり、今後もその関係を続けると言っているようなものだった。将来、結婚する可能性はあるとしても、彼女がそれを選べばの話であり、ストラサム卿がほかの誰かと結婚しても二人の関係は続くと。

結婚と家族は神聖なものだと信じて育ってきた身には受けいれ難い考え方だった。

イライザは自分をよく知っていた。どれほど夫を愛していても、彼の不貞を見逃すことはできないだろう。家を切り盛りし子どもを育てることがどれほど楽しくても、彼女は内側からゆっくり壊れていくはずだ。イライザの不満は夫婦の溝を広げ、結局離婚に至って、彼女はみじめになるだろう。

エヴァンズ卿夫人の衝撃的な訪問を忘れることに務めるべきか、ストラサム卿と会って夫人の主張について問いただすべきか、イライザの心は揺れた。だが、ストラサム卿が私のことを愛人に話したと認めるだろうか。結婚はするが誓いの言葉を尊重するつもりはないと認めるだろうか。彼が否定したとき、私は信じられるのだろうか。

〝自分で見たものは否定できないはずよ〟

疑うことは裏切ることだ。だが、この先の幸せがかかっていた。大事なのは、心と未来を危険にさらさないことだった。ストラサム卿の感情を読み違えたり、彼の貞操観を勘違いしたりしたまま結婚するようなことは避けたい。

イライザはそわそわと庭をもう何周かしたが、結局、こんな何もはっきりしない状態ではいい考えも浮かばないし神経ももたないとわかっただけだった。すべて的外れな疑念だったとわかれば自分を恨みたくなるだろう。それでも、今夜ヒル街に行くしかない。

その日の午後遅く、ジャイルズは机の前に座り、領地の管理人から届いた文書を読み返していた。ハンプシャーに戻る必要があるが、先日公園で散策をしながらミス・ヘイスタリングに求愛しようとしていたら、思わぬ邪魔が入って棚上げになったので、出発を遅らせていた。

キスしたときのミス・ヘイスタリングの大きく見ひらいた目と薔薇《ばら》色に染まった唇を思いだし、彼は頬を緩めた。もっとキスをすればもっと簡単に、ミス・ヘイスタリングの未来に関するすべての問いの答えは僕だと納得させられるかもしれない。結婚すれば、二人にどんな未来が待っているか！　ストラサムホールで一緒に暮らすことを考えると、ジャイルズの深く傷ついていた心が温かさで満たされた。

その未来に向かって進むため、管理人へ返事を書いたあと、ミス・ヘイスタリングにも手紙を書かなくてはいけない。夜はかなり先まで予定が埋まっているので、延期し続けている朝の乗馬に誘うつもりだった。予定のない夜まで待つ気はない。

管理人への手紙を書きおえたちょうどそのとき、執事がドアをノックした。「お邪魔をして申し訳ございません。使い走りの者がこれを届けに参りました。緊急の要件なので、だんなさまのお返事を持ち帰るよう言いつかっているそうです」

ジャイルズはいやな予感を覚えた。ミス・ヘイスタリングに何かあったのか？　あるいは姪か甥に？　跳ね回る馬や暴走する馬車のイメージが脳をよぎる。だが手紙を受けとった瞬間、ルシンダの便箋と封印だと気づいた。

ジャイルズは眉をひそめた。何が書かれているにせよ、気の重い内容であることはまちがいなかった。彼はいらだちまじりのため息をついて封を開けた。

愛するジャイルズへ

あなたが私に怒っていることはわかっているし、私があなたやあなたの考え方を尊重してこなかったことも気づいています。ナイトリー＝キング卿夫人の舞踏会の日、あなたが激怒して早々に私を帰らせたのはショックでした。あんなぎすぎすした会話があなたとの最後の会話になるのかと思うとつらくてたまりません。

今夜、私に少しだけ時間をくれないかしら。舞踏会で話せなかったことを伝えたいの。あなたは断りたいと思っているでしょうね。でも、長いつきあいなのだし、そのあいだお互いがどれほど大切な存在だったかを思いだして、どうぞこの最後の願いを聞いてください。

二人きりで話したいのは山々ですが、もし返事をもらえなかったら、社交界の集いに押しかけてでもあなたを探しだすつもりよ。

どうか、今夜七時に会いに行くと使いの者に返事を持たせてちょうだい。

ルシンダ

思ったとおりだ。ジャイルズはいらだち、便箋を床に落とした。最初は無視しようと思った。使いには何も持たせずに帰らせよう。ルシンダにはもうすでに二人の関係は終わったと告げてある。それも二度も！　これ以上何を話すというのか。

だが、と彼は思い直した。手紙の中のルシンダは基本的には懇願しているが、脅しめいた文章もまじっている。ジャイルズが呼びだしに応じなかったら、彼女は公の場まで追ってきて騒ぎを起こすつもりだ。ミス・ヘイスタリングを説得し、ルシンダとの過去を明かしても拒絶されないという確信ができるまでは、詳しく話すのを避けたいと思っていた。上流階級の女性の大半にとって、彼の富や爵位は不貞の罪より大きな意味を持つが、ミス・ヘイスタリングの場合は違う。ルシンダが癇癪《かんしやく》を起こしてジャイルズとの過去を皆の前で暴いたとき、ミス・ヘイスタリングが彼を受けいれて許す確率は限りなくゼロに近い。

それを考えると、ルシンダの要求に応じるよりほかに選択肢はなかった。

ジャイルズは顔をしかめた。ルシンダは彼との関係をあきらめるかのような書き方をしていたが、彼を操ることに長《た》けているので、今からでも思い直させることができると考えているはずだ。それは不可能だと彼女がついに気づいたら、修羅場になるかもしれない。ジャイルズ自身が、ルシンダは心から愛してくれている、自分を失ったら彼女は傷つくと思う可能性もあった。

同情は御法度だし、ルシンダを傷つけるのをためらってはいけない。一生後悔するより一時苦汁をなめるほうがましだ。長い年月をかけてようやく気づいたように、二人がそれぞれの人生に求めるものは、決して相手を幸せにしないのだから。

それをわからせることができるだろうか。

おそらく。だが、今後はルシンダの命令にも呼びだしにも応じないとわからせられるだけでも、気まずい思いをして彼女に会う価値はあるだろう。

ルシンダとの最後の面会をさっさと終わらせ、ミス・ヘイスタリングの説得に全神経を集中させたい。
父親を守るつもりで横槍《よこやり》を入れたとき、守られなくてはいけないのが自分だとは思ってもいなかった。優しいのに激情家で、恐ろしく知的で、思いやりがあって世話好きの女性が、これほどにも彼の心と頭に入りこみ、彼女なしの未来など思い描けなくなるなど、誰が想像しただろう？

まずはルシンダに会って、彼女を完全に過去に葬ろう。そして、ミス・イライザ・ヘイスタリングに結婚こそが二人の未来だと説得する方法を考えよう。

夜の七時ちょうど、ジャイルズはヒル街に着いた。この先の不愉快な成りゆきを警戒するあまり、通りの角に立つ厚手の外套《がいとう》姿の二人組にはほとんど目もくれず、足早に玄関前の階段を上った。

もしかしたらルシンダは事実を受けいれたのかもしれない。執事はいつもよりそっけなくジャイルズを迎えると、居間へ案内した。つきそいのメイドはいなかった。ルシンダはジャイルズが贈ったダイヤとサファイアのブレスレットだけでなく、その前に贈ったダイヤのイヤリングと揃《そろ》いのネックレスもつけていたが、外出用のドレスを着ており、ベッドに誘うためのネグリジェ姿ではなかった。

彼女に誘惑されないことを喜ぶのは、おそらくこれが初めてだろう。

ジャイルズが入っていくと、ルシンダは近づいてきて頬にキスをした。「来てくれてありがとう、ジャイルズ。どうぞかけて」

「ああ」ジャイルズは暖炉のそばの袖椅子を選んだ。「ワインはけっこうだ。僕が来た理由は一つだけだからね。もうここに来ることはないと君に伝えるためだ。どんな緊急の手紙が送られてきても。僕たちの関係は終わったんだ、ルシンダ。きっぱりと別れるほうがお互いにとって簡単だ」

「あなたにとって、でしょう？　あなたを失って私はどうすればいいの？」淡い灰青色の瞳に涙が浮かぶ。それは本物の涙に見え、ジャイルズの憤りがわずかに揺らいだ。忠誠心はないとしても、彼女は彼女なりにジャイルズを愛していたのだ。

　ただ、ルシンダの愛し方では僕は満たされない。

「君にはもう僕の代わりのあてがあるはずだ。元々、君の人生に永遠に居座れるとは思っていなかった」

「本当に？」

「それを望んだことはある。だが、僕が望んだ場所はあいていなかった。それは君のせいでも僕のせいでもない。お互いがどれほど大切な存在だったかを思って認めよう。そして気持ちよく別れよう」

「この先は、その場所をほかの誰かで埋めるつもりなの？　あのヘイスタリングとかいう小娘で？」

　ジャイルズは怒りが再びわきあがるのを感じた。

「彼女の話は二度としないことだ。そうでなければ、この話しあいは始まる前に終わるだろう」

「あの子を愛していると言いたいの？」

　イエスと答えそうになったが、ミス・ヘイスタリングと彼の個人的な感情を他人に話す義理はない。

「彼女は僕の未来だ。僕たちは人生に同じものを求めている」ジャイルズはそう答えた。

「ああ、そうだったわ。田園地方でののどかな暮らし。あなたが作物やら豚やらを育て、従順な妻が跡継ぎと赤ん坊のニット帽で子ども部屋をいっぱいにするのよね」ルシンダが嘲るように言った。

　ジャイルズは眉をひそめて手を上げ、さえぎろうとしたが、彼女はかまわず続けた。

「これ以上は言わないわ。ただ、あなたたちが同じものを求めているとしても、同じ人々を求めているかどうかは疑わしいわね。ええ、あの子がかわいらしくて、人を励まし賞賛してきたことは疑わないわ。女性らしい美点をすべて持っているとあなたが考えていることも。でもああいう女性は、あなたが手の届かない人だということをよくわきまえているわ。

彼女はあなたのことを、大きな目に憧れをたたえて見つめるかもしれない。でも頭の中では、必死に可能性を計算しているのよ。結婚にこぎつけたとしても、あなたの関心が続く可能性は低い。美しくもなければ、社交界につなぎとめてくれる後ろ盾もないとなれば、あなたが関心を失ったあとはストラサムホールでしおれていくだけ。でも……あなたのような貴族を引きつけたと思わせられれば、彼女は突如としてほかの紳士にも魅力的に映り始め、同じ地位の求愛者だって近づいてくるはずよ」

ルシンダは笑った。

「彼女は賢いから、上流社会で自分がどれほど場違いに見えるかわかっているでしょうね。身の程知らずと思われ、無視されるような状況は避けるはずよ。もっと身の丈に合った相手が現れたとき、彼女のあの大きな目がいつまであなたを見ているかしらね」

ミス・ヘイスタリングがほかの求愛者を引きつけるために僕をたきつけた？　ジャイルズにはそんなことは信じられなかった。「そんな策略を自然と思いつく人間もいるだろうが、彼女は違う。人を欺ける女性ではない」

ルシンダが小ずるい笑みを浮かべた。「どんな女性だって、人生がかかっているとなれば欺きもするわ。あなたがオックスフォードへ行く前につきあっていたかわいい女の子のようにね。あなたがいなくなって何カ月後だったの？　彼女が子爵の跡取りに求愛されたと言いふらしてほかのお金持ちの結婚相手を見つけたのは？」

これほどの年月がたったあとでも、あの裏切りがまだ鋭く胸を刺すのは驚きだった。求めるものを得るにはどこを突くのが一番効果的か、本能的に察知する能力がルシンダには備わっていた。

「遠い過去の話だ。僕たちも同じだよ。最後にもう一度はっきり言わせてもらう。僕には君との関係を続ける気も復活させる気もない。和解の時機も、共通の目的のために仕切り直す時機も、もうずっと前に失われている。僕たちの道はすでに決まり、それは別々の方向に伸びているんだ。君には幸せになってほしい。だが、君を幸せにするのは僕ではない」

　僕を幸せにするのが君ではないように。ジャイルズはそう思ったが、口には出さなかった。

　彼は立ちあがった。「君は外出の支度をしているようだから、これ以上長居はしないよ。さようなら、ルシンダ」お辞儀はしたが、彼女の手にキスはしなかった。

「せめて友だちのままではいられない？」ルシンダが懇願するように言う。「その扉は閉ざさないで」

「すまない、ルシンダ。扉はもう閉ざされている」

「あなたはそう思っているかもしれない。でも、大切なミス・ヘイスタリングがあなたの役目は終わったと考えてほかの誰かのもとへ去っていったら、考え直すに決まっているわ！」

　あえて答えず、ジャイルズは向きを変えて出口に向かった。

　前回同様、安堵《あんど》と、かつては甘美で夢にあふれていたものが終焉《しゅうえん》を迎えた寂しさと、ゆっくり確実に膨らむ未来への期待感が入りまじった。ミス・ヘイスタリングが彼に求愛させる動機についてルシンダが言っていたことを考えると疑念が低いうなりを発したが、彼はそれを無視して微笑んだ。

　最初のころ、ミス・ヘイスタリングはジャイルズに求愛させるどころかむしろその逆だったから、ルシンダの言葉に信憑性《しんぴょうせい》があるとは思えなかった。これで、彼の希望や夢にそぐわない女性を必死にそこに押しこめようとするのをやめ、ぴったりそぐう女性の手をとることに全力を傾けられるのだ。

領主の妻として庭の手入れをし、家事を監督し、近隣のジェントリを訪ね、借地人の病気の子どもにスープを運ぶ姿が簡単に思い描ける女性の手を。僕の子どもを愛して一緒に遊び、音楽と絵で僕を楽しませてくれる女性。楽観的な独特の考え方で僕を励まし、情熱で満たしてくれる女性。僕の両親と彼女の両親が分かちあっていた、献身的で揺らぐことのない普遍の愛をさしだしてくれる女性。僕が求める愛を、互いを生涯幸せにする愛をさしだしてくれる女性。

そして、僕も同じだけの愛をさしだすことができると彼女にわかってもらわなくてはならない。ルシンダが言っていたように、ミス・ヘイスタリングが〝身分の低い〟求愛者を引きつけ、その男が彼女をさらっていく前に。

20

翌朝、イライザは自室で机の前にぼんやりと座り、つい先ほど届いたストラサム卿《きょう》からの手紙を見つめていた。受けとった瞬間、指を火傷《やけど》したみたいにぱっと落とし、恐ろしい脅迫状か何かのようにそこに放置したままになっていた。

昨夜はほとんど眠れなかった。どうしたら今日一日、姉に異変に気づかれずにやりすごせるのかわからない。すべての夢が粉々になった次の朝に、何もかもいつもどおりという顔ができるはずがなかった。

夢が粉々になり、心もぼろぼろだった。

エヴァンズ卿《きょう》夫人の悪意の誘いに乗ってしまう自分がいやだったが、ヒル街に行って確かめたいという衝動に抗《あらが》うことはできなかった。従僕の一人をお金で釣り、紳士と密会の約束をしているが、その人が真剣に交際する意思があるとはっきりするまで姉には内緒にしたいと言ってついてこさせた。それはほぼ真実だと考えてイライザは良心をなだめた。紳士の関心が誠実なものかどうか確かめるつもりだったのだから。

ただ、従僕はいいかげんな口実だと思っただろう。独身の女性に真剣な関心を抱いている紳士が、こっそり屋敷を抜けだして会いに来いと言うはずがない。それでも従僕は喜んで小銭をポケットに入れ、何か思ったにせよ、自分の胸にしまっておいてくれた。

ストラサム卿が辻《つじ》馬車を降りてエヴァンズ卿夫人のタウンハウスの階段を上っていき、慣れた様子の執事にすぐさま招きいれられるのを目撃すると、信じられないしひどく傷ついたという表情を隠す必要はなかった。イライザは、紳士は私を裏切って姿を現さなかったからもう帰りましょうと従僕に告げた。

紳士が彼女を裏切ったというのもまた事実だった。ヒル街のタウンハウスの階段を上っていった紳士は、イライザの求める求愛者ではなかった。自分の希望や価値観をもっともらしく述べたてても、彼女が結婚生活に不可欠と考える誠実さや貞節を重視しない人だった。

あるいは、エヴァンズ卿夫人があてこすって言ったように、ストラサム卿は身分が低いイライザなら、結婚して子どもをもうけたあとぞんざいに扱ってもかまわないと考えているのだろうか。彼が以前からの愛人関係を続けようと、イライザには不平を言える有力な家族がついているわけではないと。

彼がそんな人だとは思えなかった。でも……自分で見たことは否定できない。

ジャイルズ・ストラサムのような人の愛情を勝ちとることができると考えるなんて、私はどれほど愚かなのだろう？　エヴァンズ卿夫人のような美女がさしだす快楽と競えると思うなんて。

昨夜、突きつけられた事実は衝撃的で過酷だったが、それと同じくらい過酷だったのは、心を守るには知るのが遅すぎたと気づいたことだった。今イライザが感じている絶望は、ジョージに裏切られて感じたものよりもはるかに大きかった。一生懸命ストラサム卿に対して自分を守ろうとしてきたのに、いつのまにか彼に恋をしてしまっていたのだ。

いいえ、と彼女は心の中できっぱりと言った。ストラサム卿に恋をしたのではないわ。私がストラサム卿だと思っていた人に恋をしたのよ。でも、この幻滅と、ついに見つけたと思った夢の恋人を失った喪失感から立ち直るのは簡単ではない。簡単ではないけれど、夫婦の契りを守る気のない人と結婚することはできない。

イライザは深呼吸をすると、思いきって手紙を開き、中の文を読んだ。

親愛なるミス・ヘイスタリング

ぜひまたあなたとお話ししたいと思っています。予定のない夜まではとても待てないので、明日か明後日の朝、ジンジャーと私におつきあいいただけませんか？

どうかイエスと言ってください——できるだけ早く。ジンジャーも私もあなたに会いたくてたまらないのです。

敬具

ストラサム

イライザは手紙を落とした。ストラサム卿と乗馬なんてできないし、彼が言おうとしている甘い言葉を聞くなんてもっとできない。私が結婚の誓いを守るかときけば、彼は絶対に守ると答えるだろう。エヴァンズ卿夫人の話はまだ生々しく心に残っていて、彼女のことをきけるとも思えないし、きいたとしても、彼の答えを信用できないのはわかっていた。

つまり、ストラサム卿と真剣な関係になるのはもう不可能なばかりか、彼とはきっぱり別れるしかないということだ。彼を愛していることに気づいた今、自分をごまかし、友人として会い続けることはできない。

愛する彼の手に、笑顔に、魅力に、どれほど簡単に引きつけられるかはわかっている。とにかく会うのは避けるべきだ。どんなに固い信念があっても、ストラサム卿の魅力の前では抗いきれないだろう。つかのまだとしても、夢に見てきたすべてのものが手に入ると思ったのに、この結婚をあきらめられるはずがない。いくらイライザがみじめな結末が待っているだけだと訴えても、彼を求める心はきっと楽しい結婚生活になるわとささやくのだ。

イライザは机の上の手紙を見下ろした。返事を書かなくてはいけない。乗馬の誘いを断るだけでなく、もう彼とは会いたくないと伝える返事を。

彼女は机に突っ伏した。昨夜、エヴァンズ卿夫人のタウンハウスの前で残酷な事実を突きつけられたときからずっとこらえていた涙が頬を伝った。

それからしばらくしたころ、ジャイルズは晴れ晴れとした気持ちで管理人からの書類に目を通していた。ルシンダとの問題は解決し、もうわずらわされることはない。管理人が連絡してきた事態に対処するため、すぐにもハンプシャーに向けて出発しなくてはならないが、ミス・ヘイスタリングに――イライザに会うことのほうが先決だった。

イライザ、ともう一度口にしてみると、舌に甘い感覚が残った。それともリザと呼ぶべきだろうか。彼女の姪《めい》や甥《おい》たちがそう呼んでいたように。貴族の世界では、妻が夫を爵位で呼び、夫は妻を〝レディ爵位〟と呼ぶ夫婦も多いが、ジャイルズの両親がそうだったように、イライザとのあいだに堅苦しさは不要だった。彼の活発で、衝動的で、愛情豊かなイライザは、そんなものに耐えられないだろう。

　ジャイルズは、アンドリューが投げたボールを跳びあがってキャッチする彼女を思いだし、頬を緩めた。ジャイルズがからかうと、彼女は思いっきり強く投げつけ、ボールは大きく跳ねて木立の中に入っていった。彼が女性の能力を見くびるようなことを言うたび、イライザの目が怒りをたたえてぎらりと光る。盗んだフェートンを彼の隣にこれ見よがしに止めたときの、興奮と罪悪感で紅潮した頬。庭園で彼の首に腕を回しキスしてきたときの甘やかな情熱……。

　体がざわつき、ジャイルズはああ、そうだと思った。僕はあの庭園でのキスを何度も何度も繰り返したいのだ。そして、彼女を愛の行為にいざないたいのだ。ただ、それはイライザに僕との結婚を承諾させ、自分のものにする権利を得てからの話だ。この唇と手でイライザの体を崇《あが》めたら、彼女がどんなすばらしい反応を示すだろうと想像すると、ジャイルズの口の中がからからになった。

　だが今ははやる気持ちを抑え、今朝送った手紙の返事を辛抱強く待つしかない。すでに冒頭の行を三度読み返している文書に目を戻し、彼女からの返事ができるだけ早く届くことを祈った。

　返事は来ないまま、時間だけが過ぎていった。彼の手紙が届いたとき、イライザはまた子どもたちと公園に行っていたのかもしれない。それとも、姉と出かけていたのだろうか。暖炉の上の時計が時を刻み続け、どんな用事でももう戻ってくるだろうという時刻になったが、まだ返事は届いていなかった。

ジャイルズは彼女が病気なのではないかと心配し始めた。あるいは何か重大なことが起きたのではないかと。

時計が正午を告げる。こちらからブルック街に出向いていこうと腰を上げかけたとき、待ちに待った返事がようやく届けられ、ジャイルズはひとかたならぬ安堵《あんど》を覚えた。

執事のバクスターが部屋を出ていくのと同時に、ジャイルズは封を破り、便箋を開いた。だが、文面に目を走らせたとたん、彼の笑みが消え、代わりに当惑と狼狽《ろうばい》が浮かんだ。

ストラサム卿へ

公園での乗馬にお誘いいただき、ありがとうございました。ただあまり体調がよくないので、この数日は外出を控え、回復に努めたいと存じます。男爵さまとの外出はとてもいい気晴らしになり、大変楽しく過ごさせていただきましたが、社交シーズンも終わりが近づいてまいりましたので、今後の身のふり方を決めることに専念する所存です。

この数週間、男爵さまとお父さまには親しく接していただき、感謝の念にたえません。大変お世話になりました。子爵さまにもどうぞよろしくお伝えくださいませ。

かしこ

イライザ・ヘイスタリング

手紙を何度も読み返し、理解しようとするあいだ、ありとあらゆる感情がジャイルズの脳裏をよぎった。彼女の体調への懸念。丁重でよそよそしい文章やへりくだった言葉遣いに対する困惑。まるで卑しい身分の人間がすれ違っただけの貴人にあてて、もったいなくも目をとめてくださったと礼を述べているようだ。最近の二人の親密なやりとりや温かい友情からは想像もつかない文章で、これがイライザの字だと知らなかったら、ほかの誰かが書いたのかと思っただろう。

それに、〝楽しく過ごさせていただきました〟だとか〝身のふり方を決めることに専念〟だとか、いったいどういう意味だ？　困惑した次の瞬間、はっと気づいた。文体が奇妙なだけではない。イライザはもう彼と会わないと告げているのだ。

ルシンダの嘲りに満ちた言葉がジャイルズの耳の奥で響いた。〝どんな女性だって人生がかかっているとなれば欺きもするわ……。貴族を引きつけたと思わせられれば、彼女と同じ地位の求愛者だって近づいてくる……〟

当惑と狼狽の次にわきあがったのは、憤りとまさかという気持ちだった。イライザが僕を誘惑し、初恋のアラベラよりもさらに徹底的にだましたというのか？　一緒に過ごすのを楽しむふりをしながら僕を連れて練り歩き、自分と同じ身分の〝現実的な〟相手に求愛させようとしていた？

〝ああいう女性は、あなたが手の届かない人だということをよくわきまえているわ〟

イライザが自分を過小評価するとは思えない。だが、かつての恋人の裏切りについて語ったとき、卑下するような、ほとんど恥じいるような口調で、結婚する価値があることと結婚できることは違うと学んだと言っていた。彼女は本気で、僕の関心や求婚を受ける価値がないと思っているのか？

その可能性はある。

ジャイルズが結婚の意志を宣言しようとしていたことは、イライザも気づいていたはずだ。だが……彼はそれを口にしなかった。彼女は未婚のまま一生を終える将来に絶望して追いつめられ、もっと見込みのある男――たとえばフルリッジのような――に求愛させなくてはいけないと思ったのだろうか？

すでに管理人には手紙を書き、明日ロンドンを発《た》つと知らせてあった。イライザと乗馬をしたあとにそうしようと考えていたのだ。駅馬車を使えば、夜遅くにはハンプシャーの領地へ着く。使用人たちは準備をして待っているはずだ。

ジャイルズは逡巡《しゅんじゅん》した。イライザの手紙はもうこれきりと言わんばかりだが、彼女の口から直接本意を聞くまでロンドンを離れることはできない。それに、手紙にあった病気のことも気にかかる。

やはり、彼女に会いに行くべきだ。明日の昼にはどうしてもロンドンを発たねばならないことを考えると、それは今日の午後しかない。

そういうわけで数時間後、ジャイルズは白薔薇《ばら》の大きな花束を手にブルック街へ赴いた。ミス・ヘイスタリングにお目にかかりたいと告げてしばらく待っていると、執事が戻ってきて、ミス・ヘイスタリングは体調が悪いのでどなたともお会いできませんと答えた。では、ダンバートン卿夫人にお会いしたいと言うと、彼女は数分ならと了承し、妹の代わりに花束を受けとった。

「ミス・ヘイスタリングの病気は重いのだろうか？」ダンバートン卿夫人の憂い顔を見て、ジャイルズの不安は増した。

「何が原因かわからないのです」夫人は認めた。「ひどい頭痛がすると言ってカーテンを閉めきり、横になっているのですが、熱はなさそうです。病気になったことがない子なので心配していますの」

寝室に押しかけるわけにもいかず、ジャイルズの不安ともどかしさは募る一方だった。「僕がとても心配していたと伝えてほしい。僕は明日、領地へ帰らなくてはならないが、できるだけ早く――週末までには――戻ってくるつもりだ。そのときにはいつもの元気な彼女に会えることを期待している」

ダンバートン卿夫人が立ちあがってお辞儀をしたので、ジャイルズも頭を下げて辞するしかなかった。疑問の答えは得られず、不確かさが彼の心をさいなんだ。

ダンバートン卿夫人はジャイルズの訪問を受け、懸念を隠そうともしなかった。稀《まれ》すぎる妹の病気にとり乱していたのか、あるいはすべてが演技だったのか。イライザは本当は病気ではなく、ほかの求愛者に集中したいので彼を追い返してほしいと姉に頼んでいたのだろうか。

僕は裏切られたのか？　だが、そもそも求婚していない僕が裏切られることは不可能だ。では、彼女はほかの男たちに求愛させるためだけに、僕を操っていたのか？　それもまた信じられなかった。彼女に限ってそれはないと考える先から、ルシンダの悪魔のささやきがよみがえる。〝どんな女性だって欺ける……〟

この十二年、僕は女性について何も学ばなかったのか？　また完全にだまされることなどありうるのか？　もしそうでないなら、イライザはなぜ僕と会おうとしない？

いらだち、憤り、混乱し、打ちひしがれて、ジャイルズはのろのろと玄関の間を抜け、帽子と杖《つえ》を執事から受けとった。落胆が大きすぎてクラブで食事をする気にもなれないし、突然の憂鬱の理由を父親に説明するのも億劫《おっくう》だ。キング街に戻った彼は荷物をまとめ、すぐにハンプシャーに向けて出発した。

イライザは寝室のカーテンの後ろに隠れ、表の階段を下りていくストラサム卿を見ていた。彼は一瞬、立ちどまってふり返り、屋敷を見上げたが、また向きを変えてフェートンに歩みよった。

あの馬車を走らせたときの興奮を思いだし、彼女は青ざめた笑みを浮かべた。フィンチはしぶしぶ褒めてくれ、ストラサム卿はまた運転させてほしいと頼む彼女の大胆さを笑った。

あの笑い声をまた聞くことがあるのだろうか？　彼と肩を寄せあってフェートンの狭い座席に座ることが？　あるいは、ピアノフォルテの長椅子に並んで座って連弾の練習をすることが？

胸が苦しくて、また涙がこぼれそうになる。イライザは二つに引き裂かれるような気がした。階段を駆けおりていってストラサム卿を呼び戻したいのに、エヴァンズ卿夫人の腕の中にいる彼を思うと体が凍りついて動けない。

さっきまで彼女は寝室を出ないという決意と戦っていた。ストラサム卿と対峙《たいじ》して、もう会えない理由を直接伝えたほうがいいのではないかと思ったのだ。だが、ストラサム卿の存在を、笑い声を、口づけを求める気持ちがあまりに強いことを考えると、やはり今は会わないほうがいいと考え直した。彼のそばに行くにはまだ心の強さが足りないし、彼を追い返せるとも思えなかった。

でも、彼の姿を目に焼きつけるチャンスを逃すことはできなかった。もしかしたらこれが最後になるかもしれないのだから。

イライザの視線はストラサム卿の広い肩や、りゅうとした立ち姿や、ビーバーのトップハットの下の黒っぽい髪の毛をいとおしそうになぞった。フェートンに乗りこむ動作の力強さと優雅さ。手綱をとって馬を動かすなめらかな手つき。通りにはみでていた石炭用荷車をかわす見事な手綱さばき。

堂々としていて、ハンサムで、雄々しくて、圧倒的な人……。私のものになりかけていた人。

フェートンが視界から消えると、イライザは暖炉の前の椅子に戻り、毛布にすっぽりとくるまって、涙が流れるに任せた。

21

一週間後、イライザは相変わらず暖炉の前の椅子に座っていた。風邪をうつしたくないからと部屋に引きこもり、子どもたちとも誰ともいっさい会わなかった。充血した目と鼻水のおかげでいかにも風邪をひいているように見えるのが好都合だった。

ストラサム卿《きょう》の面会を断った午後、動揺を隠しきれないイライザを見て、姉は疑念を抱いたようだった。その夜は二人で舞踏会に出席することになっていたが、普通にふるまえるはずもなく、イライザは頭痛がいつまでもよくならないから何かの病気かもしれないと言って欠席した。たとえば失恋とか、と心の中でつけたしながら。

ストラサム卿から届いた手紙は、読むことができないまま机の上に置きっぱなしになっていた。彼がエヴァンズ卿夫人のことを認めるはずはないが、それでももし甘い言葉で許しを請われたら、はねつけられるとは思えなかった。

でも、もうすぐ強い私に戻るわ。イライザは心の中で誓った。失った力をかき集め、粉々になった心のかけらをつなぎあわせて元に戻せられれば。社交シーズンも終わりに近づき、一生独身の選択肢は日々、現実味を帯びている。ほかの選択肢を残しておきたいなら、隠遁《いんとん》生活を終わらせて社交界に戻るしかない。

イライザにとって最高の、そして実際には唯一の望みはフルリッジ氏だった。イライザが伯爵夫人の二回目の晩餐会《ばんさんかい》を急遽《きゅうきょ》キャンセルしたあと、彼は花束と早期の回復をお祈りするとしたためたカードを送ってくれた。

メイドに紅茶を持ってきてもらおうかと考えていると、ノックの音がした。「お客さまがお見えです」従僕が部屋の中に入ってきてカードをさしだした。

「最近ミス・ヘイスタリングはお客さまにお会いしていないとお伝えしたのですが、これを渡すだけ渡してほしいとおっしゃいまして」

イライザの心臓がどくんと脈打った。だが、淡黄色のカードの表面に刻印されていたのはストラサム卿ではなくフルリッジ氏の名前だった。

ストラサム卿でなくてよかったのだ。臆病者だと証明することになるとしても、今、彼と向きあうことは想像できなかった。

では、フルリッジ氏と向きあうことはどうだろう？　彼と会うべきなのか断るべきなのか。

この一週間、悲しみと絶望に浸ってきたが、最後で最高の望みの綱があちらから訪ねてきてくれたのだから、嘆くのをやめて前に進むという決意を行動に移すべきだろう。未来を精いっぱいいいものにするための努力をするべきだ。

それはフルリッジ氏との結婚を意味するかもしれない。

「すぐに参りますとお伝えして」

従僕がお辞儀をして出ていくと、イライザは鏡台の前に行った。髪は朝メイドが完璧に整えてくれてそのまま保たれている。ドレスは古いが、フルリッジ氏は彼女の実家の経済状態を知っているので、いい印象を与えるために着替える必要はないだろう。幸い、涙は数日前に涸《か》れ果て、目と鼻の赤みは引いていた。神経がこれ以上落ち着くことはないから、あとは階下へ下りていくだけだ。

最高の未来に向かうため、最初の一歩を踏みだすのよ。彼女は自分に言い聞かせた。

イライザが部屋に入っていくと、フルリッジ氏が立ちあがってお辞儀をした。「私と会ってくれるくらい元気になってよかった！　もうすっかりいいのかい？」

「全快とは言えませんが、もう少しだと思います」

これは本当のことよね？　骨にしみこんだ喪失感はまだ受けいれきれないとしても、少しずつそこに近づいてはいる。それに、フルリッジ氏をほどほどに温かい気持ちで迎えられたことも満足だった。

「君の回復を願ってこれを持ってきたよ」フルリッジ氏は香《かぐわ》しいピンクの薔薇《ばら》の花束をさしだした。

イライザは濃厚な香りを吸いこんだ。「ありがとうございます。それに、先日のカードと贈り物も」

「先週は会えなくて寂しかったよ。さて……私たちはこの話題を避けてきたが、社交シーズンも残り少なくなってきたので率直に話してもいいかい？」

警告灯が一瞬、閃《ひらめ》いた。フルリッジ氏は別れを告げに来たのだろうか？　自分の不安のことばかり考えていたが、彼の考えや自分の立ち位置を知るのはいいことに思えた。

イライザはフルリッジ氏に椅子を勧めた。「ええ、ぜひ。あなたはどうされたいのか聞かせてください、フルリッジさん」

彼はうなずいた。「君のそういうところも好きなんだ。そう、私は君が好きだ、ミス・ヘイスタリング。とてもね。君は美しいし才能もある。君のピアノフォルテは毎晩聴いても楽しいだろう！　さらに君は献身的だ。君はお姉さんの子どもたちの世話をするそうだね。他人を思いやり、虚栄心がまったくない。私がすばらしいと思う資質ばかりだ。

だから、正直に言わせてもらうよ。私が……かなり年上だということはわかっている。私自身の子どもたちはもう成人したが、妻が子どもを望むなら、また新しい赤ん坊を迎えるのも悪くはないと思う。私が求めているのは親交であり、穏やかな愛情と友情だ。若い女性はわくわくどきどきする恋愛を求めるかもしれないが、それとは少し違うものだ。君がわくわくどきどきのほうがいいと言うのであれば、私は身を引くし、それで君を悪く思うことはない。だがもし君が親しみや、友情や、敬意や、静かな愛を礎にした関係を思い描くことができるなら、私はこれからも君と会いたいと思っている」フルリッジ氏は身を乗りだし、イライザの頬にそっと手を触れた。「君には最良のものがふさわしい。幸福な家庭がね、イライザ」

　フルリッジ氏の思いやりと理解に心を動かされ、イライザは彼の温かい手に頬を押しつけて、目尻の涙がこぼれないようにまぶたを強く閉じた。

　フルリッジ氏は彼女の唇を指でなぞってから手を離した。イライザが目を開けると、彼はこちらを見ていた。恭しく控えめではあったが、その目ははっきりと欲望を伝えていた。

　イライザの中にそれに答える反応が生まれたとは言えない。でも……受けいれるような気持ちはあった。彼がさしだしているものを受けとれるかもしれないということだろうか？

　フルリッジ氏が手を上げた。「君を追いつめるつもりはないし、今すぐ答えがほしいと言うつもりもない。ただ、私の気持ちを知っておいてほしかったんだ。君との関係が進展すればうれしいが、そうならなかったとしても受けいれ、一緒に過ごした時間を楽しい思い出にするよ。さあ、もう体を休めなさい。いや、立ちあがる必要はない。ゆっくり休んで元気になるんだ。見送りはいらないよ」彼は微笑《ほほえ》んで立ちあがり、お辞儀をして去っていった。

　イライザはソファに座ったまま、彼に撫《な》でられた唇に指を触れた。フルリッジ氏のそのしぐさが示していたのは、穏やかな愛を求めているとしても、性行為のない結婚を求めているわけではないということだった。彼が夫になれば、イライザが望んでいようといまいと、彼女の体を我がものにできる。でもあんなに優しくて高潔な人には、彼の愛撫《あいぶ》に耐えるだけの妻ではなく、喜んで応じる妻がふさわしい。私にそれができるのだろうか？

　イライザは痛む頭を押さえた。さまざまな考えが渦巻き、感情が交錯していた。期待感とともに体を委ねられないなら、彼がくれる保証や、家や子どものためだけに結婚するべきではないだろう。

　子ども。イライザは生まれたばかりの姪《めい》に見上げられたときの喜びを思いだした。興味津々の小さな目が新しい世界を見回していた。小さくて完璧な一人の人間に畏敬と驚異の念をかきたてられ、イライザはいつか私も自分の赤ちゃんを抱きたいと強く思った。あの夢をあきらめられるの？

　フルリッジ氏を拒めば、自分の子どもを産むチャンスは永遠に失われるだろう。私は〝甘い叔母さん〟で満足できるのだろうか。

　イライザに答えをせかさなかったことは、フルリッジ氏の優しさと思いやりをよく表していた。だから、彼女も自分に答えを強いることはしなかった。強いたところで、今は答えなど出そうにない。

　イライザは一週間ぶりに姉と晩餐をともにした。だが、まだ完全には体調が戻っていないので、その夜姉が出席する舞踏会には同行できないと伝えた。晩餐が終わると自室へ戻り、いつもの暖炉前の心地いい椅子に座った。

　もう十分泣いたと思っていたのに、彼女がボールを投げつけたときのストラサム卿の笑顔を思いだすと、また悲しい気持ちがこみあげてくる。静かな涙が頬を伝うのを感じながら、彼女は望みのない恋心やさまざまな感情を手放そうとした。

　突然扉が開き、姪と甥《おい》たちがなだれこんできたので、イライザははっとした。

「どうして真っ暗な中に座ってるの、リザ叔母さん?」スティーブンがきいた。

「悲しまないで、リザ叔母さん。僕たち、叔母さんが大好きだよ」アンドリューが言う。

イライザは微笑んで涙をふいた。「私もあなたたちを愛しているわ。長いこと塞ぎこんでいてごめんなさいね」

「寝る前のお話をもうずっとしてくれていないでしょ!」ルイーザが訴えた。

「この一週間、叔母さんのところに行っちゃいけないってグリーンさんに言われてたんだ。叔母さんは悲しんでいるからって」アンドリューが言った。

「でも今夜は、ママと一緒に夕飯を食べられるくらい元気になったから、お話をねだってもいいって言われたんだよ。ねえ、お話をしてくれる?」

使用人たちは風邪の鼻水と嘆きの鼻水を簡単に見分けるのねと、イライザは残念な思いで考えた。

「お話をしてるときっと楽しくなるから」アンドリューがさらに一押しした。

「あなたの言うとおりだわ」イライザは少年の洞察力に感心した。「お話をするのは確かに楽しいわね。わかったわ。お話をしてあげる」

イライザは子どもたちを子ども部屋まで連れて戻った。彼らの無邪気でわかりやすい心遣いに癒やされていた。自分の子どもがいなくても、この子たちの愛があれば十分ではないだろうか?

子どもたちがそれぞれのベッドに入ると、イライザは思いつく限り一番幸せな物語をつくって聞かせた。勇敢な王子たちと大胆な王女たちが助けあい、恐ろしいドラゴンから王国を守りぬいて永遠に幸せに暮らすお話だ。

お話が終わり、眠そうなルイーザに上掛けをかけていると、幼い少女がぬいぐるみをさしだした。

「今夜はおばさまがくまちゃんと寝て」

「でも、くまちゃんはいつもあなたと一緒に寝ているでしょう」

ルイーザはしかつめらしくうなずいた。「くまちゃんがいると、わたし、強くなれるの。今夜は、おばさまが強くなる番。そうしたらもう泣かなくてすむでしょう。でも、明日には返してね。わたしが一人でも強くなれるのは、一日だけだから」

イライザはごくりと唾をのみ、涙を押し戻した。

「ありがとう。明日の朝一番に返すわね」

ぬいぐるみを抱きしめて少女のおでこにまたキスをすると、イライザは静かに部屋を出た。

アンドリューの言うとおりだ。いいかげん悲しむのをやめなくては。破れた夢や、どこにも行きつかない後悔など忘れるべきだ。もう十分嘆いたのだから、前に進もう。

イライザはもう一度、小さなルイーザを初めて抱いたときの気持ちを思いだし、やはり私は母親になる喜びを経験したいのだと思い至った。フルリッジ氏と交際してみよう。そして、そこから愛情と情熱が生まれ、彼に人生と忠誠を捧《ささ》げられるほどに育つかどうか見てみよう。

イライザはぬいぐるみを抱えてベッドに入った。くまちゃんが与えてくれるとルイーザが信じている勇気が私にも必要だ。あまりにも長いあいだ臆病風に吹かれて決断を先送りにしてきたが、フルリッジ氏の求愛を受けいれるには、まずジャイルズ・ストラサムとの友情を正式に終わらせなくてはならない。

彼と直接会い、エヴァンズ卿夫人との関係についてきこう。彼が求婚してきたら、妻を愛するだけでなく妻だけを愛する人でなければ結婚はできないとはっきり伝えよう。強い心が必要だ。ストラサム卿への愛や、彼の魅力に流され、結局みじめになるだけの結婚を受けいれてはいけない。

ストラサム卿への愛情をふり払って――この愛情を終わらせることができると自分に証明して――初めてほかの人に忠節を誓う自由ができるはずだ。そして、人生がさしだしてくれるものを最大限に利用できるはず。

そのころ、ジャイルズはハンプシャーの領地で汗を流し、なるべく忙しくして考える時間を減らそうとしていた。それでも、暗闇の中で眠れぬまま過ごす夜には、怒り、憂い、考え、いぶかる時間がいくらでもあった。イライザとの関係が一瞬にして崩壊したのは何が原因だったのか……。イライザの手紙がほのめかしていることを受けいれ、ルシンダが言うように彼女はジャイルズの地位を利用してほかの求愛者を引きつけようとしていただけだと結論づけるか、彼女がそんな計算高い女性である可能性を排除するか、彼はいまだに決めかねていた。

イライザの温かさや、二人のあいだに感じる絆《きずな》が見せかけだとは思えなかった。二人を引きつける力はあまりに強く、イライザの瞳にも同じ思いが浮かんでいた。彼女のキスには情熱があった。

だが、彼には過ちを犯した経験があった。僕は完全な愛と献身を分かちあえる女性をついに見つけたと自分に思いこませただけなのか？

ジャイルズはイライザに手紙を書き、君がもう会わないと伝えてくるほど怒らせるようなことを、僕は何かしたのだろうかとたずねたが、返事は届いていない。それこそが返事なのだと思われた。

ルシンダが正しいのかもしれない。僕はイライザの別れの言葉を潔く受けいれ、彼女の人生――僕のいない――を歩ませるべきなのかもしれない。

気持ちがすさみ、心と魂がしおれていくようだった。イライザが突然距離を置くまでも、ジャイルズは彼女を大切に思い、結婚を望んでいた。だが、彼女を永遠に失いそうになって初めて、どれほど深く完全に恋に落ちていたかがわかったのだ。

いずれにせよ、ルシンダに、ほらね、私の言ったとおりでしょうと言わせる気はなかった。彼がイライザとのあいだにできた溝を修復しようとするかどうか、修復できるかどうかとは関係なく、もう絶対に、二度とルシンダには会うものか。

領地に戻って一週間がたった。ジャイルズは農場管理人と遠隔の牧草地を視察し、ハンプシャー豚の補充について意見を交わした。その後、管理人は注文していた品を受けとりに村へ向かったが、ジャイルズは借地人や、館の使用人や、ロンドンから加勢に来た父とも顔を合わせるのが億劫《おっくう》で、頭を空っぽにするため、あてもなく馬を走らせた。

小川の近くで鞍《くら》から降り、馬に水を飲ませながら川縁にしゃがんで冷たい流れに手を浸した。手の上を滑っていく水の光と影を見ていると、川辺に生息するクレソンが目に留まった。ジャイルズは顔をほころばせて葉を持ちあげ、水面の上と下で変わる緑色を観察した。

突然、彼の意識はサーペンタイン池のほとりで過ごした日に戻っていた。イライザがそこで育つ植物を指さして色の変化に目を向けさせ、自然の尽きない多様性と美しさを熱っぽく語ったあの日に。

イライザに会いたいと思う気持ちは体の痛みとなって彼をさいなんだ。ルシンダは彼の頭に邪悪な疑念を植えつけたが、イライザと過ごした日々を思い返すと、彼女の好意が見せかけだったとも、彼をだましてほかの求婚者を引きつけようとしていたとも思えなかった。ほかの女性たちにはだまされたとしても、イライザに関するこの直感だけはまちがっていないし、まちがっているはずがない。

だが、本当にイライザが僕のことを思ってくれているなら、あの突然の翻意はなんだったのか。

もしかしたら……僕が公園で愛を伝えきることができなかったせいで、イライザは僕もジョージと同じだと思うしかなかったのではないか。彼女のことを、一緒に過ごすのは楽しいが妻にするには身分が低すぎると考えていると。もしそうなら、夫を見つけるのが先決なので、もうこれ以上友人を楽しませる時間はないと彼女が手紙に書いてきたことも合点がいく。そしてもし姉や家族に早く身を固めるようせっつかれていたら、僕からの求婚がないのでほかの申し出を受けるしかないと考えるかもしれない。彼女が唐突に二人の友情を終わらせたのはそういうことだったのではないか？

堅苦しいとも言えるほど律儀なイライザだから、僕の求婚を待ちつつほかの男の求婚を受けることはできないだろう。その男との婚約が正式に決まる前でも、僕とは距離を置くはずだ。

ロンドンに戻ったあと、彼女と会うべきか否か思い悩むのはもうやめだ。彼女に会い、突如身を引いた理由を聞きだすのだ。そして、イライザが急に僕を嫌いになったのでない限り、意を決して結婚を申しこもう。

だが、イライザが本当にもう僕とは縁を切ると決めていたら、あるいはほかの男の申し出をすでに受けいれ、道義的にあとに引けないとしたら、苦しいが、彼女の決意を尊重してあきらめるしかない。

ジャイルズはいても立ってもいられず、急いで馬にまたがった。領地での仕事は明日には終わる。今から館へ戻って荷造りをすませ、最後の仕事が終わると同時にここを発《た》とう。

玄関前で馬を降り、厩《うまや》へ戻すよう従僕に命じると、ジャイルズは館に駆けこんだ。階段を上っている途中、父親とすれ違った。

「何をそんなに急いでいる？」子爵がきいた。

「明日、ロンドンに戻ります。急な話ですみませんが――」

ジャイルズが言いおわる前に、子爵が息子の肩をたたいた。「ようやく正気に戻ってくれたか。ミス・ヘイスタリングとのあいだで何があったか知らないが、行って解決しなければならないだろう？ 私の大事な計画を今、壊されては困るんだ」

「父上の計画とは？」ジャイルズは困惑した。

「彼女に会った瞬間、おまえにぴったりの女性だとぴんときたんだ。どうして私が交際を勧めたと思う？ さあ、ぐずぐずするのはやめてロンドンに戻りなさい。問題を解決して彼女を説得するんだ」

「できるだけのことはしてみます」ジャイルズはそう誓うと、また階段を駆けのぼった。

最初から父はイライザが僕にふさわしいと思っていたというのか？ それを吉兆ととり、ジャイルズは部屋に駆けこんで荷造りを始めた。

明日、とにかく急いでロンドンに戻ろう。そして、できることはなんでもしてイライザ・ヘイスタリングを説得し、僕を受けいれてもらうのだ。


三日後、気をはやらせたジャイルズがダンバートン家のタウンハウス前の階段を小走りに上っていた。出迎えた執事がミス・ヘイスタリングは庭においでですと言いおわるが早いか、その横をすりぬけて両開きの扉に向かい、庭へ出て必死にイライザを探す。まだ手遅れでないことを一刻も早く確かめたかった。

ほとんど走るようにして最初の小道を抜け、次の小道に入った。ようやく、隣の小道を遠ざかっていくイライザの姿が見えた。喜びと不安に胸を高鳴らせ、追いかけていって彼女の肩をつかむ。

「頼む、まだ彼の求婚には応じていないと言ってくれ！」

22

イライザは驚き、ぱっとふり返った。

「ストラサム卿《きょう》？」胸の痛みが強すぎてついに幻まで見えるようになってしまったのかと、とっさに思った。「もう私の手紙を受けとったのですか？　あなたは今日遅くにしか戻られないはずでは？」

「手紙？」彼は首をふった。「いや、何も受けとっていない。ロンドンに着いたあと、服も着替えず直接ここに来たんだ。イライザ、頼む、まだフルリッジにイエスと答えていないと言ってくれ」

イライザは目を瞬かずにいられなかった。彼がここにいることが信じられない……。でも、ざわめく五感や飛びはねる鼓動が、これはまちがいなくストラサム卿だと証明している。そのとき、彼に来てほしいと手紙を書いた理由を思いだした。

「ええ、イエスとは答えていません——まだ」

「お願いだから、それはやめてほしい。君は身のふり方を決める必要があると何度も言っていたのに、本当の気持ちを伝えずにいた僕がばかだった。愛しているんだ、イライザ。君のいない未来など考えられない。君も僕を愛してくれているはずだ。愛していると言ってくれ。僕と結婚すると」

「それはどうでしょう」イライザは唾をぐっとのみ、体の中で渦巻く感情に負けまいとした。「お目にかかりたいと手紙を書いたのは、どうしてフルリッジさんのお申し出を受けることにしたか、あなたに直接お伝えしたかったからです」

「だが……君は僕を愛しているだろう？　僕の勘違いだとは思えない！」

イライザは唇を噛《か》んでいたが、やがて絞りだすようにして言った。「ええ、愛しています」

「僕を愛しているのに、なぜフルリッジと結婚する？」

「愛だけでは十分でないこともあるんです。どう話したらいいのかわからないけれど……率直に申しあげるしかありません。私は妻を裏切る人とは結婚できません。その人をどんなに愛していても。その人を愛しているからこそ。裏切り行為は私の心をずたずたにするはずです」

ストラサム卿が困惑して眉をひそめた。「裏切る？　どうして君を妻にできる幸運な男がよそに目を向けるんだ？」

「〝よそ〟にいるのが金髪の美女で誘惑上手だったらどうでしょう？」

イライザは心の奥の秘めた場所ではまだ、自分の勘違いであってほしいと思っていた。だが、ストラサム卿の顔が赤くなるのを見て彼女の希望は潰《つい》えた。

「エヴァンズ卿夫人のことか。僕たちの……関係を誰かから聞いたのかい？」

「ご本人が訪ねていらっしゃいました」

「彼女が何をしたって？」

「私に会いにいらしたんです。私がつらい思いをしないようにと、あなたとの長い関係について教えてくださいました。何があっても――ほかの人と結婚しても――あなたは必ず彼女のもとに戻ると」

悪態のようなものをつぶやいて、ストラサム卿は髪をかきあげた。「ああ、彼女なら言いそうなことだ。だが、僕はもう何週間も前に縁を切っている。彼女がその事実を受けいれようと受けいれまいと」

小さな希望の火花が閃《ひらめ》いた。「縁を切った？」

ストラサム卿がため息をついた。「もっと前に話すべきだったよ。彼女と出会ったのはオックスフォードからロンドンに来てまもないころだったが、僕の望む妻にはなりえないとようやく気づいたんだ。

みんなにちやほやされるのが好きで、一人の男では満足できない女性だ。特に、彼女の愛するロンドンの政界より田舎の領地を好む男では。僕は君と同じように、愛と誠意に満ちた結婚を知っているし、それ以下のものでは満足できないとわかっている。彼女と別れたのは、君と会うようになる前のことだ」

「舞踏会で彼女と踊っているとき、あなたは魅入られているようでした」

　ストラサム卿が顔をしかめた。「以前の僕は別れても戻っていたのに、今回はそうしなかったので、彼女のほうから舞踏会まで追いかけてきたんだ。僕は二人の関係は終わったし、再開する気はないと改めて伝えた」

「ではどうして彼女の家をまた訪ねたのですか？」

「なんの話だい？」

「ここにいらした日、エヴァンズ卿夫人はあなたと和解して、夜、会うことになっているとおっしゃいました。あなたが私とのことを真剣に考えているというようなことを言いかけた日の翌日でしたので、信じられませんでしたが……でも確かめなくてはいけないと思ったんです。そして指定された時間にヒル街へ行き、あなたが夫人の家に入っていくのを見ました。夫人が言っていたとおりに」

「君が……あそこにいた？」ストラサム卿が愕然《がくぜん》とした。「あの着膨れした二人か……。君は僕を見張っていたのか？」むっとしたように言う。

　イライザは一瞬、後ろめたさを覚えたが、強い口調で返した。「そうです。ちゃんとした理由があったと思いますが、どうですか？　あなたから求愛されたも同然の日の翌日に、あなたが仲良し《シェール・アミ》の女性の家に温かく迎えられるのを見たんです。そんな貞節、私には受けいれられません！」

　ストラサム卿はいらだたしげに首をふった。「そこまでする女性だったとは！　彼女はその日の午前中に君に会いに来たと言ったね？」

「ええ」イライザははっと笑った。「あなたの愛情が本当はどこにあるか私に警告するために。私がだまされて悲惨な結婚をしないように」

「僕に説明させてくれるだろうか？」

イライザは腕組みをして彼をにらみつけた。「どう説明なさるんですか？　私はこの目であなたが彼女の家に入っていくのを見たんですよ。彼女が予告したとおりに！　あなただって今認めたじゃないですか！」

「ああ、だが、僕がなぜ彼女を訪ねたか君はわかっていない。あれはロマンティックな密会ではなかった。君はすぐに帰ったんだろう。三十分待っていれば、僕が帰るところを見ていたはずだ」

「朝まで……いらっしゃらなかったの？」

「ああ、そうだ」

「でも……夫人に私のことを話しましたよね？　彼女は私がフェートンを運転することを知っていました。子どもと公園で遊ぶことも。どうしてそんな私を裏切るようなことをなさるんですか？」イライザは怒りの涙をこらえるために叫ぶように言った。

「彼女に君の話などしていない！」ストラサム卿も声を荒らげた。「ただ……」動揺をあらわにして狭い通路をうろうろと歩く。「彼女は舞踏会まで僕を追いかけてきたとき、いろいろ情報を集めたに違いない。上流社会は彼女の知りあいだらけだからね。誓って言うが、僕は、君が才能と機転と魅力を兼ね備えた女性だということしか言っていない。

ヒル街に行ったのは、来なかったら人前で騒ぎを起こすと脅されたからだ。真剣な交際が始まる前に君を失うような危険は犯したくなかった。僕は彼女に二人の関係は終わったともう一度はっきり伝えてあの家を出た。彼女はもう僕となんの関係もない。僕が本当の愛を見つけたからだ。君を」

「あなたは……そう信じているの？」

「全身全霊で。エヴァンズ卿夫人のことはいずれ君に話すつもりだったが、その機会がなかったんだ。どうして僕に直接きいてくれなかった？　何も説明せず僕を追い返したのはなぜなんだい？」

「もし夫人の話が本当なら、殿方は認めるでしょうか？　あなたは最初からずっと誠実だったわけではありません。私に関心があるふりをしたのは、お父さまを近づかせないためでした。お父さまが領地に帰ったとおっしゃったのも嘘《うそ》でした」

ストラサム卿は反論しようとしたが、結局、認めた。「君の言うとおりだ。あのささやかなごまかしがこんなに大きな仇《あだ》になるとは！　だが、今は僕を信じられるかい？　僕がエヴァンズ卿夫人と別れたことは？　僕は君を、君だけを愛していて、もし結婚してくれたら一生君に、君だけに忠誠を誓うことは？」

「最初は、あなたの人柄をこんなに誤解するなんてありえないと思いました」イライザは口調を和らげた。「でもあの夜、あなたが彼女の家に入るのを見て……心が死んでしまったのでしょうね。がんばってあなたなしで前に進もうとしたけれど、だめでした。もっと早くあなたに会えばよかった。あなたをもっと信じることができなくてごめんなさい」

「では……今の僕のことは信じてくれるんだね？　許してくれたのかい？」

イライザはうなずいた。喜びと安堵《あんど》に圧倒され、彼が言葉にしてくれた愛に恐れおののいていると、ストラサム卿が彼女の顔を上げさせた。

「僕と結婚してくれるね？」

イライザは震える笑みを浮かべた。「ええ、結婚するわ、愛《いと》しいジャイルズ」

ジャイルズが彼女を強く抱きしめて口づけしたので、全身が粟立《あわだ》ち、イライザはぼうっとなった。しばらくしてついに抱擁を解くと、彼は言った。「君がフェートンを盗んだときも恐怖を感じたが、今回永遠に君を失ったと思ったときの苦しみに比べれば、あんなものは恐怖でもなんでもなかったよ」ジャイルズは彼女の腕をつかんだ。「行こう。荷造りができしだい出発することをお姉さんに伝えなくては」

「出発？」

「そうだよ。君の父上に結婚の許しを得て予告を出してもらうんだ。できるだけ早く結婚したい。エヴァンズ卿夫人がまた君に何かを吹きこむ前に、フルリッジが君をさらっていく前に」

　イライザははっと足を止め、ジャイルズを引きとめた。「フルリッジさん！　出発する前に彼と話さなくては。とても親切にしていただいたのに、手紙だけでお断りするなんて不謹慎だもの」

　ジャイルズが眉をひそめた。「本当に手紙ではだめなのかい？」

「そんな失礼なことはできません」

「僕も一緒にいていいかい？」

　イライザは笑った。「私のことを信用なさってないのね？」

「フルリッジを信用していないんだ。君を横取りしようとするかもしれない」

　イライザは首をふった。「彼はそんなことをする方ではないわ」

　ジャイルズはため息をついた。「この知らせを間接的に伝えられたら、僕でも侮辱されたと思うだろう。わかったよ。だが、すぐに彼を呼ぶんだ。明日には発《た》たなくてはならないからね。いや、やはり君が彼と会っているあいだに、僕もエヴァンズ卿夫人を訪ねよう。彼女のおかげで僕たちは破滅するところだったんだ。首を絞めてもいいくらいだよ」

「いいえ、もっといい復讐《ふくしゆう》のしかたがあるわ。私たちが結婚して幸せに暮らすことよ」

ジャイルズはゆっくりと顔をほころばせた。「そうだね。それが最高の復讐だ」

彼は再びイライザの腕をとって歩き始めたが、また彼女が引きとめた。「待って。まだよ」

「なぜ？　ほかに何かすることがあったかい？」

「これよ」イライザは彼の顔を引きよせてキスをした。先週感じたすべての安堵と苦しみと悲しみをこめて。この先のすべての情熱と喜びと期待をこめて。

ジャイルズは彼女の体に腕を回すと、同じだけの情熱をこめてキスを返した。彼の口と唇と舌がイライザの全身に官能の炎を送りこむ。彼女は今のこの喜びと、もうすぐ得られるはずの完全な喜びに恍惚《こうこつ》となった。

ついにジャイルズがキスをやめた。「予告はやめだ。特別許可証をもらってすぐに結婚しよう」

イライザは彼の腕をたたいた。「それはだめ。母と父ががっかりするもの。妹たちも、友だちも！　特にマギーと、今週新婚旅行から戻ってくるローラが」

「死ぬまで僕の妻でいてくれるなら、あと二、三週間は待ってもいいかな」

イライザはいたずらっぽい笑みを浮かべた。「その価値はあったと思わせてさしあげるわ」

ジャイルズが熱っぽい視線を返した。「約束は絶対に守ってもらうよ。だが、君のお姉さんと父上に会ったあと、君をハンプシャーへ連れていって僕の父にもこの知らせを伝えなくてはいけないね。父は喜ぶだろう。僕の喜びの半分にも及ばないと思うけれど」彼はイライザの指に指を絡めた。「ピアノフォルテの連弾と、フェートンの運転と、たくさんの子どもたちの笑い声に。そして、永遠の愛を見つけた僕たちに」

イライザはジャイルズに体を寄せてキスをした。今度はゆっくりと優しく。「私たちの永遠の愛に」

ハーレクイン®

男爵と売れ残りの花嫁
2024年7月5日発行

著　者	ジュリア・ジャスティス
訳　者	高山　恵（たかやま　めぐみ）
発行人	鈴木幸辰
発行所	株式会社ハーパーコリンズ・ジャパン 東京都千代田区大手町 1-5-1 電話 04-2951-2000（注文） 0570-008091（読者ｻｰﾋﾞｽ係）
印刷・製本	大日本印刷株式会社 東京都新宿区市谷加賀町 1-1-1
装丁者	小倉彩子

造本には十分注意しておりますが、乱丁（ページ順序の間違い）・落丁（本文の一部抜け落ち）がありました場合は、お取り替えいたします。ご面倒ですが、購入された書店名を明記の上、小社読者サービス係宛ご送付ください。送料小社負担にてお取り替えいたします。ただし、古書店で購入されたものについてはお取り替えできません。®とTMがついているものは Harlequin Enterprises ULC の登録商標です。

この書籍の本文は環境対応型の植物油インクを使用して印刷しています。

ISBN978-4-596-63564-8 C0297

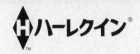

7月12日発売　ハーレクイン・シリーズ 7月20日刊

ハーレクイン・ロマンス
愛の激しさを知る

夫を愛しすぎたウエイトレス	ロージー・マクスウェル／柚野木　菫 訳	R-3889
一夜の子を隠して花嫁は《純潔のシンデレラ》	ジェニー・ルーカス／上田なつき 訳	R-3890
完全なる結婚《伝説の名作選》	ルーシー・モンロー／有沢瞳子 訳	R-3891
いとしき悪魔のキス《伝説の名作選》	アニー・ウエスト／槙　由子 訳	R-3892

ハーレクイン・イマージュ
ピュアな思いに満たされる

小さな命、ゆずれぬ愛	リンダ・グッドナイト／堺谷ますみ 訳	I-2811
領主と無垢な恋人《至福の名作選》	マーガレット・ウェイ／柿原日出子 訳	I-2812

ハーレクイン・マスターピース
世界に愛された作家たち
〜永久不滅の銘作コレクション〜

夏の気配《ベティ・ニールズ・コレクション》	ベティ・ニールズ／宮地　謙 訳	MP-98

ハーレクイン・プレゼンツ作家シリーズ別冊
魅惑のテーマが光る
極上セレクション

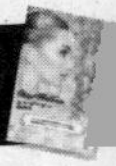

涙の手紙	キャロル・モーティマー／小長光弘美 訳	PB-389

ハーレクイン・スペシャル・アンソロジー
小さな愛のドラマを花束にして…

幸せを呼ぶキューピッド《スター作家傑作選》	リン・グレアム 他／春野ひろこ 他 訳	HPA-60

文庫サイズ作品のご案内

◆ハーレクイン文庫・・・・・・・・・・・・・毎月1日刊行
◆ハーレクインSP文庫・・・・・・・・・・毎月15日刊行
◆mirabooks・・・・・・・・・・・・・・・・・毎月15日刊行

※文庫コーナーでお求めください。

今月のハーレクイン文庫

6月刊 好評発売中！

Harlequin 45th Anniversary

帯は1年間"決め台詞"！

珠玉の名作本棚

「あなたの子と言えなくて」
マーガレット・ウェイ

7年前、恋人スザンナの父の策略にはめられて町を追放されたニック。今、彼は大富豪となって帰ってきた——スザンナが育てている6歳の娘が、自分の子とも知らずに。

（初版：R-1792）

「悪魔に捧げられた花嫁」
ヘレン・ビアンチン

兄の会社を救ってもらう条件として、美貌のギリシア系金融王リックから結婚を求められたリーサ。悩んだすえ応じるや、5年は離婚禁止と言われ、容赦なく唇を奪われた！

（初版：R-2509）

「秘密のまま別れて」
リン・グレアム

ギリシア富豪クリストに突然捨てられ、せめて妊娠したと伝えたかったのに電話さえ拒まれたエリン。3年後、一人で双子を育てるエリンの働くホテルに、彼が現れた！

（初版：R-2836）

「孤独なフィアンセ」
キャロル・モーティマー

魅惑の社長ジャロッドに片想い中の受付係ブルック。実らぬ恋と思っていたのに、なぜか二人の婚約が報道され、彼の婚約者役を演じることに。二人の仲は急進展して——!?

（初版：R-186）